英美文学与翻译研究

刘书畅◎著

北京出版集团
北京出版社

图书在版编目（CIP）数据
英美文学与翻译研究 / 刘书畅著 . -- 北京 : 北京出版社 , 2024. 12. -- ISBN 978-7-200-19240-7
Ⅰ . I561.06；I712.06
中国国家版本馆 CIP 数据核字第 2025YS0349 号

英美文学与翻译研究

YINGMEI WENXUE YU FANYI YANJIU

刘书畅　著

*

北 京 出 版 集 团　出版
北 京 出 版 社
（北京北三环中路6号）
邮政编码：100120
网址：www.bph.com.cn
京版北教文化传媒股份有限公司总发行
全国各地书店经销
天津和萱印刷有限公司印刷

*

720 mm×1 000 mm　16开本　11.25印张　210千字
2024 年 12 月第 1 版　2024 年 12 月第 1 次印刷

ISBN 978-7-200-19240-7
定价：68.00 元

前言

在全球化时代背景下，语言与文化之间的交流日益频繁。作为两种主流的文化体系，英美文化在全球范围内产生了深远的影响。英美文学作为英美文化的重要组成部分，通过文字的魅力，传达了人类共通的情感、价值观和生活经验。同时，翻译作为文化交流的桥梁，在英美文学的传播过程中发挥了重要的作用。

英美文学是英语国家文化、历史、社会和哲学的反映，涵盖了从古至今的各种文学形式，如诗歌、小说、戏剧、散文等。这些作品不仅展示了英美社会的风土人情，也反映了人类普遍的情感和思想。通过对英美文学的研究，我们可以更深入了解英美文化，增进对其他文化的理解和尊重。

翻译在英美文学的传播中扮演了重要的角色。一方面，翻译使语言不同的读者能够接触并理解英美文学作品，扩大了作品的影响力。另一方面，翻译也促进了不同文化之间的交流和理解。通过翻译，英美文学作品中的文化元素得以在目标语言中再现，读者在阅读过程中得以感受不同文化的碰撞与融合。

在翻译过程中，我们需要充分考虑源语言与目标语言之间的文化差异。只有深入理解两种文化的特点，才能准确传达作品中的情感和意义。同时，我们也需要重视语言的艺术性，让翻译作品既忠实于原文，又具有独立的审美价值。对英美文学的研究与翻译实践可以增进我们对英美文化的理解，促进不同文化之间的交流与融合。

本书主要介绍了英美文学与翻译研究，共分为五章。其中第一章的主要内容为英美文学概述，通过以下三节内容进行详细阐述，分别是英美文学概念、英美文学思潮、英美文学价值与意义；第二章主要介绍了英美文学翻译的相关内容，共分为四节，分别是英美文学翻译知识、英美文学翻译策略、思维差异下的英美文学比较与翻译、文化差异下的英美文学翻译；第三章重点介绍了英美小说与翻译的相关内容，共分为四节，分别是小说特征与语言特点、英美小说历史演变、英美小说翻译技巧、英美小说翻译原则与实践；第四章的主要内容为英美诗歌与翻译，通过以下五节内容进行阐述，分别是诗歌特征与语言特点、英语类诗歌的类别与文学手法、英美诗歌历史演变、英美诗歌的翻译技巧、英美诗歌翻译原则与实践；第五章介绍了英美散文与翻译的相关内容，共分为四节进行叙述，分别是散文特征与语言特点、英美散文发展演变、英美散文翻译的语篇理论、英美散文翻译原则与实践。

在撰写本书的过程中，作者得到了许多专家学者的帮助和指导，参考了大量的学术文献，在此表示真诚的感谢。本书内容系统全面，论述条理清晰、深入浅出，但由于作者水平有限，书中难免会有疏漏之处，希望广大同行及时指正。

刘书畅
2023 年 10 月

目 录

第一章　英美文学概述

英美文学是西方文学的重要组成部分，具有悠久的历史。本章的主要内容为英美文学概述，通过以下三节内容进行详细阐述，分别是英美文学概念、英美文学思潮、英美文学价值与意义。

第一节　英美文学概念

英美文学是英国和美国的文学作品的统称，涵盖了从古至今的大量文学遗产。英美两国都有着丰富的历史和文化背景，这些背景为英美文学的发展提供了丰富的素材和灵感。从古代的史诗、中世纪的骑士传奇，到现代的小说、戏剧和诗歌，英美文学在各个时期都表现出不同的风格和特点。

英美文学发展出多种流派，包括浪漫主义、现实主义、现代主义、后现代主义等。浪漫主义文学强调情感、自然和个性，代表作家有威廉·布莱克和威廉·华兹华斯；现实主义文学关注社会现实和人性，代表作家有查尔斯·狄更斯和马克·吐温；现代主义文学则强调个体经验、内心世界和艺术创新，代表作家有T·S·艾略特和詹姆斯·乔伊斯；后现代主义文学则更加关注语言、意义和权力等问题，代表作家有伊丽莎白·毕晓普和约翰·厄普代克。

英美文学史上涌现了众多杰出的作家，如威廉·莎士比亚、塞缪尔·约翰逊、纳撒尼尔·霍桑、赫尔曼·梅尔维尔、亨利·詹姆斯等。他们的作品涵盖了戏剧、小说、诗歌等多种形式，主题丰富多样，包括人性、命运、道德、社会等。这些作品不仅对英美文学产生了深远影响，也为世界文学作出了重要贡献。

英美文学的主题和意象非常丰富，主题包括人性探索、命运与自由、社会批判等。在作品中，作家们通过对人物形象的刻画和对故事情节的描写，深入探讨了这些主题。同时他们也运用了大量的意象，如自然景观、动物形象、神话传说等，增强了作品的诗意和象征意义。

英美文学作品反映了当时的社会文化背景，同时也塑造了社会文化观念。从文艺复兴到工业革命，再到现代社会，英美文学作品始终关注时代变迁和社会问题。同时，不同时期的社会文化背景也对文学作品的形式和主题产生了影响，如现代主义文学对传统价值观的质疑和对新事物的追求。

英美文学作品在世界范围内产生了广泛的影响，随着全球化进程的加快和文化交流的加强，英美文学作品被翻译成多种语言并传播到世界各地。这些作品不仅丰富了世界文学宝库，也为不同文化之间的交流和理解搭建了桥梁。同时，其他文化背景的读者通过对英美文学作品的研究，也能够更好地认识和理解西方文化及其价值观。

英美文学是英国和美国的文化瑰宝，对世界文学产生了深远的影响。从古代的史诗到当代的小说，英美文学独特的风格和主题，引发了人们对人类经验和社会现象的深入思考。英美文学作品不仅仅是文化的遗产，更是对人类智慧和情感的珍贵记录。

第二节　英美文学思潮

一、英国文学思潮

（一）古代英国文学思潮（公元 5 世纪之前）

希腊文明、希腊化文明和罗马文明这三种文明对英国的古代文学产生了深刻的影响，这三种文明中不仅蕴含着丰富和深刻的美学与文论，而且还蕴含着非常丰富和深邃的诗学思想，深刻影响着英国的文学。自古罗马时期以来，英国经历了文艺复兴和启蒙运动，逐渐将古希腊的文艺思想融入本土文化中。古希腊和罗马哲学家、诗人的美学和诗学，对后来英国文论的发展产生了深远的影响。亚里士多德的模仿论在英国古典文论中一直是一个极其重要的观点，有着重要的地位。直至近代，依旧可以看到“以追求真实为最高的创作境界”所产生的影响。在英国的文学史上，费尔丁是第一个提出现实主义小说理论的人，尽管如此，其也未与亚里士多德的理论框架相偏离。

对于以上这种影响和联系，我们也可以从翻译理论的角度看出。阿尔弗里克以意译为主，并注重译文的易懂性。他的译文采用简明朴实的翻译方式，不追求华丽的辞藻，也不使用生僻的词汇，只使用本民族语言中意义清晰的词汇，以避免译文难以理解的情况发生。他在翻译《圣经》时注重读者的感受，以便让读者更好地理解并深入体会作品的内涵，同时强调了作品的吸引力。他还提出了“英语习语优先”的原则。这些观点表明，西塞罗的观点产生了深远影响：“我不是作为解释员而是作为演说家翻译的；我所注意的并不是字当句对，而是保留语言的风格和力量。”① 阿尔弗里克曾经说过他对哲罗姆的翻译理论有过研究。哲罗姆说过：“在翻译中，很难保留外国语言中特殊而绝妙的措辞风格。每一词都有它自己的独特意思；我也许找不到适合的词来翻译它……如果逐字对译，译文就会佶屈聱牙，荒谬无稽；如果不得不做些改动或重新安排，则会显得有负于译者的职责。”② 翻译对英国文学有着非常重要的作用，甚至可以说，英国文学的发展基本上得益于翻译，文学思潮的出现与翻译思潮有着非常密切的关系。

（二）中世纪英国文学思潮（5 世纪—15 世纪）

中世纪指的是从公元 5 世纪至公元 15 世纪的一段历史时期，中世纪时期文化艺术处于相对低迷的状态，但是这段漫长的时间并非全部都被称为“黑暗的世纪”，我们仅仅是将公元 5 世纪至 10 世纪这段时间看作是真正的黑暗时期。英国在这一时期被盎格鲁 – 撒克逊人统治着，封建制度逐渐形成，新的文明也随之出现。“基督教文艺复兴”也叫作“原始文艺复兴”时期，指的是 1050 年至 1300 年的这段时间，这段时间是历史上的一个重要的转折点，其作为过渡期是欧洲文艺复兴运动的前奏。对于 5 世纪罗马文化瓦解到人文主义者参与文艺复兴的这段时间，人文主义者在 15 世纪后期率先采用“中世纪”这个词汇表述。多样性和复杂性是中世纪社会尤为突出的特征，在此阶段，社会中存在着四种结构，即经济结构、领主制结构、教会结构、君主制结构，这四种结构相互制约、相互重叠。

随着经济逐渐繁荣，英国自 11 世纪起开始出现知识发酵的趋势，这反映在人文主义思想不断兴盛的态势上。文艺复兴时期出现了许多具有重要影响的人

① 谭载喜. 西方翻译简史 第 2 版 [M]. 北京：商务印书馆，2004.
② 谭载喜. 西方翻译简史 第 2 版 [M]. 北京：商务印书馆，2004.

物，例如翻译家威克里夫、诗歌大师乔叟、戏剧巨匠莎士比亚，以及唯物主义先驱培根等。哥白尼在15世纪末提出了“日心说”，这一科学理论撼动了几千年以来基于神学的观点。与此同时，哥伦布、麦哲伦的地理大发现佐证了地圆说。欧洲宗教改革运动的发起者是路德，在此时，英国也迈入了文艺复兴时期，文艺复兴和人文主义彻底扫除了英国中世纪的阴暗气氛，为英国的思想领域和文化领域翻开了崭新的一页，特别是文艺复兴，使得英国的历史朝着近代迈进。文艺复兴时期所出现的思想体系被称为人文主义，人文主义强调以人为本，注重对现世的享受，主张积极进取，并且对以神为中心的世界观进行了明确反对。在英国，莫尔是早期人文主义的代表人物，他在著作《乌托邦》中对当时的英国社会以及欧洲社会进行了批判，对当时社会中存在的弊端进行了批判，并且创造性地构想出一个社会平等、财产公有、民众和谐相处的理想国。他具有穿越历史迷雾的洞察力，在历史上享有重要地位，其文字流畅自如、富含深意，能够预见未来的大致趋势。

（三）近代英国文学思潮（15世纪—18世纪）

英国16世纪的文学领域，出现了一种流行趋势：作者在作品中插入前言和后记，以此建立与读者之间的亲密关系。此外，在16世纪中叶伊丽莎白成为统治者前后的时期，各种文艺思潮不断迸发出来，许多理论探讨在此时也达到了巅峰。

1. 古典主义

从17世纪开始，古典主义在英国文学领域占据主导地位，并在18世纪逐渐成熟。古典主义既可以指古代艺术，也可以指那些受到古代影响的后期艺术。在17世纪的欧洲，古典主义作为一种非常重要的文学流派和文学思潮出现在社会中，不管是在创作实践上，还是在理论研究上，其标准与典范都是古希腊、罗马的文艺，鉴于此，其有了“古典主义”的称呼。德国文艺理论家希瓦洛的经典作品《诗的艺术》可以算是古典主义的文艺宣言。不管是在文学理论上，还是在文学实践上，古典主义强调学习古代艺术方法，在进行文学创作的时候也会积极将古代文学艺术的情节、冲突以及体裁等运用其中，作者基于此来表明其对现实的态度，传达新的历史内容。古典主义作家普遍倡导民族国家、爱国主义、社会责任等理念，鼓励个人舍弃私利，为封建国家的大局着想。他们也对专制暴政提出批判，揭露贵族的荒淫放荡行为和宗教的欺骗手段，呼吁公正和道德价值。尽管他们支持王权，但并非完全推崇封建君主的统治。古典主义崇尚理性，其哲学基础为笛卡尔的唯理主义，在文艺创作以及评论中，理性是其最高的标准。它要求文学有典雅、准确的语言，并且需要与规范相吻合，符合“三一律”的艺术模式，在结构上要严谨，在展开故事情节的时候应该符合世界的常理。约翰逊的去世标志着理性时代的结束。

一般来说，古典主义文学呈现出如下特点。（1）“理性”至上是其基本精神，对于正常情理非常看重，要求作家可以对世界进行正确的理解，用明确的方式来呈现世界。（2）要在心中秉持明确的原则，透过不断变化的现象，看到始终不变的真理和关于“美”的绝对概念，而作家主要就是为读者呈现出这种绝对概念，也就是说，在古典主义的作品中，并非注重对个人情感的表达，主要侧重点在于对一般性类型的描述。（3）强调对自然的模仿。这里所提及的自然并非客观存在的自然，指的是经过主观选择之后存在的物象，一般指的是人性，也就是说，在古典主义中，“自然”就是人性。古典主义作家对于物质世界基本上是忽略的，是视而不见的。（4）追求“逼真”，但是这并不意味着要进行写实创作，因为有时候，真实的事物并不会带给人愉悦的感受，不会使人赏心悦目。此外，古典主义还追求“得体”，也就是说，其作品中应该描绘顺眼的事物，不能引起读者的反感。（5）将道德说教视为文学创作的主要目的，引导人们向善。（6）将古希腊罗马的文学作品作为效仿的楷模。（7）文学作品的类型界限要明确，而且需要严格遵守其规律，绝不能混淆不同的文学作品。（8）在文风方面，要简洁、干练、精准、明朗，反对冗长、复杂、模糊、晦涩。在当时的历史环境下，古典主义文学在人物性格的描写和人物心理分析等方面，为当时的文学发展作出了巨大的贡献，因此具有一定的先进性。它存在的问题在于过度迎合宫廷和贵族的喜好，忽视了普通人民的兴趣爱好，这与封建专制制度和宫廷贵族文化有紧密关联。在文学创作的过程中，有一些规定和规矩，常常会限制作家创作天赋的发挥，甚至会使创作变得千篇一律、流于形式和套路。在 19 世纪浪漫主义思潮盛行之后，这种文艺流派逐渐式微。

古典主义思潮常常利用翻译理论来进行辩论，并以翻译理论来反映其思想。由于受到古典主义思想的影响，翻译家们广泛涉足古典作品的翻译工作。译者与作者在方法论方面都卷入了“古今之争”，直译和意译的问题与厚古薄今、厚今薄古息息相关。在古典主义仍然盛行的18世纪，出现了两位翻译家：蒲柏和库柏，他们代表了不同的流派。蒲柏的著作《伊利亚特》可以说是一本翻译理论著作，也可以看作是一本用生动、优美的文笔呈现的精美散文。

翻译理论在18世纪末实现了突破与发展，理论研究的角度不再是零散的方法与观点，开始从科学和系统的角度对翻译问题进行研究。在这里我们首先需要提及的人物是坎贝尔，其《修辞哲学》（*The Philosophy of Rhetoric*）成为18世纪最为重要的著作之一。坎贝尔的著作《四福音的翻译与评注》（*A Translation of the Four Gospels with Notes*）在1789年发表，在这部著作中作者明确提出了应该怎样从词汇与语法层面来获得对等翻译的应用理论，其所提出的理论不管是在广度上还是在深度上都有深远的影响，与前人相比有着非常大的进步，其中的很多思想为20世纪的语境理论、灵活对等理论和风格比较等理论打下了基础。其中，他所提出的翻译三原则尤为重要，分别是确切地传达原作的含义；在保持原意的基础上，尽量将原作者的思想与风格融入翻译文本中，以符合译作语言的特点；确保译作的自然、流畅程度与原文一致。

在翻译的时候，我们应该遵循泰特勒提出的三个基本原则：一是对于原作的思想，译文应该准确传达；二是在风格与手法上，原作应该与译作保持一致；三是译作应该与原作一样顺畅。这是三个总的原则，每个总原则下面又包含很多详细规定，泰特勒还引用了希腊语、拉丁语、法语、西班牙语、意大利语和英语名著翻译来支持他的原则和观点。在英国的翻译理论史，甚至是整个西方翻译理论史上，泰特勒的翻译理论都具有重要的里程碑意义，该理论的提出标志着一个时期的结束，同时也标志着另一个时期的开始，对后世有着深远的影响。

戴夫南特和霍布斯是古典主义后期的代表人物。霍布斯在《利维坦》中主张君主专制，但他强调君权不是神授的，而是源自人民，认为人生而平等。为了实现社会的和谐稳定，人们达成了一种社会契约。他依然坚信诗人的想象力和幻想有着深刻的哲学性和建设性，诗人不仅可以在自己的创作中自由飞翔，还能够运用自己高超的思维能力进行思考和归类，这种思维能力不仅限于情感，也包括智力方面的判断力。不管是诗人还是哲学家，其同属于一个知识领域，要想让诗歌取得良好的结果，就需要让想象力跟随哲学的脚步前进。15世纪随着君主专制的确立，专制主义的政治理论开始得到强调，而霍布斯的思想则反映了这一时期的政治氛围。

此外，近代英美文学理论在很多方面都得到了新的阐发，比如文学的本质、功用、表达以及发展等问题。在培根的《美》中，他对一般的美进行了专门论述，并在此引入了一些如优雅、优美以及魅力等新的概念。我们从培根的唯物主义中可以看到英国作为现代美学发源地的原因。马克思曾表示，在他那里“物质带着诗意的感性光辉对人的全身心发出微笑”，这也从侧面证明了培根的唯物主义并非一种僵硬的教条思想。基于此，在社会迈入18世纪之后，除古典主义之外，英国有一种新的思潮开始出现，这种思潮裹挟着原始主义、历史主义和感伤主义，不仅有洛克的感觉主义，还包含着“世界主义”观念，同时也蕴含着珀西《英国古诗拾遗》和麦克菲森《欧辛集》等文学史编纂学思想。基于此，在英国出现的经验论的或主观论的美学，成为社会中的主要思潮。由此可以看出，在经历了理性支配和权威支配之后，英国美学和文艺思想转变为受趣味支配。

2. 新古典主义文论

在西方艺术史上，新古典主义一般指的是对古代艺术的直接模仿，这种模仿是有意的模仿。新古典主义最开始起源于启蒙时期，亦即古典主义，其蕴含着古典主义所具有的传统元素，同时还具有现代化的特征，强调对科学进步的追求，基于此，被称作新古典主义。新古典主义在文学领域中的开始时间是1660年的英国王政复辟时期，1798年华兹华斯发表《抒情歌谣集》标志着新古典主义的结束。在文学领域中，新古典主义认为应该遵守理性、秩序以及戏剧创作三一律等，非常推崇希腊罗马时期的古典美学原则。文艺复兴与新古典主义有不同之处，文艺复兴注重古典文艺中的人文精神，强调对精神的遵循，但是新古典主义主要强调对古典文艺形式的遵循。在18世纪初，新古典主义开始广泛流传，逐渐成为当时的时尚和主流。在这一时期，作家非常注重体裁规范和格式规范，主要侧重道德说教，特别古板。此外，在这一时期，文学领域中非常流行散文创作，同时也盛行理性主义，这为之后的现实主义文学的产生与发展打下了基础。新古典主义非常推崇理性，并且也一直在追求完美与和谐的艺术形式，非常看重文学的明晰、节制、对称、优雅。在文学界，新古典主义备受推崇，有着启蒙主义精神和思想的散文作家们成为这一流派的代表人物，他们推动了散文艺术的发展。《论和谐》(*Of Harmony*) 是布朗 (Thomas Browne) 所撰写的，他在该著作中阐述了新古典主义的核心观点与基本思想。

3. 文艺复兴与文学思潮

欧洲文艺复兴从 14 世纪开始到 16 世纪结束，在这一时期欧洲文化和思想取得了显著进步，文艺复兴标志着欧洲从中世纪向现代社会的过渡。文艺复兴最早发起于意大利，当时的意大利已经具备从封建主义向资本主义过渡所需要的思想基础、物质基础以及阶级基础，因此率先完成了向资本主义社会的过渡。随着经济的发展，新兴资产阶级开始出现，这一阶级需要在社会中取得与自身经济地位相符合的地位，他们渴望本阶级的价值观、思想、文化等获得社会的认同，成为社会的主流思想。然而，当时的资产阶级作为新生力量，还处于成长的初期，尚且没有力量与当时的天主教会相抗衡，无法战胜顽固、保守的天主教会，因此，新生的资产阶级急需一种强大的思想武器来保护自己，并与天主教会相抗衡，基于此，资产阶级关注的焦点移到了古希腊和古罗马时期。他们认为，那个时期被欧洲人奉为辉煌时代，是欧洲文化历史上的一个巅峰。不管是古典自然科学，还是文学、哲学、艺术和罗马法等，在当时都达到了鼎盛，这些“武器”对于资产阶级而言，可用来与天主教会进行斗争，因此，他们积极倡导对古希腊、古罗马文化的“复活”“再生”，从文化到社会各领域掀起了一场声势浩大的变革活动，因此得名“文艺复兴”。“复兴”即为对古希腊罗马的古典文学艺术进行复兴，将人文主义作为中心思想，将中世纪宗教束缚的局面打破，解放人的思想。与此同时，开辟新的航路、天文地理等领域的重大发现、欧洲封建制度的解体和资本主义的兴起也出现在这一时期。

在 15 世纪末都铎王朝时期，文艺复兴传入英格兰，并在 16 世纪发展到了高潮。自 16 世纪开始，英国在击败了西班牙之后就确立了海上霸主的地位，并通过贸易和殖民扩张在美洲站稳了脚跟。英国迅速成为西方最发达、最先进的资本主义国家。英国在政治领域也出现了一系列的变革，推翻了君主专制制度，建立了代议制，主要是内阁议会负责；在经济领域，开始了工业革命，在生产方式上实现了变革，由原本的手工业工厂转变为机器工厂。英国社会政治经济的变革促进了文化的进步与发展。英国伊丽莎白王朝时期呈现出非常突出的时代特点：(1) 勇于冒险的精神；(2) 强烈的求知欲；(3) 敢于尝试新的思想和表现形式的开拓进取精神。当时的人们有着惊人的能力，能够在各个领域表现出色。科学技术随着政治和经济的发展也得到了不断的提高与进步。在牛顿的影响下，自然科学得到了迅猛的发展；同时，社会科学从自然科学吸收营养，获得启发，形成了一套经验主义的思想体系，对感性经验是知识的来源进行了强调，对先天的理性观念进行了否定。这种经验主义思潮有着非常悠久的历史，蕴含着深厚的民族底蕴，即“实用精神”，这一英吉利民族的学术传统及传统的理论思维方式，从根本上来说，就是一种求真务实的精神。在德国研究抽象、纯粹思辨哲学的时候，英国研究的重点是社会学，研究影响社会进步的经济，研究国计民生问题。

4. 启蒙主义与文学思潮

在资本主义经济蓬勃发展的背景下，受到自然科学和唯物主义哲学影响的 18 世纪，迎来了启蒙运动。启蒙运动是在整个欧洲范围内兴起的文化思想运动，这是继文艺复兴、宗教改革之后的又一个重要的文化思想运动，其实现了对文艺复兴精神的继承与发展，直接指向封建社会的上层建筑，旨在推翻封建制度，建立一个全新的、理性的资产阶级社会。启蒙思想家用先进的思想启发和教育群众，让人们相信社会在不断进步，相信社会需要繁荣昌盛，相信每个人都有享受自由和平等以及幸福生活的权利。启蒙运动的思想家和文学家包括笛福、斯威夫特、菲尔丁等人。他们将文学作品视为对教育进行宣传的重要手段和工具，他们的作品主要是对人民大众的生活进行反映，通过对普通人的英雄行为以及高尚精神的描绘来揭露封建社会中的黑暗与腐朽，将资产阶级的缺点揭露。不管是在理论层面还是在实践层面，启蒙主义文学都为 19 世纪欧洲现实主义文学奠定了基础。启蒙的真谛在于自力更生，实现人的自我解放。启蒙体现在哲学方面就是要求用唯物主义来取代唯心主义；体现在宗教层面就是推翻基督教一神论，提倡无神论；在文艺层面，对封建贵族的清规戒律、宫廷趣味持反对态度，倡导资产阶级趣味；在政治层面上，主张用君主立宪、共和制、三权分立等替代君权神授和君主专制。

18 世纪的英国处于启蒙时期，因此，在英国资产阶级革命时期，这些思想就开始出现了。英国作为现代唯物主义的起源地，其也是现代实验科学的先驱，是现代政治哲学的诞生地。著名的唯物主义者休谟、霍布斯和洛克是国家政治理论的先驱和奠基人。在《人性论》（休谟）和《论政体》《利维坦》（霍布斯）等著作中，“社会契约论”首次被提出，他们认为国家如果建立在社会契约的基础上，那么人与人之间就可以避免相互斗争，如同动物一样斗争的自然状态也就不会出现。《政府论》是洛克的代表作，其主张建立君主立宪和代议制的国家，反对君主专制，并且认为私有财产神圣不可侵犯，保护私有财产是国家产生与存在的首要前提。英国在 18 世纪启蒙思想的影响下，其文学思想和美学思想也获得了发展，变得更加丰富多彩。总的来说，18 世纪的英国文学思潮是启蒙主义的理论，且启蒙主义时期又被认为是“理性的时代”。然而，在这样的背景下，也存在一些既注重理性又强调情感的主张，例如霍姆，他在坚守古典主义基本原则的基础上积极吸收当代人的新思想，认为文艺批评家是理性与情感之间的桥梁。他运用了多种美学理论来讨论文学，在《批评的原理》一书中，他试图将批评转变为一种独立的理性科学，尽可能将美学艺术的真正原理提供给人们。鉴于此，他的美学思想基础为感觉论、体验论，认为语言是一种可以对思想进行传达的艺术，在艺术中，最为重要的就是将生动的形象与有感染力的情感相联系、相结合。此外，他认为人的本性是有共同性的，在思想情感之中，不同种族的人之间也有统一性，鉴于此，在审美趣味上以及道德情操上，也存在相通的地方，且这二者受社会因素的影响与制约。此外，他还对文艺所具备的审美教育作用进行了强调，这种作用或建立在人与艺术之间的情绪沟通基础上，或建立在人与艺术之间的移情作用前提下。霍姆的这些思想深刻影响了文学翻译的等效原则，成为其重要的基础。霍姆还对美与丑进行了区分，他认为只要是能让人产生愉快和甜蜜情感的物体就是美的，让人感到不快乐和痛苦的物体是丑的。美与丑是一个难以把握的美学命题，霍姆的观点为我们理解和把握美与丑提供了基本的指导。鉴于此，有人认为 18 世纪应该是一个“通情达理”的时代，这里的“理”代表着理性，“情”代表着情感。理性是在 17 世纪开始流传并逐渐盛行的，而情感则是对过度理性化进行反思而提出的一种新观点。

意大利是文艺复兴时期人文主义思潮的发源地。在文学领域，意大利有彼特拉克创作的《歌集》、薄伽丘创作的《十日谈》（小说集），他们借助文学对爱情和人现世的幸福进行歌颂，首次将人这一理性思维的发出者凸显出来，对人所具有的情感的正当性进行了肯定，并且对人的宝贵性进行了肯定，在同一时期的文学作品中这是一种普遍存在的特征和现象，同时也是文艺复兴运动的主题之一。在这一时期，人们开始关注自身的认知能力，并且主张用自己的心灵感受生活，用头脑来思考世界。我们可以在人文主义文学中看到理性，并且这种理性还实现了对自然科学的推动，促使自然科学的发展与飞跃，这也是理性的重要表现形式。理性在新古典主义繁荣时期，主要处于个人情欲的对立面，理性在文艺复兴时期成为人们捍卫荣誉的重要力量。这种思想与哲学家笛卡尔的思想有千丝万缕的联系，笛卡尔认为良知就是理性，每个人都有理性，也就是说，其对人的理性持肯定态度，并且强调应该用理性来克制情欲，其思想观点成为古典主义的重要哲学基础。

（四）现代英国文学思潮（18 世纪—1960 年）

1. 感伤主义文学思潮的兴起

文学在经历了文艺复兴和启蒙运动后，不再被视作单纯地反映现实的工具，而是被赋予了一种映射作家内心世界的功能。换句话说，文学更加强调内在个性，此时作家的艺术个性与文学的内向性逐渐高于普遍理想，与启蒙时代重视共同生活的外向有所不同。它对所有的外在权威都非常敌视，并且不承认任何律条，只遵守艺术家的经验，因为其关注自我，基于不同个性为读者呈现"无限的多样性"。艺术家们对 18 世纪那种单一而普遍的艺术理念提出了异议，他们选择将统一的艺术形式分解成无数个具有独特特点的碎片。在这一时期，对于艺术个性的关注不仅仅局限于作家自身，在 19 世纪前 30 年的时间里，很多人都对艺术家的个性产生了兴趣，我们可以从传记中窥探一二。当然，这也进一步促使作家对读者进行关注，但在关注读者与回归内心之间如何取得平衡成为那时的理论焦点。

18 世纪后期，随着文化艺术的不断进步，新古典主义在英美两百年的支配地位开始遭到挑战。人们开始与新古典主义背道而驰，尤其是在社会和自然、现在和过去、主观和客观、感性和理性等方面上，人们特别强调自然、过去、主观、感性，由此诞生了英国的感伤主义，这是浪漫主义的重要基础，因此，感伤主义也被称为"先浪漫主义"。保守派文人对于启蒙运动的反对是浪漫主义最初的起源，并且他们在"哥特式小说"中对其进行了深入的刻画。很多的冒险故事和传奇故事都来自中世纪时期。在这种思潮中，整个世界被邪恶的力量所统治着，神秘的因素在其中扮演着重要的角色。

英国的工业革命虽然提高了生产力，但是也对环境造成了破坏，并且打破了传统的农村生活方式，很多作家就资本主义工业化所产生的不良影响表达自己的看法。这一时期的感伤主义作品主要将大自然和情感作为主题。在欧洲启蒙运动中，感伤主义逐渐成为继古典主义之后的一种文艺思潮与文艺派别。感伤主义的代表作品是《感伤旅行》，这是斯特恩所著的小说。对于纯粹理性主义，感伤主义持反对意见，对于古典主义也并不赞成，并且他们提倡对内心世界的刻画，对自然景色的描绘，对个体真实情感的抒发和表达，非常推崇自然、淳朴、真诚的人际关系，对于贵族资产阶级的丑恶和冷酷持反对和批判态度，并且表达了对当时社会的不满。感伤主义扩展了文学的领域，为人类创造了新的文学类型，如基于人际关系、家庭和个人生活矛盾而创作的心理小说，还出现了新的文学样式，如“流泪喜剧”等。并且在小说创作中还引入了很多不同的形式，如日记、书简、自白、回忆录、游记等。感伤主义对人的个性特别看重，对古典主义的封建桎梏进行了激烈的抨击，为浪漫主义的出现打下了基础，是浪漫主义的先导。感伤主义思潮在当时的社会中具有非常重要的意义，有着先进性，但是也有不足之处，这一时期的一些作品内容非常空洞，并且表达了非常消极的情绪，流露出悲观的人生态度。卢梭关于人性善良的学说是感伤主义的理论基础，同时，卢梭所主张的通过体验强烈的同情心的信念培养道德也是感伤主义的理论基础。感伤主义之所以产生，主要是因为一些启蒙运动家不满社会现实，反对新古典时期的严峻，反对理性主义，这些启蒙运动家坚持不懈地与封建主义斗争。启蒙运动家的哲学是合理的也是唯物主义的，但是启蒙运动家依旧将意识和情感作为学习的重要手段，作为理解的重要方法。此外，自然学派的组成是“自然人”，鉴于此，学派中“自然人”在最自然和最有人性的行为中寄托情感，这就与虚伪、狡猾的贵族阶级完全不同，因此，该学派深受启蒙运动家的青睐与支持，启蒙运动家也借此来与虚伪的、高高在上的贵族阶级进行斗争，批判特权。然而，在英国后期的启蒙运动中，有人观察到社会上仍然存在许多不公平现象，这与一些论证相悖。因此，他们得出了结论，认为理性的力量还有一定的局限性。为了追求幸福和社会公正，他们开始把伤感作为重要的手段。针对情感的分析，感伤主义已经达到了一定的艺术境界，其主要通过描绘隐晦和不切实际的主题将读者内在的情感激发出来，引发过分的怜悯和同情，比如读者不仅会因为周围的同情心深受感动，还会敏锐地感知到日落、音乐等，并做出反应。高尔德·斯密斯、斯特恩等是感伤主义的代表人物。

2. 浪漫主义思潮

浪漫主义思想从古典主义思想的式微开始出现，并获得了蓬勃发展。珀西、麦克弗森和查特顿是英国浪漫主义的代表人物，引领了英国的浪漫主义，司各特去世是浪漫主义时代终止的标志。在英国，布莱克和彭斯被看作前浪漫主义的先驱。诗歌是最能体现浪漫主义的形式，主要的代表人物有华兹华斯、柯尔律治、骚塞、司各特、克莱普、拜伦、雪莱等。他们对新古典主义持反对态度，对中世纪文学非常感兴趣，并且，他们主张回归自然，对自然非常推崇，他们认为诗歌应该是诗人内心的真实表达，不应该只是对现实的反映，也不应该只是道德方面的说教。在语言上，诗歌应该与普通人的日常用语息息相关，不需要刻意追求高雅精致，不必模仿经典作家的语言风格。18 世纪兴起的启蒙运动倡导关注公众，关注社会底层人民，19 世纪的浪漫主义运动与启蒙运动完全相反，作家们在 19 世纪的浪漫主义运动中表现出了极强的“艺术是艺术家的自我表现”信念，他们开始关注个人和个人的表达。

在英美文学界，不管是议论散文所写对象，还是其自身风貌，都普遍受到浪漫主义文学运动的影响。浪漫主义不仅是一种创作方法，还是一种创作风格，其在对现实进行表现的时候也重视对理想世界的表现，强调主观性和主体性，在创作中，情感与想象居于首要位置，在进行创作的时候常常会使用夸张的手法，并且采用热情奔放的语言，运用超越现实的想象来对理想中的形象进行塑造。资产阶级在欧洲浪漫主义时期处于革命时代和上升发展时期，追求个性的解放与自由的感情，资产阶级在政治上主要表现为对封建主义统治的反对；在文学艺术上主要表现为对古典主义束缚的反对。

每位浪漫主义作家的风格都有所不同，因此浪漫主义这个概念相对模糊。华兹华斯、柯勒律治都是“湖畔派”诗人，但是他们有着不同的风格：华兹华斯认为大自然是灵感创作的源泉，自然美可以为人们带来舒适，让人充满力量，使人愉悦，可净化心灵，升华情感；柯勒律治主要强调自然所具有的神奇色彩，他擅长描绘超自然幻景。拜伦、雪莱和济慈是英国浪漫主义文学在 19 世纪初的代表。他们对封建教会进行了深刻的批判，其表现出自由和进步、民主的倾向，使得浪漫主义诗歌的形式得到了丰富，格律得到了发展。虽然拜伦和雪莱都是革命诗人，但拜伦注重个人表达，强调自我意识，而雪莱受柏拉图哲学启发，追求美好理想，保持对美好理念的憧憬。济慈是一位天赋异禀的诗人，其一生追求的核心价值便是美的创造。司各特是一位著名的小说家，他常常将历史事件与充满想象力的情节完美地融合在一起，烘托出生动丰富的画面。济慈、雪莱和拜伦在19世纪—20世纪初相继离世，这也标志着英国浪漫主义诗歌开始走向衰亡，失去了当初的强大发展气势。

3. 维多利亚时代的文学思潮

从1814年拿破仑战争结束以来的一百多年间，英国未曾经历过严重的战事。从1837年维多利亚继承王位开始到1901年维多利亚逝世，这段时期被称为“维多利亚时代”。维多利亚是英国历史上在位时间最长的君主，“维多利亚时代”也是英国历史上最为辉煌和灿烂的时期。在这一时期，不管是文化艺术还是科学技术都取得了很大的发展与进步，英国的经济也实现了快速发展，人们的生活水平得到了显著提高。此外，印刷术的发展为文学艺术提供了重要载体，促进了文学艺术的繁荣发展。在这一时期，也出现了很多进步和积极的思想，如男女平等和种族平等。

维多利亚时代可以说是英国进入现代的转折时期，在这一时期不管是经济还是文化和思想都产生了深刻的变革，如信仰危机、宪章运动。此外，思想革命和科学革命也愈演愈烈。基于此，文学、科技以及艺术出现了空前的繁荣。达尔文所发表的《物种起源》受到了人们的欢迎，进化论思想也从一开始的模糊不清变得越来越清晰和明确，这冲击了基督教这一西方文明的基石，基督教在这一阶段逐渐走向了衰落。英国的达尔文是一位博物学家，他创立了进化论及自然选择学说，并在1859年发表了名为《物种起源》的著作，成为进化论的奠基人。虽然达尔文的生物进化论起源于自然科学领域，但也发展到了社会领域，产生了“社会达尔文主义”。基于此，社会围绕根本问题，如进化、科学与宗教的关系、人与社会的本性等进行了激烈的讨论，这进一步导致西方信仰危机的出现，并由此衍生出虚无主义、悲观思想、存在主义、拜金主义、物质主义思想，人们也出现了精神空虚的问题。达尔文的进化论思想还对文学思潮产生了影响，它对维多利亚时期的所有作家有深刻的影响。达尔文主张，生物从起源开始就持续不断地进化，只有那些能够适应不断变化的环境并取得生存优势的生物才能生存并不断进化发展，这便是他所描述的“适者生存”。功利主义哲学就此产生，其追求务实，注重实用，倡导个人的成长与社会的改变，主张民主政治和教育的发展，并强调男女平等和尊重种族平等。功利主义哲学主要对维多利亚时代中产阶级的要求和思想进行反映，深刻影响着 19 世纪英国人的思想与行为。

人们的精神和生活在 19 世纪 20 年代发生的深刻变革，主要得益于科技的快速发展以及工业机械生产的出现。针对这一阶段西方人的精神状态，著名的哲学家罗素进行了深入和精辟的分析，他认为世界因为科学变成了一个没有生活意义的世界。人们应该意识到人自身在这个世界上是无足轻重的，对于每个人来说，生命都是非常短暂的，也是无力的，等待他们的将是黑暗和无情的毁灭。从这一观点中，我们可以明确这是对社会矛盾的叹息，反映了当时人们真实的思想，即信仰危机、悲观绝望、精神苦闷等。面对这种社会状况，敏感的作家开始从全新的视角来看待人与人之间的关系，看待人与社会、自然之间的关系，对人自身的关系进行重新审视。在特定情境中，作家们感到沮丧和失望，深刻认识到社会生活中的荒诞无稽、人与人之间的疏远、大自然的残忍和人类自身存在的危机等问题。在这一阶段的作品中，我们可以看到悲观主义、虚无主义和随后出现的存在主义。在这段时间里，柏格森的意识流、弗洛伊德和荣格的心理分析深刻地影响了哲学和心理学领域，这些思想也对文学创作产生了极大的影响，推动了英国文学的发展，进而也推动了现代派文学的兴起。

4. 新浪漫主义文学思潮

新浪漫主义思潮在 19 世纪后期至 20 世纪初兴起，其创作题材多为神秘、奇异、“有魔力”的事物，主要目的在于创造“美”。事实上，这种思潮仅仅是颓废主义、象征主义、唯美主义与消极浪漫主义等所蕴含的逃避现实、歪曲现实等特点的发展与混合，在经过演变之后发展成的现代主义。斯蒂文森是这一思潮的代表人物。斯蒂文森游历过多个国家，包括苏格兰、瑞士、法国、美国等。他在写作的时候会充分利用敏锐的观察力，他对于各地的地理环境、风土人情等进行了深入的了解与观察，创作出了一系列经典作品，其中包括《金银岛》《新天方夜谭》《儿童诗园》等。

5. 批判现实主义思潮

现实主义文学与批判现实主义的关系是，批判现实主义是现实主义文学发展的高峰。在批判现实主义的作品中，批判占据主要地位，因此得名“批判”，这也表明了其主要的思想特点。自由资本主义的不断上升促使批判现实主义思潮产生，批判现实主义反映了资本主义社会矛盾，具有一定的进步意义，其对贵族阶级和资产阶级的丑恶本质进行了批判，呈现了贵族阶级逐渐走向衰亡的历史，也对资产阶级取而代之的历史进行了展示。在批判现实主义的作品中，有对悲惨劳动人民的遭遇表示同情的，也有对现实进行深刻反映的，在艺术上让人们对典型人物与环境之间的关系有了深刻认识。批判现实主义实现了对艺术技巧和艺术手法的丰富和拓展，将作品的表现力进行了提高。随着生产力的提高和科技的发展，在维多利亚中期之后，宗法、古老的农业在英国不复存在，原本社会中和谐的关系也被破坏，整个社会已经成为为自己奋斗的个人组成的集合体。随着物质条件的不断提高，社会的风气变得越来越冷漠和无情。人们渐渐疏远了彼此，不愿维护彼此之间的关系。在这种情况下，家庭成为人们心中的庇护所和安全港。随着时间的推移，人们对家庭的重视程度不断增强，因此，稳固而亲密的家庭关系成为社会生活中备受重视的一部分。在维多利亚时代很多文学作品都对家庭的重要性进行了表述，这也为读者提供了精神慰藉。卡莱尔在小册子《过去与现在》中，指出金钱关系已经占据了“人际关系中唯一的位置”。人们在这样的社会文化背景下，受到特定社会关系的影响，必然会产生孤独感。鉴于此，在《文化与无政府状态》中，阿诺德指出，从根本上来说，这种混乱源于中产阶级沉迷于物质追求，中产阶级对于文学艺术的美没有欣赏力也并不感兴趣，其生活非常粗俗。霍普金斯注重描绘人或物的特殊性质，这些特点可能是人物、情感或自然界的独特、罕见、奇异之处，这就是其所称作“内景”的事物。他用术语“内应”来形容他对内景所产生的内在反应。对于达尔文的进化论思想，巴特勒有其他看法，他认为达尔文的进化论思想有不足之处，在达尔文的进化论中，没有对人类进化中思想的作用进行考虑，对此，可以认为达尔文的进化论在哲学上是不完善的。巴特勒重新聚焦于拉马克的观点，并在此基础上提出了“非意识记忆说”，巴特勒认为人类的“非意识记忆”来自遗传，在一代代的传承中形成了人的习惯。

（五）当代英国文学思潮（1960 年至今）

纵观当代英国文学，后现代主义思潮是社会的主要思潮，深刻影响着人们的思想，在 20 世纪 30 年代受到第二次世界大战影响，英国社会动荡，政治不稳定。资本主义进行了自我调整与变革，这促使生产力获得了发展，整个社会处于黄金时代，与之前相比呈现出了很多新的特点。“后工业社会”的概念由法国的都兰首次提出，这表明资本主义在经历了第二次自我发展的浪潮（工业化阶段）之后，进入了第三次浪潮（后工业化阶段）之中，在这一阶段，资本主义经济朝着知识化、消费化、市场化、全球化、信息化的方向发展着，这得益于科技的飞速发展。因此哈贝马斯指出科技是第一生产力。自 20 世纪 50 年代开始，后现代思潮开始在文学领域得到体现，表现为“垮掉的一代”“黑色幽默”“荒诞派”等文学形式的出现。后现代思潮的影响在文学批评方面体现为精神分析、阐释学、女权主义、解构主义、西方马克思主义等。后现代主义是西方资本主义社会催生出来的流派，旨在反击现代主义的理念。它的一个显著特征在于打破或消除某些关键性的界限，打破高级文化与大众文化、流行文化之间的界限。后现代主义在表现方法上有明显的“拼凑”特点。

英国在经历了第二次世界大战之后，进入了一段相对和平的时期，但是因为第二次世界大战的影响，英国的国力出现了衰退，人们对现实产生了不满和焦虑，并且对于政治也非常关心，这可以在第二次世界大战后的文学思潮中窥见。在文学的理论层面，考德威尔的《幻觉与现实：诗的源泉研究》诞生，并且还涌现出了很多的小说家，如赫胥黎、戈尔丁、格林、福尔斯等，他们在传统与现代的交织中不断向前。“愤怒的青年”出现在 20 世纪 50 年代，代表人物有艾米斯、韦恩等，他们借助小说这一文学载体来表达对英国社会等级森严的不满，对贫富不均的愤怒。《幸运儿吉姆》（*Lucky Jim*）是艾米斯的代表作，他在作品中刻画了“不幸者意想不到地得到幸运”的故事情节，深受广大读者的喜爱，成为“愤怒的青年”一派的经典作品。在内容上，创新是“愤怒的青年”最为突出的特点，其并未对文学形式创新，也并未在艺术上出现突破与创新。直到 20 世纪 60 年代，英国文坛才出现实验主义小说，这也标志着文学艺术创作出现新的发展方向，英国的实验主义作品与同期的欧洲与美国相比，出现相对较晚。

20 世纪是“分析的时代”，这是美国哲学家怀特的重要论断和观点，其认为整个世界因为二元对立变得分裂，随着社会的发展、科技的进步、经济的腾飞，人们的思想观念也发生了改变，思维方式也产生了变化，世界也因为新语言学实现了重构，尤其是索绪尔派语言学。索绪尔派语言学的观点认为，语言指的是形式并非实质，也就说，语言是一套具有社会性的符号系统，能指（声音形象或书写形象）和所指（概念或意义）组合成了不可分割的符号，能指和所指就如同白纸的正反两面，组成了一个统一体。索绪尔期望可以建立新的学科——符号学，借此来对符号的构成和规律进行研究，人们称此为“语言学转向”，这种思想和观点深刻影响了20世纪的人文科学。李思孝认为，“与其说是语言学转向，不如说是其他学科转向，转向语言学，学习语言学，以便运用它的结构理论即符号学原理，去整合自己的学科，重构整个世界。比如哲学，一向被认为是包罗万象的世界观和方法论，现在发现它像科学一样，离不开符号和语言，它通过语言分析和逻辑分析，去追求知识，从而形成了所谓‘分析哲学’，不仅包括卡尔纳普的逻辑实证主义，维特根斯坦的语言哲学，而且包括摩尔后期的实在论哲学和罗素后期的数理逻辑哲学，它们形成20世纪哲学的一股强大的潮流。又如精神分析学，当拉康把它同结构主义结合起来时，它就离不开新语言学，把主体看作是语言的一个功能。一个人生下来无所谓主体，婴儿进入‘镜像阶段’，才把自己和外界区别开来；进入语言阶段，才把‘我’‘你’区别开来，这时人才完全成为一个主体，可见主体是由语言造成的。扩而大之，把各个学科综合起来考察世界，也可以说整个世界是由新语言学所重新建构的。”① 以上论述揭示了语言对人类的活动所产生的制约影响，在翻译研究中，语言学派也必然会受此影响。

英国文坛思潮在20世纪的80、90年代越来越纷繁，也越来越复杂，文坛批判了资本主义社会对于金钱的推崇，在文学作品中不仅可以看到现实主义、意识流等思潮，也能看到黑色幽默、魔幻现实主义等思潮。小说领域开始流行历史题材，作家在对历史进行讲述的过程中，对“真实”观念进行质疑，叙述者在这一个过程中获得对自我的认识，由此“新型历史小说”出现了。

近年来，英国文学界对多元文化和移民写作的关注度不断提高。许多作家有不同的文化背景，他们的作品反映了英国社会的多元性。这些作品不仅探讨了移民经历和文化身份问题，还对种族、性别、阶级等社会问题进行了深入的剖析。除此之外，近年来气候变化和环保问题成为英国文学的重要主题。许多作家通过自己的作品表达了对环境问题的关注和担忧，呼吁人们采取行动保护地球。这种思潮的兴起反映了社会对环保问题的日益重视。

① 李思孝. 简明西方文论史 [M]. 北京：北京大学出版社，2003.

二、美国文学思潮

（一）近代美国文学思潮（15 世纪—18 世纪）

1. 殖民地时期的文学思想——清教精神

Puritanism，中文翻译为“清教”，是一种对宗教信仰和行为进行的净化运动，其名称源于“纯洁”。清教出现在欧洲宗教改革后期的英国，并且在 16 世纪的 60 年代使用该称谓，这是一支新的教派，主张对基督教圣公会中天主教残余进行清除。清教徒认为政治的深刻影响使得英国国教产生了腐败，基于此，清教徒希望可以明确和恢复《圣经》对于神学所具有的权威性，以此来保证教堂的圣洁。起初，玛丽一世统治后期就有清教徒出现，其在欧洲大陆的新教团体中不断辗转，最终在伊丽莎白一世时期抓住机会开始兴起，在 16 世纪 80 年代，清教进入发展的高峰期，在 16 世纪末走入低谷，受到了镇压，在斯图亚特王朝时期再一次兴起，其深受加尔文教的影响。清教徒将圣教作为唯一的信仰，他们认为所有的信徒在神的面前都是平等的，不管是平民还是国王。他们信奉加尔文的预定论——“成事在神，谋事在人”，并且提出了建立民主、共和的教会，对于国王以及教主的专权进行了明确反对，对当时人们积累现世财富的行为进行赞扬，并且还倡导进取和节俭的精神，以上这些思想与观点可以体现出新兴资产阶级的意愿与思想，在英国的资产阶级革命中，基本上领袖都是清教徒，英国在北美建立殖民地的过程中，清教发挥着重要的作用，并且深刻影响了之后英国、美国等国家的思想文化以及政治、经济、宗教等方面。

在清教精神中重视理性（reason）是最为突出的特点。理性原本指的是在哲学中进行逻辑推理的过程与能力，经验主义者对于它的存在持否定态度，是与感性、知觉、情感和欲望等相对的能力，真理只有借助这种能力才得以被把握住。真理也就顺其自然成为其派生出的事实的重要“依据”。在康德的观点中，理性可以借助统摄原则来整合知性提供的概念，他还认为实践理性与纯粹理性是不同的，纯粹理性主要是一种提供先天原则的理性，实践理性是和行为活动相关的理性。从亚里士多德开始，在形式逻辑中，推理分为两种：一是从一般到特殊的演绎推理，二是从特殊到一般的归纳推理。理性与信仰在神学中是有所不同的，神学中的理性在对待宗教真理的时候采用发现或者解释的方式，是一种基于人类理智的理性。理性的界限问题在不同的时期也有所不同，此外，不同的教会对于理性的界限问题在规定上也有所不同。概言之，对于理性的范围，现代基督教有所扩大，尤其是新教教会，但是在信仰的领域中，依旧保留了神学的终极（超自然的）真理。清教精神崇尚高尚、勇敢、正直，尽管如此，其也包含冷漠的一面，特别是对事物有着极端的看法。他们认为与其生活方式有所冲突的人不能被接受。不仅如此，清教徒还过着艰苦朴素的生活，严格遵守规矩，对于人们追求快乐和艺术持反对态度，认为对快乐和欢笑的追求是一种犯罪，对于个人的道德和行为主要通过清规戒律来进行约束。这足以看出清教徒思想上的刻板，这使得我们对霍桑对清教徒“严肃古板的清教徒”称呼有了深刻的认知。

2. 独立革命（1775 年—1783 年）前后的美国文学思潮

北美洲的英属殖民地在 18 世纪 70 年代出现了独立革命运动，在此运动中贯穿始终的殖民地精神深受资产阶级启蒙思想的影响。启蒙运动主要对一些相互关联的概念进行研究，如神、理性、自然、人类等。启蒙运动催生了演绎法（笛卡尔）、归纳法（培根）、万有引力定律（牛顿）等，科学的进步与发展直接导致了新的无神论产生，并威胁到自然神论和基督教。思想家首先在理论层面对理智与情感之间的关系进行了讨论，最后对法制、改良进行了研究，他们主张通过革命来推动社会的进步与发展。启蒙运动家主要向民众普及知识，传播革命思想，对旧的殖民统治秩序进行批判和反对，对宗教的愚民政策进行深刻批判与揭露。清教传统在启蒙运动中受到了深刻的打击，启蒙运动为人们的生活带来了新的文学与教育，这种文学和教育实现了对宗教的脱离。美国英语也因为启蒙运动家的努力焕发了新的活力，此外，作家也积极对自己的作品进行完善，使得作品更加准确和纯粹。在那个时代，美国公众对科学家、哲学家和作家表现出了浓厚的兴趣，同时，在美国民众中，法国的启蒙思想作家，例如伏特，也备受青睐。因为独立革命期间的斗争极其激烈，充满了反抗与妥协的对抗，因此独立革命时期的文学完全不同于殖民地文学。在这一时期，作家借助政论、演讲、散文等形式参与到反抗的斗争中。美国在政治上的独立促使文化走向独立，民族性也逐渐出现在美国的文学之中，美国文学试图独立于英国文学，打破英国文学垄断的局面。在这样的文学背景下，文学作品中充满政治论辩风格和政治色彩，这也可以从侧面看出，文学深受革命的影响，会随着社会的变化产生变化。《常识》中潘恩那鼓舞人心的措辞与文字、杰弗逊《独立宣言》中激昂的言辞，就如同武器一般推动了美国独立战争的胜利。我们甚至可以认为，如果没有潘恩的作品，华盛顿领导的军队也就不会出现；如果没有杰弗逊的作品，就很难获得法国的援助。此外，在这一时期，论辩文学和讽刺文学获得发展，走向了繁荣，与此同时，报纸、传单、小册子也取得了很大的进步与发展。大量战斗歌谣也在革命时期不断涌现，其以尖酸的调侃对英国军队和保皇党人进行抨击和嘲讽，同时，还鼓舞了人民的斗志。这一特殊的时期，在美国的文学史有着特殊的意义，为之后的美国文学独立打下了基础。对于美国的辉煌，戏剧家以及小说家从历史与文化入手进行说明，这与弗伦诺等诗人的爱国主义精神遥相呼应，他们尽可能构建美国民族文学。富兰克林的思想体现了新兴资产阶级的立场和文化素养，他是启蒙运动的代表人物之一，一些人把他看作实现"美国梦"的典范。当时的美国文学仍然受到欧洲文化的强烈影响，因此并没有完全展现出本土的特色，直到 19 世纪浪漫主义文学兴起，美国文学才开始有了更加独特的呈现方式。

在 1783 年，美国赢得了独立战争，取得了独立革命的胜利，政治上的独立促使文化民族主义的崛起，美国作家着手书写自己国家的历史与传奇。在这样的背景下，民族语言与普通民众成为作家关注的焦点，美国文学逐渐走向独立，实现了自我发展。在战争之后，美国对政治和经济领域都进行了深刻的变革，这对当时的文学领域产生了深刻影响，突然涌入的移民、不断发展的工业以及拓荒者不断向西推进，都为"美国梦想"增添了独有的魅力，这也使得整个社会对国家未来的发展以及经济的进步充满了信心，这对旧世界的人来说也具有非常大的吸引力。在这样的社会背景中，19 世纪上半叶的文学展现出了浪漫主义色彩，作家汲取和借鉴欧洲浪漫主义文学精神，立足本国实际情况，用更好的表达方式对美国的历史、传说和现实生活进行丰富和深刻的描绘与刻画，这也使得文学领域中美利坚民族内容得到不断丰富和发展。浪漫主义运动在南北战争前夕达到了高潮。在这一时期有很多优秀的、不同风格的作品产生，不管是在文学创作的内容上，还是文学创作的形式上都呈现出鲜明的民族特色。这一时期被批评家们称为美国文学的"第一次繁荣"。杰弗逊和巴特拉姆的作品为美国文学的独立奠定了基础，是美国文学独立的开篇。在这一时期，虽然作家用理性来对民族的信念进行影响，但是就当时来看，美国文学依旧遵循英国的写作模式。弗瑞诺是这一时期最具才华的诗人之一，他的诗歌深受英国写作模式的影响，体现在风格、灵感、观点、诗体规则等方面。富兰克林也深受英国文学的影响，其效仿了英国散文家艾狄生和斯梯尔的《观者报》。巴洛的《赶制成的布丁》一书也效仿了蒲伯诗人及其追随者的风格。

美国文坛先验主义在20世纪的20、30年代盛行。先验主义最先表现为在宗教和哲学思想中的改革，作为思想解放运动，先验主义积极倡导和传达人文主义，强调人的价值，追求个性的解放，反对权威，并且非常看重知觉，可以说，其实现了对神学和外国教条束缚的突破和解放。先验主义之后发展到了文学创作领域，在该领域中倡导追求自由，极力摆脱英国文学的影响与束缚，对人的精神创造非常重视，在这样的思潮下，美国浪漫主义文学实现了发展与进步。他们同样是先验主义理论家，参与思想运动的作家还有很多，如霍桑、梅尔维尔、罗威尔和荷尔默斯等。这些作家在世界各国的著作和思想中追根溯源，他们认为从实质上来说，宇宙万物具有统一性，人类天性善良，并且提出内在的洞察力在揭示最深刻的真理方面比逻辑和经验更有优势。这些作家，有的是诗人，有的是散文家，除诗歌创作外他们都将散文作为其作品的形式。我们可以将先验主义看作是一种道德哲学理论，其逻辑不够严谨，也缺乏系统性。先验主义者对美国社会中的功利主义持反对态度，呼吁文化的复苏。在他们看来万物之源是仁慈，他们信仰仁慈的普遍力量，信仰精神的超脱，他们认为，万物是仁慈的重要组成。从19世纪30年代至内战爆发前夕，先验主义在新英格兰地区迅速兴起，成为一股哲学性的文学运动。先验主义对当时知识分子的状况进行了有力的表达，深刻影响了美国作家，尤其是霍桑和惠特曼。

（二）现代美国文学思潮（18世纪—1960年）

当历史具有了现代性，就标志着其进入了现代。现代性最早出现在文艺复兴的后期——启蒙时期，与古典性相对，核心在于“启蒙”“理性”，在它出现之后的时期里带领整个西方文明朝着现代文明发展，现代性与科学技术的进步以及现代社会的发展息息相关，这是社会“现代化”进程中必然会出现的结果。纵观西方文明史，可以发现，得益于社会的进步和经济的发展以及科学技术的进步，现代性才会产生。现代性在欧洲启蒙主义先贤们眼中是一项伟大的工程，是人类社会长远健康发展的美好设想。在韦伯的观点中，科学、道德和艺术组成了理想社会，这三个领域主要受到工具理性、道德理性和艺术理性的支配。在《现代性的五个侧面》中，卡利内斯库提出现代性是人类逐渐从黑暗中解放出来并觉醒的过程。概言之，现代性因为受到启蒙运动的影响，得益于近代工业革命的成果与发展，呈现出目的论的历史观念，具有强烈的线性时间观念，对理性主义非常强调，主张个体主体性，此外，它还对工业化和理性制度进行了维护，坚持科学精神，提出了社会分工思想。

在美国的文学史上，现代主义时期指的是从第一次世界大战开始，到第二次世界大战结束。现代派文学的兴起源于现代性，这一时期也成为美国文学史上的第二次繁荣，也正是这一时期的到来，使得美国文学在世界文学史上产生了越来越重要的影响。

19 世纪的现实主义和自然主义在第一次世界大战爆发前的一段时间里仍然占据着主导地位，深刻影响着文学的发展，在这样的背景下，文学中的主体依旧是传统的优雅与浪漫的情调。美国的艺术在 1900 年开始出现摇摆不定的情况，一直在现代性的边缘徘徊。美国的经济在 20 世纪初开始获得发展，垄断资本也实现了进一步的集中，城市人口规模不断扩大，工农运动的规模也随之扩大，加上科学技术的不断进步，新的工业经济开始出现并获得了良好发展，人们的生活逐渐走向城市化，并且发生了翻天覆地的变化，社会中充斥着大规模的生产、消费、娱乐，整个国家的政治、经济、文化等发生了变革。社会的变革必然会引起道德观念的变化，人们在这样的社会背景下，实现了眼界的扩宽，获得的知识也不断增多，这对人们原本的思维方式产生了深刻的影响。对于社会面貌以及人们的精神面貌，传统的艺术词汇也很难准确描述，为了对社会面貌和精神面貌进行恰当表现，新的文学表现形式应运而生，如印象主义、表现主义、超现实主义等。这些表现形式对当时社会中存在的问题、矛盾以及人们的精神世界，进行了高度表达，散文创作取得了进步，并且散文艺术表达力度也得到了发展。

美国的作家开始关注人们的内在世界，对内在世界进行分析和描绘，美国现代文学创作在两次世界大战之间深受欧洲现代派艺术的影响，他们基本上从主观的角度来看待现实事物，并对此进行表现，创作出许多著名作品，在这样的背景下，“迷惘的一代”产生了，代表作家为福克纳、奥尼尔、菲兹杰拉德、海明威等。这些作家在消极悲观、“迷惘”的同时，对在 19 世纪遗留在美国的传统思想进行了尖锐的讽刺与批判，对社会中的虚伪现象进行了揭露，对清教徒思想残余进行了深刻的批判。

（三）当代美国文学思潮（1960 年至今）

在经历了 20 世纪 50 年代的沉寂之后，美国在 20 世纪 60 年代发生了一系列事件，反战运动、黑人民权运动是这一时期的典型事件，在这些事件的影响下，美国社会中不断涌现新的思潮，要求对社会秩序进行改变，对文化进行改革。美国文学界经历了越南战争、学生运动、民权运动、女权运动等一系列的事件之后，出现了一批作家，这些作家善于思考社会中的各种问题，在这些作家的眼中，美国社会非常复杂，有着混乱的价值观。在这样的社会现实面前，这些作家不知道应该怎样解释，因此使用了新的表述形式对生活中的混乱、恐怖和疯狂进行了再现，使用了怪诞、幻想、夸张等手法。这些作家笔下所表现出的世界是一个缺少目标与发展方向的梦境世界，其所讲述的故事也是支离破碎的，主要对“反英雄”“性爱”进行描写，有的甚至是对不完整形象的描写。在这一时期的文学领域中，出现了多种思潮，充斥着各种文学观念。既有“垮掉的一代”、超现实主义文学，也有黑色幽默、科幻文学等。

20 世纪 20 年代出现了一批新的作家，这些作家被称为“迷惘的一代”，其主要代表人物是海明威、菲茨杰拉德等。“迷惘的一代”的作家们在美国资本主义繁荣时期成长起来，此外，他们还经历了第一次世界大战和经济危机，在这样的背景下成长起来的作家清楚地意识到垄断资本主义社会制度存在的问题，他们开始对旧有的价值和道德标准进行思考和反思，并且探索可以对自我进行表达的文学创作方法。在进行文学创作的时候，这些作家采用新的表现手法，将反战和理想破灭作为表达主题，他们的作品凭借真实性、现实性以及极具感染力的表现获得了很多读者的青睐。尽管如此，在他们的作品中，也有不足之处，其中最为突出的就是逃避现实的思想，他们在文字中流露出对前途的迷茫、不安、愤懑等。这些作家基本上都对战争非常厌恶，认为道德说教是虚伪的，不值得信任，因此他们对生活秉持着玩世不恭的态度，以此来表达自己的不满与反抗。海明威的《太阳照样升起》是“迷惘的一代”最具代表性的作品。菲茨杰拉尔德被称为“爵士时代的歌手”，其情绪与“迷惘的一代”有相通之处。吴尔芙在进行创作的时候，主人公基本上为他自己，他在短短的十年间就创作了好几百万字的小说，创作的主题都是作者在对自己也不清楚的目标进行追寻。

在美国的20世纪20年代出现了“南方文学”派，该流派代表人物是福克纳，“南方文学”派的作家，基本上来自美国南部，他们将《南方评论》等刊物作为发表看法与观点的主要阵地，主要对南方的历史、人文、景色等进行描写，借助这些描写来表达自己对于南方的双重心理和情感，对南方不仅有赞扬、怀念，还有谴责和憎恨。在表现手法上，这一流派与意识流小说非常相似，追求标新立异，用最新的“现代化”的艺术手段来表达古旧的悲剧题材，将传统文学形式的冲力表现了出来，为读者刻画了现代文学的怪诞图景，即“奇异流动的、不可捉摸的”图景。

“垮掉的一代”由一群诗人、作家和艺术家组成，他们对当时的美国现实感到不满和愤懑。旧金山的美术馆在1955年举办了诗歌朗诵会，这标志着“垮掉的一代”文学运动的开始。我们研究“垮掉的一代”，可以看出，有两种思想理论对其有着深刻的影响，一是存在主义，二是精神分析学。“垮掉的一代”是在第二次世界大战之后，美国文坛出现的流派，他们借助“激进主义”对资本主义和马克思主义进行反抗，是青年一代沉沦的产物。他们在文学上通过诗歌与小说的形式赞扬和歌颂“反叛”生活内容，甚至有些人将自己的生活与个人情绪带入了文学作品中，这就生成了“垮掉的一代”文学。“垮掉的一代”文学在发展中，受到美国民主运动的影响，带有政治色彩。但是相对来说，他们对东方宗教与东方哲学更感兴趣，在诗歌创作上，“垮掉的一代”充满了生机，实现了对美国诗歌朗诵的传统的复兴。

在美国小说领域，“黑色幽默”派是非常具有代表性的流派，自诞生起就一直影响着美国的文学。作为一种美学形式，“黑色幽默”从属于喜剧范畴，但是在深层次上蕴含着悲剧色彩。“黑色幽默”产生于美国动荡的社会背景下，反映了资本主义社会的缺陷和荒谬，在与“喜剧性”的矛盾相连接之后，实现了对权威的批判与讽刺，但是他们也认为改变整个的社会环境基本是不可能的，因此，在此类作品中可以看到悲观与绝望。海勒、珀迪、品钦、巴赛尔姆等是“黑色幽默”的代表作家。

20世纪80年代后期后现代结束，新的时代即“后理论时代”来临，新时代出现了现代主义与后现代主义，“后理论”的提出旨在说明理论并没有死亡，它已经渗透在对文学和文化现象的经验研究中，其作用不仅仅在于批判对象，同时也在于反思自身，是对批评界出现的对纯理论的反思。后理论概念的提出与新时代的发展趋势相吻合，在这一时代，文学和文化理论在某种程度上得到了新发展。

20 世纪 80 年代后，美国文学文化批评理论又有了新发展。世界上其他国家也出现了许多优秀的科学家和思想家。在法国的 20 世纪下半叶，雅克·德里达是重要思想家，还是著名的哲学家，在西方国家是解构主义的代表人物，在 20 世纪 60 年代，雅克·德里达的思想在社会中广受关注，同时其观点和思想也广受争议。他于 1966 年发表论文《人文科学话语里的结构、符号和游戏》，标志结构主义向后结构主义的转变，使得解构主义的革命思想登上历史舞台。

20 世纪后期，世界上发生了一系列重大的政治、科技、文化事件，对批评理论产生了巨大的影响。大凡在历史的重大转折关头，理论家们总会不约而同地关注历史，如后殖民主义批评理论就是批评理论和历史、地缘政治的结合，怪异论是批评理论和人类学结合的产物等。这种"后理论时代"被美国批评理论界的权威斯坦利·费希称为"反理论"。费希所谓的"理论"是指脱离具体历史境况、被高度抽象化并且放之四海而皆准的概念，如自由、平等、博爱、宽容、中立、多元化等，他把通常意义上的批评理论称为"概括"。虽然费希竭力说明"理论"不等于"概括"，但是两者间显然有密切的联系。20 世纪 60 年代初的各种语言学学派（乔姆斯基语言学、计算机语言学、话语行为理论、巴赫金的语言范畴等等）有一个共同的基本观点：发现并描述语言形式的普遍系统，将它应用于文本，以便产生正确的阅读。"正确"的定义并不是绝对的，而是相对的，正确的文学一般都能被大众普遍接受。费希认为学科不应该成为政治工具，他并不掩饰自己的保守主义，能够公开表达自己对其他不同观点的批判。对文学语言规律的"概括"就已经是费希所称的"理论"，除此之外，他还强调"任务的专门性"，认为每一个学科都有自身的特点，是其他学科所没有的。他把自由主义、启蒙思想理解为建立某种管理形式的尝试，他对古典自由主义思想或启蒙思潮持批判态度，认为具有不同政治倾向的人应该公平地竞争。他还认为文学阐释的合法性必须用作者的最初意图来衡量，而不是从读者自己的主观猜测出发。

近年来，美国文学界一直在努力推动多元化和包容性。这包括对不同种族、性别、性取向、宗教信仰等主题的关注，以及对不同文化和背景的作家和作品的认可。这种趋势反映了美国社会的多样性和包容性，也促进了文学的多样性和创新。随着新一代作家的崛起，他们带来了新的写作风格和技巧，这些作家通过实验和创新来探索文学的可能性，将传统的写作元素与新的技术和形式相结合。这种实验性和创新性也推动了美国文学的进步和多样性的发展。许多作家都开始意识到他们的社会责任感。他们通过写作来探讨社会问题，包括种族、性别、阶级、环境等。这反映了美国社会面临的问题和挑战，也促使作家们思考如何在文学中反映这些问题。

随着全球化的加速，美国文学也受到了影响。许多作家开始关注全球性问题，包括移民、跨国文化交流、全球气候变化等。这种趋势反映了美国社会的全球化和文化交流也促进了美国文学的多样化和创新。随着数字化发展和社交媒体的普及，美国文学也受到了这些因素的影响。许多作家开始使用社交媒体来推广他们的作品，并与读者互动。同时，数字化也带来了新的写作形式和阅读方式，包括电子书、网络文学等。

第三节　英美文学价值与意义

一、英美文学中所蕴含的精神价值

（一）人文主义精神价值

在英美文学中蕴含着诸多人文主义精神，而英美文学的表现方式也具有一定差异，因此其人文主义精神也各不相同。人文主义主要存在于经济初步发展时期，能满足大众思维上的需求，具有导向作用，其中所蕴含的精神价值较多，如自由、平等。人文主义改变了中世纪欧洲的现状，让无数人民能充分认识自己，在无数人民心中种下了希望的种子。以人文主义为依托，分析相应现实问题，能打破古希腊传统的理论，如命运悲剧论，让大众能更加重视物质追求，明确自我奋斗所带来的意义，所以在人文主义的引导下，大众更有反抗不公的力量，人文主义能解放大众的精神，让大众去除思想上的枷锁，打破传统宗教与国家的限制，实现自我飞跃。其核心在于从思想理念入手，塑造全新的精神世界，让大众拥有追求爱与理想的力量，引导英美文学发展，改变当时的社会面貌，建立全新的社会风尚。

英国文学发展历史悠久，在世界文学体系中具有不可撼动的地位。英国文学主要反映当时的社会面貌以及人文风景，因此英国文学能充分展现人文主义精神价值所在，体现其深远影响，而这也就缔造了英国文学的特殊品质。在英国文学中大部分作品都具有明显的人文精神，例如莎士比亚的文学作品在英国文学体系中具有深远的影响，通过分析莎士比亚的文学作品，可以明显看出其大部分作品都体现了独立意识和主观思考能力。与其他文学家的作品相比，莎士比亚的文学作品更加注重人文思想的内涵，以及对人类思维的影响，它主要是从底层逻辑入手，分析表象下的价值，所以更能展现英国文学作品中的人文主义。例如《仲夏夜之梦》通过较为独特的艺术表现手法，描绘了年轻人对封建婚姻的反抗。该作品中各丑角与正面形象形成了对比，正面形象主要是象征着美好爱情，而丑角主要是用来增加作品的喜剧元素。比如在第五幕中，书中的贵族青年由于没有生活负担，其心思主要放在感情上面。同时在该作品中，男女主角私奔以后，明显触犯了当时的法律法规，但是审判长得知内情以后，非常同情他们，没有进行相应惩罚。由此可见，在希腊时期，大众对于人文精神的关注比较强烈，希腊人眼中并没有国家与政治的概念，其法律也只是权威而不是神圣的，无法维护所有人的基本利益。

莎士比亚的大部分作品中存在着乐观主义和人文主义，充分体现了希腊雅典时代的人文情怀。《仲夏夜之梦》为莎士比亚早期作品，其创作背景为英国刚在西班牙的战争中获取了胜利，因此作品整体上较为轻松、愉快，各角色形象都自由、向上，都坚守追求爱情的想法。该作品与我国传统作品牡丹亭有相似之处，都是以底层逻辑入手，描写出人类的思想情感变化，展现当时群众追求人文主义的浪潮。

而美国文学中的人文主义主要是在 19 世纪兴起，由于美国社会的特殊性，因此人文主义在美国不会受到宗教、信仰的阻碍。美国社会底层人群较多，为人文主义发展提供了良好的环境。纵观美国文学作品能明显看出，其人文主义精神较为多元化，展现了人文文化的特性。例如《灵与肉》，该作品主要塑造了一个玩世不恭、年轻自负、以玩弄女性为乐的形象，虽然该作品在美国以及多地被列为禁书，但是也充分体现了美国文学的尖锐抨击力度，它从人性出发，揭示了当时教会制度以及信仰体系中的问题。该作品主要是描写人的欲望，通过主人公的自甘堕落，揭露当时的社会问题，因此这也就体现了在美国文学作品中人文主义风格较为自由、大胆。同时惠特曼作为美国文学史的重要人物，其作品大部分是从自身出发，从人文角度来观察社会中存在的问题；作者描绘了100多年前美国奋勇顽强的精神力量。当时的美国是波澜壮阔、伟大而真实的，各项工业革命产物层出不穷，因此在作者的诗中拥有许多底层人物形象，如船夫、屠夫、纺纱女、黑人，这些形象都具有自身特色，以昂扬的激情在美国文学体系中存在。在惠特曼诗中充分展示了大众对于物质和情欲的追求，看似每首诗没有任何关联，实际却存在着较为紧密的内在联系，从不同角度展现社会中的光辉，如哲理、人性。惠特曼的诗对我国五四时期的文学体系发展有着较为深远的影响，让我国诗人能更加关注自身，从人性角度阐述不同人群对于当代社会的感受以及需求，是个性化精神发展的重要苗头。

（二）理性主义精神价值

所谓理性主义是指一种不盲目追随大众，具有探索精神的启蒙态度，理性主义以审判性思想为主，从整体世界维度入手，开展论证。理性主义在哲学方面代表着自由与正义，是一种崇尚科学本身，反击愚昧思想，追求真理的主义思维，能通过抗争与申辩，诠释法治，因此在大部分文学作品中，理性主义精神都具有较强的特色。从柏拉图时代开始，西方哲学就高举理性主义的旗帜，这为后续各项文学活动奠定了基础，如文艺复兴、启蒙运动。理性主义更号召复兴与觉醒，例如启蒙运动，启蒙运动的口号是理性崇拜，展示了当时社会的人权需求，倡导平等与自由，理性是冲破中世纪禁锢的重要元素。

在英美文学作品中索尔贝娄的作品最具代表性，它延长了现实主义小说的存在时间。该作者在后现代的推动下，展现了现代主义写作技巧，赋予了现代主义小说全新价值，在该作者作品中，各细节描述较为多元化，并且极具现实感。该作者的作品阐述了各类错误主义的具体发生机制。作者所生活的背景处于社会快速发展阶段，大众会过度追求物质生活，对精神生活的关注并不强烈，因此作者的大部分文章都是以物质生活与精神生活之间的矛盾为主。该作者详细描述了在工业时期社会大众所面临的生活困境，如《更多的人死于心碎》。该作品主要展现工业革命后期社会面貌，以物质生活为核心，诠释了当时社会所盛行的各种主义，如享乐主义、消费主义。作者用讽刺的方式开展写作，将其上升到理性主义层面，其目的是引导大众在追求物质生活时，也能关注自身的精神需求，正确处理物质与精神之间的矛盾。同时《赫索格》也是该作者的重要代表作，该作品同样是以工业革命时代为背景，为大众展示了当时的社会现象，如物质化，表达了作者对于当时物质化关系的厌恶之情。作者以工业社会为背景，描述了当时背景下人与社会、人与人之间关系的转变，阐述了当时社会人与人之间缺乏亲情与爱情，大众过于追求物质生活而引发的一系列悲剧，并且揭示了各类悲剧产生的具体机制，与当时社会经济有着紧密联系，在该作品中作者对于传统而和谐的社会关系格外怀念。

索尔贝娄所生活的社会正处于工业革命发展阶段，经济成为评价社会以及个人的唯一标准，这导致当时的社会关系发生了巨大改变，大众在日常生活中过分追求功利，社会舆论扭曲了大众的价值观，导致当时社会关系畸形。索尔贝娄认为，社会与经济的进步所带来的快乐是短暂的，缺乏精神沟通必将导致社会文明弱化，因此在该作者的文章中，大部分都是对精神文明弱化现象的批判以及现实生活的反思，具有较强的哲学意味，向读者展示了工业革命时期的社会现象。

（三）黑色幽默精神价值

所谓黑色幽默主要是指通过喜剧的方式揭露当时社会的压迫，展示大众的悲苦情感，是一种荒诞的表现艺术，在文学作品中黑色幽默的本质是一种情感枷锁，体现了在当时社会下面对问题与苦难的无可奈何的态度。该写作方式在 20 世纪 90 年代流行，尤其是二战以后，黑色幽默创作方式更加突出，看似荒诞的表达方式，突破了传统文学作品中的语言限制，而这种表现手法能在一定程度上缓解悲剧中的厌恶情感，通过大笑的方式展现较为凄惨的情感。黑色幽默与传统文学作品相比，具有较强的特色，将笑声与悲伤之情全面融合，在笑声中透露出悲伤。当时美国的物质较为丰富，但是情感与精神缺失较为严重，社会意识冲击着美国，所以当时大部分文学大家在进行创作时，都会应用这种看似荒诞的文学形式，来揭露社会的不公以及底层人物无法反击的情感。同时大部分文学家都会用这种黑色幽默的方式来表达自身的情感，如愤怒、不满，通过自嘲诉说自身的欲望，例如约瑟夫·海勒。约瑟夫·海勒是典型的黑色幽默学派大家，其作品大部分以黑色幽默为主，例如《第22条军规》。在该作品中，军人如果想要停止执行任务，需本人提交书面申请，证明自身精神出现问题，而如果军人能意识到自身精神出现问题，又反向证明了军人并不存在精神问题，因此在22条军规中，军人是无法停止执行任务的。作者主要是想通过不合理的军规，揭露当时政府的荒诞无能以及腐败。

二、英美文学的现实意义

英美文学作为世界文学体系的重要元素，具有较强的教育价值，能让读者在阅读英美文学时感受不同时期的西方文化，了解不同阶段的西方文明发展进程。文学来源于生活，更高于生活，每部文学作品都包含了作者的人生经历以及现实情感，对于西方文学研究具有较为深远的影响价值，展示了在西方社会制度下大众的生活状态，读者可以通过阅读了解到全新的西方文明，在阅读过程中，读者能贴近群众生活，从底层逻辑入手，品位不同人群的思想情感变化，进而以点带面，了解整个西方社会现象。此外，阅读英美文学作品，能够切实激发读者对于英文的学习兴趣，让读者可以通过不同途径，提高自身的英文水平，积累文学词汇，进而了解西方文化与东方文化之间的差异，为读者带来良好的文学体验。在阅读过程中，读者能切实提高自身的英文感悟能力，为后续进行英美文学作品阅读奠定基础。同时读者在阅读英美文学作品时，还能在潜移默化中完善自身的人格，文学作品具有价值引领作用，通过引导的方式让读者产生正确的思维，培养读者正面积极的精神，完善读者的审美观以及价值观。在阅读过程中，读者会自觉代入主人翁角色，了解人物的情感变化，激发读者的探索欲望，并且部分读者还会效仿作品中的人物，约束自身行为举止，弥补性格缺陷，英美文学作品为读者带来良好的精神体验。最后，英美文学作品是文学领域中的语言大师，读者能通过不同作品了解到不同的文化情感。在英美文学作品中，各类形象都较为生动有趣，并且其语言较为精练。作者通过简短的语句展现自身的内心思想，让读者建立西方思维模式，培养读者的批判型精神，让读者能在西方文学作品与东方文学作品中完善自身人格。总而言之，英美文学作品作为千百年流传下来的宝贵财富，能弥补当代网络社会中，大众语言缺失的问题，激发大众的语言学习潜能，进而培养大众的理性思维。

英美文学作品具有较强的教育价值，其精神引导作用较为突出，对当今文化融合发展有促进作用。大众需正视文化的影响，师夷长技以制夷，提高自身的文化辨别力，提高文化修养，推动社会主义核心观念的发展，让文学生态能更加良好、健康。学者在研究文化理论和文学作品时，要注意不同文化之间的差异，结合实际情况开展系统性分析，进而把握英美文学作品的文化价值。

第二章　英美文学翻译

本章主要介绍了英美文学翻译的相关内容，共分为四节，分别是英美文学翻译知识、英美文学翻译策略、思维差异下的英美文学比较与翻译、文化差异下的英美文学翻译。

第一节　英美文学翻译知识

一、英美文学翻译的艺术性理论

散文包括文学和非文学两类，无论哪种散文，都十分看重艺术性。艺术活动的本质是一种以审美意念为核心，倾注了人类主体精神的，用来寄托情思、传授知识、交流思想、陶冶情操、升华情感的高级精神活动。而艺术品就是渗透着高尚艺术活动的产物，它体现了创造者所认可的审美性情感。只有在情感纯洁、品德高尚的前提下，艺术才能成为一种表达人类精神情感、释放心理能量的活动，创作出的作品才能被称为艺术品。艺术品是一种蕴含着创作者高雅审美观念的精神产品，它通过一种客观的物质载体来表达。艺术品的创作目的是引导人们抒发内心情感，并得到启迪和心灵的共鸣。乔治·奥威尔在其著作《我为什么写作》中曾经这样表述："如果写作不是一种美的经历，我就不会去写一本书，甚至是一篇长一点的杂志文章。"他甚至提倡"把政治色彩的写作变成艺术创造（make political writing into an art）"[①]。艺术源自创作者充盈的情感，他们认为纯洁高尚的情感需要被表达、回味、分享和沟通，通过艺术创作，精神得以释放和升华。他们追求的是高雅不俗的情感之美，而观众则是这种美好情感的珍爱者和欣赏者。因此，在他的写作中，致力于将自己觉得高雅、真挚的美学融入他所创造的作品

① （英）乔治·奥威尔．我为什么写作[M]．南京：南京大学出版社，2008.

中。一旦作品创作完成，其客观特性就会自然地与人类意念、愿望、价值相吻合，形成艺术作品的美的关系属性。美是艺术品真正的归宿，只有达到了美的标准，艺术品才能够称得上是真正的艺术品，才能够实现真正的成功。

和文学创作一样，翻译也是一种艺术性活动，所以它需要遵循艺术的创作规律和准则。艺术创作的一个重要特征是将创作者的主观审美情趣融入其中。这种艺术创作是审美和技巧的完美结合。艺术性是由审美感受与技巧相结合形成的，因此文学翻译需要具备艺术性，这不仅要求译者有艺术品位，还需要有技巧能力将这种品位体现在翻译作品中。比如，要理解文学创作中的笔法、结构和修辞等，作者和译者都需要拥有约定俗成的审美趣味，掌握被广泛应用的艺术技巧，这样才能展现出艺术上的素养。我们可以对“艺术性”的意思进行拆分，以便于理解：它指的是使用各种表现形式，如文学、绘画、雕塑、建筑、音乐、舞蹈、戏剧、电影、曲艺等，来反映现实世界，并呈现出具有代表性的社会意识形态。归纳而言，艺术性是指文学艺术作品准确、鲜明、生动地反映生活，表达思想感情，以及形式、结构和表现技巧的完美程度。

（一）接受者效果

接受者效果理论的源头可以追溯至接受美学。接受美学基本理论认为，作品的审美特质能够在作品中得到体现，而这种审美体验则是通过接受者的审美反应来体现的，接受者的个人背景则会对作品的接受程度产生影响。作品是否顺利被接受者接纳，取决于作者和接受者之间的潜力。作者提供的审美信息有时与接受者所获得的信息相似，有时却不尽相同。这取决于作者和接受者的个人经验及审美观点。如果他们能够充分沟通，则接受者接收的信息将可以与作者想表达的信息相同。然而，如果二者之间存在隔阂，接受者接收到的信息可能会被减弱、增强或改变。

（二）接受美学理论与翻译

接受美学的理论同样适用于译者与译作接受者之间的审美关系。在翻译中，译者扮演着复杂的角色，既要理解原文，又要精确地翻译出译文。每个接受原作的人都有其独特的个性和选择，这导致每个译者对同一篇原作的理解都是不尽相同的。而这种个性化特点又反映在译者为另一种语言符号系统创作的译文中。因此，读者可以从译者的翻译作品中看出他们作为接收者所带有的个人意见和接受目的，在不同的修辞背景下呈现出不同的反应，而这些反应并未改变原文的意思。然而，虽然每个个体对原作的接受都是独特的，但这并不表示接受是随意和不确定的。所有受众都处于某个社会环境中，他们接受信息的方式受制于社会文化契约，不能逾越其界限。另外，个体在接受信息时需要遵循原作中所限定的接受对象和审美标准，特别是要在艺术形象或艺术氛围的导引下作出定向选择。正是社会环境和翻译对象的限制，导致翻译作为接受者的再创作并不具有随意性。换句话说，虽然每篇翻译都有自己独特的风格和表达方式，但它们都依赖于相似的翻译原则和方法，以保证译文的同质性。这种“独特风格”是由译者的目标、修辞环境和个人因素造成的。这三个方面共同体现了翻译者的心理过程，揭示出对译文的影响。修辞情境可以分为产生情境和接受情境，若两种情境相同，修辞效果会更好；若两种情境不同，则会影响修辞效果。

这两个情境可以被进一步划分为：现实情境、个人情境、历史时代的社会情境。个人情境对于译本的影响程度最为显著。个人因素包括但不限于：个体的人生观、审美观、社会经验、生活环境、兴趣爱好、个性特征、身份地位、年龄、职业、性别等因素。其中，文学和语言修养的影响最为直接。译者的语言功力和文学素养会在译文中展现出来，有的译文会充满诗意，而有的则会蕴含深邃的哲学思考。实际上，当人们欣赏艺术时，他们所欣赏的是艺术所呈现的美感。因此，衡量艺术欣赏（接受）水平的标准是读者是否体验到了美。可见，考虑读者的观点并根据读者的需求来评估翻译的质量，是翻译研究必不可少的一部分。

在艺术鉴赏中，当读者阅读作品时，他们可以自由发挥自己的想象力去探索作品的艺术境界。但是，在进行再创造时，读者所运用的生活经验和审美经验是通过作品中语言、节奏和其他相关信息获得的。读者的生活经验和审美经验，与作品所传达的内容和性质息息相关。当人们认为某些事物具有优良的特性，而这些特性与人们所珍视的价值观高度契合时，这些事物就会在客观上具有美好的品质。如果我们秉持这些原则并且关注读者的反馈，就能够在一定程度上提升翻译品质。当涉及读者理念时，我们必须考虑到读者有不同的层次和水平。“普遍听众”是贝雷尔曼提出的概念，指的是那些具备能力和理智的人群。所有特定的听众在某种程度上都带有普遍听众的特点。因此，除了针对特定对象外，译者可以把普遍读者作为目标。

（三）“视野”与“视野融合”

“视野”指由知识和经验构成的理解范围。按照阐释学原理，原文因作者的知识结构和经验内容有其固定的形式结构和较为稳定的思想内容，阐释者的理解必须限定在原作的这一范围之内，否则就是过度阐释或是欠额阐释。但另一方面，接受者也因自己的知识与经验使得阐释不只是被动的单纯的理解过程，而是一个积极的创造过程。

按照这一原理来讨论翻译，翻译首先是理解原作。译者理解原作的过程，当然不能脱离原文所提供的基本范围，把自己的知识视野强加于原作，它是一个根据原作的描述，印证自己的直接间接生活经验并唤起自己的形象记忆和情绪记忆的过程。也就是说，由于译者长期浸润于自己的母语文化，习惯自己的语言传统，他是带着一个有自己思想感情的、有自己生活经验的、有自己个性学养的、有自己精神气质的完整的人进入原作中去的。因此在这样一个过程中，译者总是要凭借自己的想象力、联想力、情感和理解力，去领会原作意图和意境，再重新创造出一个不同于原文的新的艺术作品。由此看来，理解既不是译者完全放弃自己的视野，进入原作的视野，也不是简单地把原作的视野纳入自己的视野，而是译者从自己已有的视野出发，不断地扩展自己的视野，与原作的视野互相融合，形成一个新的视野。这样的理解，就包含了原作者和译者的共同视野，是原作者审美经验和译者审美经验的融合，这在接受美学上称为“视野融合”。这样翻译出的译作，既是原作内容与形式的再现，也必然带有译者的精神，因此译文也就是原作者与译者的双重创作。

（四）审美的同等效应

根据美学原理的解释，美就是因为对象具备符合人们认可的特征而在审美原则的基础上形成的关系属性。美并不是一种实体物质，也不是某个物体本身的特性，而是由该物体的特性与人类的价值观相互作用得出的一种属性。这种属性表现出了人类对该物体的积极评价。人类在美的形成和感受过程中扮演了双重角色。在此情境下，我们可以认为：美的存在必须与某种关系属性相关联。美是客观存在的，不依赖于人的审美意识。即使人不去欣赏，它依然存在于物体本身。人类对于客观美的感受，无论是来自自然还是艺术，都需要一个被认可的、有着正向价值指向的标准，这是不可或缺的。

因为艺术美是一种关系属性，所以欣赏艺术美需要主体人在脑海或意识中有人类意念和价值指向。只有这些价值指向与艺术品的价值特性紧密结合在一起，人们才能够真正意识和欣赏到艺术作品的美。若创作者所注入的审美特质与欣赏者的审美喜好不一致，欣赏者可能无法领略作品的美妙之处。如果一个人没有经过相关的感性和理性培养，即没有形成相应的审美认知和技能知识，那么他将无法真正欣赏到艺术品所蕴含的美感和价值。在欣赏艺术品时，人们的审美趋向会因民族和时代不同而有所变化，而艺术品所表达的主观审美观念也千差万别。由此可见，艺术之美因民族和时代的不同而异。然而，尽管人类在生理和生存环境方面存在差异，但他们也有相似的审美偏好。因此，艺术作品能够迎合这种共同的审美趋势，创造出一种共通的美感。各种艺术形式，比如绘画、音乐、舞蹈等，也都能创造出一种跨越时空和具有文化差异的共通的美感。甚至艺术家创作的作品有时能够呈现出普遍、长久的美感。这就是审美产生的同等效应，以及翻译的“可译性”等值结果的基础。

二、英美文学翻译的要求

（一）翻译应当传达原作风格

根据风格理论，译者必须尽可能忠实地传递原作的风格，而不能用自己的风格代替原作者的风格。中外学者都十分关注译者的翻译风格，因为如果一个译者坚持用自己喜爱的风格翻译，那么各种不同风格的散文作品都会显得类似，失去了原作的个性。林语堂曾在《论翻译》中说：“凡文学有声音之美，有意义之美，有传神之美，有文气、文体、形式之美，译者或顾其义而忘其神，或得其神而忘其体，绝不能把文义、文神、文体及声音之美完全同时译出。因此，百分之百忠实，只是一种梦想。”[①]

翻译成功与否在于是否能传达原作风格，这是翻译的本质所在，也是译者应始终遵守的原则，这一点至关重要，直接影响翻译的质量。原文朴素，就不能用华丽的措辞来表达；原文简洁明了，就不能使用细腻的语言翻译。译者在翻译不

① 李景端．翻译编辑谈翻译 [M]．武汉：湖北教育出版社，2009.

同的作品时，不应该始终使用自己的翻译风格，而是应该根据具体情况进行灵活处理。

在古代西方的翻译史上，人们非常注重翻译的风格。西塞罗反对将翻译者视为字当句对的解释员，主张保留语言的风格和力量。他主张翻译应该注重传达原文的本质含义，而不是试图逐字逐句地翻译。奥古斯丁主张在翻译过程中遵循三种不同的风格：朴素、典雅和庄严，并在其中作出适当选择。选择使用哪种风格，主要取决于读者的需求。当进行“启蒙”教育时，如果需要为基督教翻译，应该使用简单易懂、朴素的风格；为教育水平较高者翻译时，多使用典雅的风格；如果是对普通大众进行规劝，建议采用正式庄重的语气风格。还可以把三种不同的风格融合在一起，以满足读者的需要。无论使用何种风格，最终的目标始终相同：向听众传递真理，确保其能够听懂、欣赏，并能够在现实生活中付诸行动。

在《论文学原则》一书中，巴特强调了在翻译中要尽量保持原文句子的完整性，不论它们有多长。因为一个句子包含了一种完整的思想，句中的各个成分相互联系，形成了一个和谐的整体。尽管可以通过打乱句中短语或拆分它们来理解原文的思想，但这样无法保持原文思想的连贯性。探讨翻译理论应从六个方面进行：第一个方面是语法结构；第二个方面是词汇构成；第三个方面是翻译的表现效果；第四个方面是翻译的含义；第五个方面是翻译的文风和语气；第六个方面是原作者的特点或特色。

（二）重视对文化内容的分离

每个国家的作者都具有不同的写作方式和创作方法，这是因为各个国家的历史背景和文化特征都存在差异，在进行翻译工作时很有可能因为原文作者和译者生活的国家不同而出现不同的创作思路，那么就会导致翻译出来的文章和原文学作品中所要表达的意思不同。例如在对英美文学作品进行翻译时，同一个事物在双方的思想观念中就有可能代表两种截然不同的意思，其内涵就会发生变化。这就要求在翻译工作进行之前，译者一定要对作者的基本情况有所了解，然后对两者之间存在的文化差异进行分析和研究，找准作者所要陈述的观点，这样翻译出来的作品才会更加贴近作者的思想。翻译者一定要将自己的位置摆正，清楚自己所要进行的工作，将作者的思路放在主要位置上，在翻译的过程中要学会适当保留本土文化特征，这样读者在欣赏时才能更投入，同时这也方便读者理解和吸收。

在整个翻译过程中一定不能忽视英美文化作品中所蕴含的深意和要表达的意思，要将其内涵的精髓保留下来并展示给读者。

（三）需要谨慎抉择语言逻辑

在对英美文学进行翻译时，不可避免地会使用本土化的语言对这些文学作品之中的文化俗语进行理解。对比之前翻译的作品，我们发现很多文章对英美俗语进行了直接翻译，这种翻译的方法并没有被多数读者接受，对于文章中所要表达的意思读者一点也没有理解。

列举一个简单且容易理解的例子，在英文中有这样一段话“as timid as a rabbit”，用中文将其翻译过来就是“胆小如鼠”的意思，“rabbit”明明是“兔子”的意思为什么翻译到中文就是“鼠”呢？如果中国的读者对中英文化没有深入地研究过，就不会理解这两者之间存在的联系，自然也就不会对文章中所要传达的意思有准确的理解。如果翻译者在翻译的过程中遇到了一些比较难以阅读和理解的语句，或者这些语句没有一个正确的逻辑，那么翻译者就应该选择使用读者更容易接受的翻译方法对这部分内容进行准确的翻译。将文中所使用的俗语与上下文之间建立联系，能够让直译的文学作品阅读起来更流畅，同时也能适当减少俗语差异给文学作品带来的不和谐感。

第二节　英美文学翻译策略

好的翻译等于创作，甚至超过创作，这一点在文学翻译上尤为明显。一部文学作品既是作者心灵世界的艺术，又是客观现实的反映，而它所要表达的思想、情感、态度既体现在语言文字上，又流露于字里行间所隐含的语气、氛围中。因此，一部好的译作，既需要译者有良好的文学素养和语言理解能力，又需要其具备一定的翻译策略。只有这样，才能解决直译、意译所不能解决的问题，才能将原作的情感、意境原汁原味地呈现给读者。

一、创造性翻译

将原文翻译为另一种语言的过程也可以被视为一种创造性活动，但这需要在保持原意不变的前提下进行。在将两种语言进行转换时，译者应该具备独立思考的能力和创造力，巧妙运用译语，尽力将原著所包含的各种文本价值传递到译文中，并且不改变原文的意思。简单来说，翻译是把一种文化中最优美的表达方式转换成忠实于原作的另一种文化的表达方式。

如“When in Rome do as the Romans do.”意译为“入乡随俗”。从内容上看，意译是释义，而不是翻译；从文字上看，意译也不是翻译，而是创作。许渊冲先生在《翻译的艺术》一书中也曾指出：“好的翻译等于创作，甚至超过创作”“文学翻译是两种语言的竞赛”[①]。在英美文学中，由于受中西方文化差异、不同历史时期社会背景以及作者写作风格等因素的影响，很多时候直译或意译都不能表现出原文的语气或感觉，因此创造性翻译可以很好地解决这个问题。

例如：“I suppose I must,” said Miss Sharp calmly，and much to the wonder of Miss Jemima；and the latter having knocked at the door，and receiving permission to come in，Miss Sharp advanced in a very unconcerned manner，and said in French，and with a perfect accent，“Mademoiselle，jeviens VOUS faire mes adieux.”（William Makepeace Thackeray：*Vanity Fair*）

译文：“我想这是免不了的。”夏泼小姐说话的时候不动声色，吉米玛小姐瞧着只觉得诧异。吉米玛敲敲门，平克顿小姐说了声请进，夏泼小姐便满不在乎地走到屋里，用完美的法文说道：“小姐，我来跟您告别。”

这是英国著名长篇小说《名利场》中的一段内容，作者是19世纪英国批判现实主义作家威廉·梅克比斯·萨克雷。作者通过描绘19世纪英国贵族资产阶级骄奢淫逸、钩心斗角的生活图景，无情地揭露了封建贵族荒淫无耻、腐朽堕落的本质和资产阶级追名逐利、尔虞我诈的虚伪面目。故事主角蓓基·夏泼是一个聪明机智、美丽大方的姑娘。她尝过贫穷的滋味，一心要掌握自己的命运，摆脱困境。她不择手段，谄媚奉承，同时，又意志坚强、精力充沛，不顾一切地利用自身的优势以谋得在上流社会的稳定地位。译者把“must”译为“免不了的”，而不译为“必须、得”；把“calmly”译为“不动声色”，而不译为“平静地”；“unconcerned”译为“满不在乎”，这些译笔更为切合语气和气氛，使人物的性格和神态鲜明突出。这段话是描写夏泼与平克顿告别时的神态，语气中充分地表现

① 许渊冲. 翻译的艺术[M]. 北京：五洲传播出版社，2018.

了夏洛的刚强性格和反抗精神，使夏洛这一人物性格更为丰满。

例如："Curiouser and curiouser！" cried Alice（she was so much surprised that for the moment she quite forgot how to speak good English）.

译文："太希（奇）怪了，太希（奇）怪了！"爱丽丝惊叫起来。（因为她这会儿实在太诧异，连怎么说好英语也忘记了。）

这是英国儿童文学《爱丽丝梦游仙境》中的一段内容，作者是英国作家查尔斯·路德维希·道奇森。故事叙述了一个名叫爱丽丝的女孩从兔子洞进入一处神奇国度，遇到许多会讲话的生物以及像人一般活动的纸牌，最后发现原来是一场梦。原文中的"curiouser"是作者为了表达爱丽丝的惊讶程度杜撰的词语，通过磕磕绊绊的英语表达，来表现爱丽丝的惊讶之情，她连怎么说英语都不记得了。这就是作者成功发挥自我创造性的例子。在翻译时，译文同样根据原文杜撰了一个词"希（奇）怪"，为了方便读者更直观地理解，防止出现意义上的误会，它的发音正和"奇怪"相近（正如 curiouser 和 curious 相近一样）。这便是从艺术内容出发做了创造性翻译的典型例子。

二、顺应性翻译

如何选择翻译方法一直是学者们热烈探讨的话题。在文学翻译领域，有人认为应该采用归化为主的翻译方法，而另一些人则主张"以异化为主，归化为辅"的策略。随着争论的不断加剧，事情变得更加复杂，让人越来越难以分辨是非。

顺应论从综合认知、社会和文化功能的角度，对综观语用现象及其应用的行为方式进行了系统性描述和解释。它指出，运用语言是为了适应交际需要而进行语言选择的过程，这个过程可以在不同的意识层面进行。语言的运用，归根结底是一个不断作出选择的过程。这些选择可能是有意识的，也可能是无意识的，其根源来自语言的内在或外在方面。既然翻译是语言的运用，那么译者可以根据翻译目的，在可选的翻译策略中作出灵活的取舍和选择，比如归化、异化等，以达到最佳翻译效果。

例如：It was the best of times, it was the worst of times, it was the age of wisdom, it was the age of foolishness, it was the epoch of belief, it was the epoch of incredulity, it was the season of Light, it was the season of Darkness, it was the spring of hope, it was the winter of despair, we had everything before us, we had nothing before us, we were all going direct to Heaven, we were all going direct the other way—in short, the period was so far like the present period, that some of its noisiest authorities insisted on its being received, for good or for evil, in the superlative degree of comparison only.（Charles Dickens：*A Tale of Two Cites*）

译文：那是最好的年月，那是最坏的年月；那是智慧的时代，那是愚蠢的时代；那是信仰的新纪元，那是怀疑的新纪元；那是光明的季节，那是黑暗的季节；那是希望的春天，那是绝望的冬天；我们将拥有一切，我们将一无所有；我们直接上天堂，我们直接下地狱——简言之，那个时代跟现代十分相似，甚至当年有些大发议论的权威人士都坚持认为，无论说那一时代好也罢，坏也罢，只有用最高比较级，才能接受。（石永礼、赵文娟译）

这是英国长篇小说《双城记》中的一段内容，作者是英国作家查尔斯·狄更斯。小说描写了贵族如何道德败坏、如何残害百姓，人民心中积压了对贵族的刻骨仇恨，导致了不可避免的法国大革命。故事情节曲折紧张而富有戏剧性，头绪纷繁而充满忧愤，深刻地揭露了法国大革命前深深激化了的社会矛盾。这一段中原文用了矛盾修辞法，用大量的反义词来表达强烈的情感，如“best”与“worst”，“wisdom”与“foolishness”，“belief”与“incredulity”，“Light”与“Darkness”，“hope”与“despair”，“everything”与“nothing”等，译文在顺应原文语义的同时，也选择了大量具有比较意味的词，诸如“最好的、最坏的、智慧的、愚蠢的、信仰的、怀疑的、光明的、黑暗的、希望的、绝望的、拥有一切、一无所有”等等；在语言结构方面，也忠实地顺应了原文，既曲折变化，又一气呵成，大有波澜壮阔之势。

例如：He would carry a fowling piece on his shoulder, for hours together, trudging through woods and swamps, and over hill and dale, to shoot a few squirrels or wild pigeons.（Washington Irving：*Rip Van Winkle*）

译文：有时他还会为了打几只松鼠或野鸽子，掮着一支猎枪，穿林越泽，翻山越岭，一连跋涉好几个钟头。（万紫、雨宁译）

这是美国著名短篇小说《瑞普·凡·温克尔》中的一段文字，作者是美国作家华盛顿·欧文。小说的主人公瑞普·凡·温克尔是一个游手好闲、不务正业的人。他身为农民，却厌恶耕作，虽然脾气随和，乐于助人，在家里却懒懒散散，诸事不管不问。他可以钓一整天鱼，即使一个鱼也不来咬饵，他宁可挨饿，也不愿为一个英镑工作。然而，他可以为了打几只松鼠或野鸽子，穿林越泽，翻山越岭，一连跋涉好几个钟头。作者正是通过这种对比将瑞普·凡·温克尔刻画得生动形象，既揭示出他的不务正业，又充满了幽默与讽刺的意味。翻译本着符合汉语表达习惯的原则，将动作的目的放在了前面，动作本身放在了后面，并采用了归化翻译，将“carry”译成了“掮着”，而非“扛着”，这种精准的用词让读者深刻感受到主人公进山打猎的真实情境。“穿林越泽，翻山越岭”翻译得十分简练，而且表达了某种幽默。作者用“跋涉”来形容主人公毫不畏惧地跨越千山万水去打猎，恰到好处地描绘了其中蕴含的幽默意味，与原文在主旋律上达成统一。

三、杂合性翻译

杂合体则指的是不同语言文化互相交织、交流后形成融合特色，兼具多种语言文化特点但又拥有自身独特个性的混合形式。无论翻开哪一部翻译文学作品，都会发现其中蕴含了许多原文自带的语言文化元素，这些元素在译入语文化中不常见，如新奇的词汇、独特的句法结构、别具一格的叙事手法、文化象征和思维模式等。研究发现，几乎找不到一篇译文不带有文化或文学异质性成分。除了体现在语言方面，杂合现象也体现在文化、文体等文学要素上。即使是进行翻译时，杂合的译文也需要保留一些源语的元素。尽管这些元素违反了译入语的风格或标准，但是只要谨慎处理，就不会导致译文难以理解。相反，由于语言富有新意，甚至可能使读者更加喜爱。因为源语文化和译语文化不同，考虑到语境、时间、思维方式等因素的限制，源语和译语之间无法在指称、语用和言内这三个意义层面上完全对应。翻译有其限度，不应该过度变动原意。文学翻译的艺术在于既要忠实于原文，又不能太过局限于原文的表达方式。翻译应该能够传达原作的文学氛围和情感，达到创造性的艺术效果。因此，翻译者需要机动灵活地运用各种合适的翻译技巧。

例如：I cover my face with the bedclothes, and turned from her to the wall.（Charlotte Bronte：*Jane Eyre*）

译文：我用被子盖着脸，转过身去朝着墙，不理她。（祝庆英译）

这是英国长篇小说《简·爱》中主人公简·爱和女仆白茜的对话，her 指的是里德太太。里德太太是简·爱的舅母，因为嫉妒丈夫对简·爱的重视多过自己的子女而更加讨厌简·爱，将其视为眼中钉，因此，简·爱也非常讨厌她。译文中，祝庆英补译了“不理她”，忠实地传达了原文的情感意义，将简·爱对舅母的厌恶、对抗情绪表达得淋漓尽致，使简·爱自尊、倔强的形象跃然纸上。同时，也使译文意思表达更为完整，增强了译入语的感染力。

例如：The May-day dance，for instance，was to be discerned on the afternoon under notice，in the disguise of the club level or “club-walking” as it was there called.（Thomas Hardy：*Tess of the D'Urbervilles*）

译文：譬如现在所讲的那个下午里，就可以看出五朔节舞的旧风以联欢会（或者像本地的叫法，游行会）的形式出现。

这是英国著名作家托马斯·哈代的长篇小说《德伯家的苔丝》中的一句话。由于中西文化的差异，很多读者都不知道“五朔节”到底是一个什么样的节日，而译者以加注的形式解决了这个问题。这样的注释不但不会打断读者的阅读过程，相反还有助于读者了解外国文化。

第三节　思维差异下的英美文学比较与翻译

思维是人脑的一种功能，是人脑对客观现实的反映，是人类对客观世界的认识能力。思维看不见、听不到、摸不着，它必须以语言为形式。思维依靠语言来表达，而语言则是思维的工具，是思维外化的载体，记录着思维的成果。没有语言，则思维无以定其形，无以约其式，无以证其实。思维和语言是相互作用的，但相互作用的双方在力量上是不平衡的，其中思维对语言的作用具有决定性，思维方式的不同决定了语言表达形式的多样。

翻译过程始自语言，又终于语言；翻译活动不仅是一种语言活动，更是一种思维活动，翻译的过程是思维活动的过程，思维的共性是翻译的基础。人类共同的思维能力和思维规律使世界上不同民族的人群对相同的事物可取得共同的认识。人类生活在同一个物质世界，人类的语言反映着人类普遍的共性；各民族语言虽然不同，但都可以利用相同的概念、推理和判断等思维规律，指称事物、阐释词义、叙事述理、表情达意等。在翻译过程中，翻译客体（原作及其作者）和翻译主体（译者）之间的沟通依靠的是共同的思维内容和思维规律。这种共同的思维规律是人类思维的共性。

人类思维不仅具有共性，同时也必然具有个性。这种个性，突出地反映在人类语言表达形式上的差异：正是这种思维个性所形成的语言形式上的差异，构成了不同民族之间交往的障碍。世界各民族之间的相互理解与和睦的关系之所以受到阻碍，不仅是由于语言形式的复杂多样，更是由于思维模式的差异——也就是说，是由人们确定知识来源和进行有条理思维方法上的差异所造成的。这里所说的思维模式即思维方式，是指思维主体获取、加工和输出思维信息的方式。由于各民族的历史、生态、民情、习俗不同，对于同一思维对象或内容，不同民族的思维角度可能不尽一致，从而在语言上会采用不同的表达形式。在不同的民族中，尽管思维的内容大体相同，但由于思维的民族个性，在语言表达上存在着明显的差异。

英美文学作为世界文学的重要组成部分，具有独特的魅力和价值。然而，在比较和翻译英美文学时，由于文化、历史、社会等方面的差异，思维差异成了一个不可忽视的问题。

一、思维差异的体现

（一）文化背景差异

英美文化背景差异是导致思维差异的主要原因之一。在英国文化中，注重传统、礼仪和等级制度是其核心特点。这种文化背景反映在英国文学作品中，贵族形象和礼仪规范常常成为作品的重要元素。例如，在英国古典小说中，贵族和上层社会的人物通常被描绘为具有高尚品质和优雅风度的人，他们的行为举止都遵循着一定的礼仪规范。

相比之下，美国文化则强调自由、平等和个性。这种文化背景反映在美国文学作品中，个人英雄主义和平民形象成为作品的重要主题。在美国文学中，英雄人物通常具有强烈的个人主义色彩，他们勇于追求自由和独立，不拘泥于传统的束缚。同时，美国文学也注重表现普通人的生活和情感，通过对平民形象的描绘来展现人性的多样性和复杂性。

这些文化背景差异导致英美文学在塑造人物形象、表现社会价值观等方面存在差异。因此，在比较和翻译英美文学时，我们需要充分考虑这种文化背景差异，以便更好地理解原著的思想和情感。

此外，在翻译过程中还需要注意原著中的文化意象和象征意义。由于文化背景的差异，相同的文化意象和象征意义在不同的文化中可能有不同的解读和理解。因此，在翻译过程中需要特别注意原著中的文化意象和象征意义，以确保译文能够准确传达原著的思想和情感。

（二）语言风格差异

英美文学的语言风格也存在明显的差异。英国文学的语言风格通常较为含蓄、内敛，这与其文化背景和历史传统密切相关。在英国文学中，作家常常使用隐晦、间接的语言表达情感和思想，通过象征、隐喻等手法来暗示意义。

相比之下，美国文学的语言风格则更直接、生动。在美国文学中，作家常常使用简洁明了、生动有力的语言来表达情感和思想，通过直接陈述和描绘来呈现人物和场景。因此，在翻译美国文学作品时，我们需要注重保持原著的直接性和生动性，尽可能地保留原著口语化和通俗化的特点。

需要注意的是，在翻译过程中，我们不能仅仅停留在语言层面，还需要深入理解原著的文化背景和历史传统，以及其背后的思维方式和价值观。只有这样，我们才能更好地保留原著的风格和韵味，同时让读者更好地理解和欣赏英美文学作品。

（三）思维方式差异

英美文学的思维方式也存在差异。英国文学通常更加注重理性思维和逻辑思维，这与其文化背景和历史传统密切相关。在英国文学中，作家常常通过理性思考和逻辑推理来探究人性的本质和社会的规律，通过深入剖析人物的心理和行为来揭示人性的复杂性和矛盾性。因此，在翻译英国文学作品时，我们需要注重理解原著的理性思维和逻辑思维，以及其背后的文化内涵和历史背景。

相比之下，美国文学则更加注重直觉思维和感性思维。在美国文学中，作家常常通过直觉和感性体验来表达情感和思想，通过描绘人物的情感和感受来呈现人性的多样性和复杂性。

总之，英美文学的思维方式存在差异，这种差异在翻译过程中需要特别注意。我们需要深入理解原著的文化背景和历史传统，以及其背后的思维方式和价值观，同时注意原著中的文化意象和象征意义，以确保译文能够准确传达原著的思想和情感。

二、应对思维差异的策略和建议

（一）深入了解文化背景

在比较和翻译英美文学时，需要深入了解两国的文化背景和历史传统。这有助于更好地传达原著的风格和韵味。

（二）尊重原著风格

在翻译过程中，需要尊重原著的风格和语言特点。如果原著的语言风格是含蓄、内敛的，那么译文也需要保持这种风格。

（三）注重思维方式的转换

由于英美在思维方式方面存在差异，因此在翻译过程中需要注意思维方式的转换。例如，如果原著是以理性思维和逻辑思维为主的，那么译文也需要以理性思维和逻辑思维为主；如果原著是以直觉思维和感性思维为主的，那么译文也需要以直觉思维和感性思维为主。

（四）保持跨文化交流的态度

在比较和翻译英美文学时，需要保持跨文化交流的态度。这有助于我们更好地理解不同文化背景下的文学作品，以及更好地传达不同文化背景下文学作品的思想和情感。同时，也有助于我们拓宽视野，提高跨文化交流的能力。

总之，思维差异是英美文学比较与翻译中不可忽视的问题。我们需要深入了解文化背景、尊重原著风格、注重思维方式的转换以及保持跨文化交流的态度。

第四节　文化差异下的英美文学翻译

随着时代的不断发展，现代化语言的发展方向也随之不断地变化，朝着更加多元化的方向迈进。对于语言本身来说，它会更多地受到文化差异的影响，尤其是翻译理论。翻译不仅要传承传统优秀理论，还要与时俱进，跟上时代发展的脚步，从而适应时代的语言环境。下面我们主要分析跨文化翻译中所遇到的疑难问题，找到相关的解决办法，使世界文化更好地融合到一起。

一、文化差异背景下阻碍英美文学翻译的因素

（一）地域文化差异

对于文化本身来说，影响它的因素有很多，地域就是一个影响因素。不同地域之间的文化会呈现出一定的差异性，因为不同地域的文化背景有差别，这也就意味着不同地域人们的文学素养会不一样。文学素养在很大程度上与人们的感知能力有关系，而人们的感知能力不仅会受到地域的影响，同时也会受到气候的影响。不同地域文化之间的差异与人们的感知有很大的关系，这对跨文化翻译来说，无疑是一个非常大的挑战。

我国处于亚欧大陆之中，地理环境与美洲大陆和欧洲大陆不一样，不仅在地理环境上与英美国家大不相同，在海洋环境上与一些周边国家也不一样。这些差异导致在对英美文学作品进行翻译时，对于风向和方向的讨论会不断变化，是否该变动翻译的争议在短时间内不会消失。我国位于太平洋的西岸，受到地势和气候的影响，东风传播的时间通常都是在初春，且东风所传递过来的温度是十分高的。所以在中国文学中东风所代表的都是一些比较有生机的事物，特别是它象征着生命力，文学家们经常在文学作品中运用“东风”一词，如在《三国演义》中写诸葛亮借东风。但是在英国文学作品中“东风”所代表的含义就是完全不同的，因为英国位于欧洲大陆的西侧，所以英国文学家们都认为“东风”是寒冷和愁绪的代名词，只有在形容特别悲惨的事物时才会使用“东风”。在英国文学作品中西风所代表的含义是“春意”，在《西风颂》中，“西风”的寓意就是春天即将来临，

人们也将会迎来一个全新的世界。在翻译过程中，翻译工作者尤其要重视地域特征所导致的文化差异，并将这种差异因素进行分析研究，这样才能避免翻译过程中出现严重错误。

（二）风俗习惯差异

从历史发展的角度来说，每个国家都已经形成了独有的地域文化，并且许多地域的风俗习惯也是与众不同的，这种不同体现在许多方面。例如，人们的语言环境不同，或者是人们的服饰差别，抑或当地人自己约定俗成的风俗习惯等。从中国的传统文化层面来说，龙是代表中国文明的图腾，同时也是权力的一种象征。例如，在中国，各代皇帝所穿的服饰上都有龙的刺绣；而在西方，龙却不是文明的图腾，它代表着黑暗的势力，西方人并不喜欢龙，相反，他们更希望龙消失在人们的生活中，这样才能够使国家和谐安全。各国之间的文化差异，使中西方文化在交流中出现障碍，由此可知，无论是将中国文化翻译成西方语言，还是将西方文化翻译成中国语言，都需要考究中西风俗习惯之间的差异。

（三）宗教信仰差异

中西方文化之间的差异性还体现在宗教信仰方面。对于西方人来说，他们几乎每个人都有着自己的宗教信仰，这也在一定程度上增加了英美文学翻译的难度。在西方文化中，基督教、天主教等宗教信仰占据重要地位。许多英美文学作品，特别是古典作品，都深受宗教影响。宗教元素、典故和象征在文本中随处可见。对于没有相应宗教背景的译者或读者来说，理解这些元素可能会很难。宗教语言往往具有独特性和象征性，有时甚至在不同的宗教派别中有不同的解释。在翻译过程中，如何准确地传达这些宗教语言和内涵是非常有难度的。此外，一些宗教术语和概念在目标语言中可能没有直接对应的词汇或表达方式，这也增加了翻译的难度。

宗教信仰往往塑造着人们的价值观、思维方式和行为准则。在英美文学作品中，这些宗教价值观和思维方式常常渗透在人物塑造、情节发展和主题表达中。在翻译过程中，如何准确地传达这些价值观和思维方式，同时保持原著的风格和韵味，是一个需要仔细考虑的问题。

二、文化差异背景下英美文学作品翻译若干问题研究

在国家之间进行文化交流的过程中，一个重要的桥梁就是文学作品的翻译。如何摆脱文化差异带来的阻碍，同时以适当的翻译手段为不同国家带去精准、丰富的文化内容就显得很重要。在翻译英美文化内容时既要具备基本的翻译能力，还要明确区分双方国家在文学风格与文化方面的差异。

文学翻译不同于一般的译制内容，从读者角度来看，对文学作品翻译的要求更高，唯有区分、了解双方国家的文化与宗教差异，方能更好地把握文学作品，了解其真正的文学价值。

（一）文化差异背景下英美文学作品翻译质量带来的影响

一直以来，中国与西方文化间的特殊纽带就是英美文学的翻译，这也时刻提醒着我们，为进一步加强中国与其他西方国家之间的文化交流，提高文化接壤的质量和效能，就要有针对性地选择与之相适应的文化传播方式及更加贴合文学作品原貌的翻译。由此，以文化差异为研究背景，进一步探究英美文学翻译策略对翻译产生的影响，才能更加凸显翻译的实际意义。我们通过以下两方面的阐述可以明确其影响方向。

其一，粗糙、不完整地翻译表达不出英美文学作品的精髓。

不论从国家发展的基本进程还是从基本国情角度而言，西方国家和中国的发展都不一样。因此，为了让读者更加客观地解读文学作品中的内容观，同时加深中国读者对西方文化差异性的理解，译者必须加深对英美国家的文化底蕴和价值观念的理解。

其二，尊重原著，增加文学作品传播的价值。

如果忽略文化差异，文学作品中引用过的一些典故将会被读者误解。更严重的是，如果其中涉及国家地域、人文等历史性内容，翻译不当会误导读者，从而阻碍语境的形成。

（二）文化差异背景下英美文学作品翻译的原则

1. 文化差异背景下的翻译需要译者明确对方文化背景

我们进行英美文学作品翻译的目的就是将英美文化中比较有代表性的文化传播出去，一些英美文学作品在翻译之后会被赋予新的生命，原本并不具有传播价

值的文学作品经过翻译之后可能就具有了文化传播价值，但是翻译时还是要以文学作品原本所要表达的意思为主，作品本来的面貌一定要予以保留，这就要求翻译工作者将作品的根源研究透彻，这样在翻译的过程中才不会出现篡改文章原本意义的现象。

翻译工作者应该对原文作者的成长背景有所了解，只有清楚作者从小生长在一个什么样的环境中才能对其思想有所掌控，对故事的创作背景和国家的历史发展情况也要适当地了解。翻译者只有对作者的基本情况了解清楚后，才能站在作者的角度去进行翻译工作，这样翻译出来的英美文学作品也能保留其原有的文化色彩。

2. 文化差异背景下的翻译需要译者重点突出文化融合

基于中国与英美两国在地理条件、宗教文化和思维方式方面的差异，在表达同一个含义时，应用的语言内容与表达方式不同。因此，在翻译英美文学作品时，译者应注重中国与英美两国文化的融合，从英美两国的文化背景入手，分析理解英美文学作品的内容，再以中国人熟悉的表达方式、思维习惯和习惯用词进行翻译，实现中国与英美两国文化的有效融合，消除文化差异引发的阅读障碍，为读者准确传递文学作品的内涵、提供更多优质的英美文学翻译作品。

（三）文化差异背景下英美文学作品翻译策略

1. 掌握英美文学基本的翻译手法

翻译者在翻译之前会根据所要翻译的英美文学作品的内容进行翻译手段的选择，简单的内容和较为复杂的内容所使用的翻译手法是大不相同的，具体的翻译手段还要根据所翻译内容的文化特征来决定。通常翻译工作者所使用的翻译手段有三种。第一种是直译，此种方法是最简单、最直接的翻译方法，翻译者直接按照英语的思维使用汉语将其翻译出来，这样的翻译手段既有弊端也有优点。优点就是能够为读者呈现出最接近原书的版本，通常情况下这种方法更适用于翻译一些学术性较强的英美文学作品，因为学术性强的作品中隐喻较少，在语句和语义上不会产生多大的误差，也正是因为如此，在跨文化语境中这种翻译内容是最不容易产生误差的。第二种翻译方法就是转化翻译。一般情况下翻译散文和小说时会选择使用这种翻译方法，因为小说和散文中故事性和意识性比较强，如果使用直译的方式很有可能会丢失作品中原本想要表达的意思，给读者阅读带来困扰。

第三种翻译手法就是综合性翻译手法，这种翻译手法是目前为止最为严谨，最能够体现翻译者翻译水平的翻译手法，一些严谨的内容可以使用此种翻译手法。

在使用翻译手法时一定要保证翻译者对英美文学作品的创作背景和作者有一个基本的了解，同时译者也要对东西方文化有所认知，将其中所存在的文化差异进行分析和对比。另外，翻译者一定要保证所翻译的内容上下文之间有紧密的联系，所翻译出来的内容也要与英美文学作品原作所表达的情感和意思相同。

2. 建构英美文学翻译思维

在翻译英美文学作品过程中，译者不仅仅是文化传播的纽带，从汉语思维角度而言，文化差异作用下，好的译者更是帮助读者找到让西方艺术形式得以延伸的更好途径。另外，建构英美文学翻译的缘由如下所述：在接受西方文化时，中国读者必然要面对一些文化差异上需要理解和记忆的要点；译者更是英美文学作品的“再造者”，在翻译过程中译者有责任体现出作品的精神内容和文化内容。

作为一名文化翻译人员，不仅要重视价值理念，而且要重视文化之间所体现出来的差异，要在我国与英美等国之间找到一个合适的角度去进行文化交流。因为我国与英美等国的社会本质是不同的，我国属于社会主义国家，而英美等国属于资本主义国家，这导致了我国的社会价值观与英美等国的社会价值观有所差异。要以国家文化背景为基础进行翻译，使读者更好地理解差异。

在中西文化中，有一种重要的文化会存在差异，那就是民俗文化。民俗文化的差异可以体现在很大的层面，也可以体现在很小的层面。大的层面可以上升到原则，原则可以通过精神信仰体现，或者是通过集体行为来体现。小的层面可以讲到细节，这种细节可以通过一句话来体现，也可以通过某个颜色来体现，还可以通过某种动物来体现。例如，熊猫是我们的国宝，但是在西方国家，熊猫就只是一种动物，因此应该在翻译中注明。

除上述因素之外，还有一个影响翻译的因素，就是宗教文化。

在我国，尽管文化有着非常悠久的历史，经历了5000多年的发展，但发展得比较理想的是儒家文化。儒家文化在中国的地位非常高，它的影响力可以与西方的宗教文化相媲美，所以当翻译学家在翻译中国文化时，一定要深入了解儒家文化，在翻译西方文化时，一定要了解源语言国家的宗教文化。在英美文学作品翻译中，必须找到合适的翻译方法，准确地将宗教文化翻译出来。

在文化差异的宏观作用下，译者需要在编译过程中把自身思维与西方思维融为一体，以自身文化底蕴为基础，使中西文化达到高度的契合。其中，明确区分特色文化词语和比喻词句的根本含义也是译者的必备能力之一。

由此可见，深厚的文化底蕴只是一个译者需要具备的基本素质，具备特定的文字审美和创作能力，才能称得上是一名合格的译者。如此才能够在西方特殊文化的翻译过程中比所有的读者更了解现译的、英美文学作品，利用汉字语言的魅力将英美文学作品的价值、意义再度重现。

3. 重视文化特征的体现方式

实际上，翻译并不是完全根据词汇本身进行，而是有一定方法的。比较常用的策略有两种：一种策略是归化，另一种策略是异化。归化指的是在大多数英美文学作品中，应该采取直接翻译的方式，而不是转译方式。这样做的目的是尽量避免将词语原本的意义表达错，而翻译人员在翻译作品时，也要多站在读者的角度去选择读者更容易懂的词语，但这种翻译方式会存在一个问题，就是读者并不能够直接理解作者原本要表达的含义。异化指的是最好将作者所表达的含义的95% 以上翻译出来，在翻译时，尽可能保留原作的特点。异化更多地尊重原著，根据作者的思想和作者的表达方式去翻译，这种方式很难让读者真正领会到作者的思想，毕竟文化之间的差异很大。相较而言，归化的翻译方式更适合那些想要研究当地文化的读者，而不适合普通读者。

当然，对于英美文学作品的翻译人员来说，他们需要具备一定的专业能力，最基本的要求包含两个层面：一个层面是文学功底，一个层面是美学功底。因为在对作品进行翻译时，不仅要注重词汇的本意，同时还要注意如何将词汇翻译得更加通顺优美，给读者更好的体验，使读者置于词汇所营造的环境中。而翻译人员本身的能力也是非常重要的，翻译人员需要学习更多的翻译方式，审美能力也要尽可能地提高，这样有助于自身对作品的翻译。

三、文化差异背景下英美文学翻译重点问题研究

当今的世界已经逐渐走向多元化，不管是在物质文化上还是在精神文化上，国家之间都存在差异，各个国家都有属于自己的特色文化。我们要将中国的文化传承下去，这是对我国传统文化的尊重，与此同时也要对其他国家的文化进行拜

读，这是一种文化交际。对其他国家古老文化的了解能提升我们的精神境界。我国一直以来提倡阅读和钻研国外经典文学作品，其根本目的就是要丰富我国人民的精神文化生活。但是受到文化差异的影响，我国的翻译人员在对英美文学作品进行翻译的时候经常会遇到一些较为棘手的问题，到底该如何将这些有着文化差异的内容转化成大家所能理解的内容，是目前我国英美文学翻译工作者所要重点研究的问题。

（一）中西方价值观存在的差异

一般地，作者的直观思维决定着文学作品创作的成功与否；作者自身的认知与才华决定着文学作品的深度与广度。也就是说不论是内容的表达，还是其传达的意义都是作者价值观的传达。因此，我们需要先探究中西方文化的价值观差异。中国素来以礼貌和谦逊而闻名，这种价值观被视为一种群体价值观和“为人处世”的方法，存在于人们谦虚、谦让待人的表象之下。然而，在西方文化中，“自我”是所有活动的核心。在这种文化中，人们更加关注自我发展和自我状态，始终保持清晰的认知。

因此，英美文学作品中的主角通常注重自身的成长和发展，强调个人英雄主义，而且英美国家也非常重视个人利益。在中国文化中，家庭观念和宗族观念一直以来都占据重要的地位。中国人通常热衷于集体生活，并将传统的伦理道德体系看得颇重。因此，中国文学中经常使用“单丝不成线”“独木不成林”等类似的表述。而在英美文学中，“self-respect”“unremitting self-improvement”等带有“self”特色的词语应用频率比较高。

（二）中西方风俗文化上存在的差异

习惯和风俗指的是中西方文化中广泛存在的通行习惯，是国家在长期的发展中逐渐形成的、不言而喻的文化。在中国文化中，红色代表喜乐和庆典，同时也象征着顺利、成功以及财富等积极的意义。通常，在中国文化中，红色代表着吉祥和繁荣，因此，“红运当头”和“红红火火”都是一些以“红色”为主题的吉祥语。在“红人”“红颜”等词语中，也能够感受到积极的暗示。然而，在西方文化中，红色代表着不祥、负面。比如“red-bait”“red-tape”“red cock”等带有“红色”意义的词汇，都具有负面含义。在中国文化中，人们通常用“老”来形容那些备受尊敬、品德高尚、才华出众的人，比如“老前辈、老教授、老干部”等。人们看到这些词语时，很容易就会想到一些仁慈温和的形象，这充分表明了在中国文化和语境中，“老”这个词语代表着正面的角色。在西方文化中，“old”常常代表着“过时的”或者“不先进的”，并没有传达太多的文化意义。

中西方文化之间的差异不仅体现在词汇上，还体现在对数字的喜爱程度上。中国人喜欢用数字 6、8、9 等，因为这些数字在汉语中的发音与其对应的吉祥意义相符，6 代表顺利、8 代表发财、9 代表长久。因此，在庆祝新年和相互祝福的时候，人们会恰当地使用这些数字来表达祝福。在西方文化中，9 是最接近完整，但同时也被视为最具不完整性的数字。因此，许多西方人在进行谈话和使用数字时，通常会尽量避免使用数字 9。例如，钢琴作曲家贝多芬曾经创作了广受欢迎的九部交响曲，在这些杰出的音乐作品问世后，他永远地离开了这个世界。奥地利作曲家马勒也在为数不多的编曲作品之中，写下了以数字 9 命名的作品，然而他的生命也在此后很快走到了尽头。有了上述的历史文化背景后，西方人对数字 9 更为谨慎小心。数字 13 与数字 9 相似。西方人常将数字 13 视为代表着背叛和邪恶的数字。此外，洛基是北欧神话中排名第十三的神祇，他曾迫害自己的兄弟致死，并在葬礼上担任第十三个悼念者的角色。因此，在西方文化中，13 一直被视为不吉利的数字，因此很多酒店为避免不祥之兆，在电梯按钮的编号中都跳过 13。在中国，数字 13 并没有特殊的意义，在中国文化中，数字 4 才是代表着恐惧和死亡的数字，因为在汉语中，数字 4 的发音和“死”的发音相似。因此，在英美文学作品中通常会出现人物对数字 13 的忌讳现象，翻译人员需要在文章中特别注明相关背景提示，以便帮助读者理解文章，不影响其正常阅读。

第三章 英美小说与翻译

英美小说具有重要的研究价值，将其科学地翻译出来，有利于各国进行文化交流。本章重点介绍了英美小说与翻译的相关内容，共分为四节，分别是小说特征与语言特点、英美小说历史演变、英美小说翻译技巧、英美小说翻译原则与实践。

第一节 小说特征与语言特点

一、小说的基本特征

小说通常具有较为完整的情节，注重描绘人物形象，通过环境和背景来反映社会现实，表达创作者的思想和情感。这表明小说的基本属性是塑造人物、展现情节、描绘环境。

（一）细致的人物刻画

对人物进行描述是小说的一个基本特征，也是小说的核心。虽然诗歌和散文可能不包含人物，但小说一定会有人物形象的塑造和描写。小说成功的标志之一是对人物形象的成功刻画。小说是一种容量较大的艺术形式，相比于剧本，它不受舞台时空限制；与诗歌相比，它不受篇幅限制；与报告文学相比，它不受真人真事的束缚。因此，在小说创作中，作者可以自由运用各种艺术手段，以多角度、多侧面、多层次的方式对人物进行立体化的描绘。

（二）完整的情节叙述

情节是一种将各种事件融合成一个完整而有意义的故事结构的手法。一系列事件被有机地组织起来，具有了因果关系，形成情节。小说的生动性也有赖于其情节的精彩程度。相较于戏剧、叙事诗及散文的情节，小说情节以其较长的篇幅和更大的容量为优势，没有被限制于相对固定的时空内。小说可以将社会人生、矛盾冲突和人物性格描绘得更为全面，其情节呈现出连贯性、完整性、复杂性和丰富性的显著特点。

（三）充分的环境描写

小说的环境是人物所处的时间背景、社会文化环境、自然条件和具体场所等各个方面的综合体现。小说中的环境描写有很多作用。首先，环境描写可以突出人物的性格和形象，帮助读者了解人物的身份和思想。其次，通过环境描写，作家还可以暗示人物的性格、洞悉其内心世界。再次，环境描写能够展示故事情节并且随时更改场景，在时空方面更具灵活性，有助于故事情节的展开。最后，环境描写能够确定作品的情绪氛围，起到烘托的作用。例如，通过描写昏暗或明亮的环境，可以传达出作品沉闷压抑或欢快舒畅的情感氛围。小说的特点在于它有足够的篇幅和自由的时空背景，让作者得以巧妙地运用环境描写来丰富作品的艺术价值。

二、小说的语言特点

（一）形象与象征

小说通常采用形象和象征来生动地表现或表达情感和观点，而不是透过抽象的论述或直白地叙述事件来表达。小说通过使用形象的语言来描绘场景、事件和人物，使读者能够深入地感受其中的细节和情感，并从中获得一些体验和启示。小说通过详细描写人物、事物来表达情感，并常常使用具体的语言来表现抽象的概念，通过形象地描绘来传达无形的思想，从而让读者逐渐被感染。

在小说中，作者常常运用象征手法来表达想要传达的意义。象征不是明确地代表某种思想或观点，而是仅仅通过启示和提示来激发读者的想象力。象征的语言特点是用有限的话语来表达丰富的暗示和隐喻，让读者在其中寻找深层意义。

小说的语言特点之一是运用形象和象征的手法来揭示内容，表情达意。这种技巧极大地增强了小说的文学性和艺术感染力。

（二）讽刺与幽默

讽刺是一种运用反语、反讽表达内容的修辞手法，通过表面上的表达与内在的真实含义相互对立、相互矛盾的方式，达到批判、颠覆、揭示某种社会问题或道德观念的目的。讽刺通常用善意的调侃带来妙趣横生的效果。使用讽刺可以强化文章的道德、伦理等教育意义。幽默在提升文本的趣味性方面具有不可忽视的作用。虽然讽刺和幽默的作用不同，但它们结合起来能够带来非同寻常的效果。想要达到讽刺和幽默效果，通常需要运用语气、音调、语义、句法等多种手段。小说语言的讽刺和幽默效果有多种表现形式，这些形式不仅是展现作品思想内涵的关键手法，也是小说语言风格的重要组成部分。

（三）词汇与句式

在小说中，作者能够通过选用不同的词汇和安排不同的句式来表现主题并达到特定的艺术效果。小说中用来描述情节的词汇和引语中使用的词汇是不同的。在表述时，使用的词语比较正式、优美，富有书卷气息。小说中的引语具有一些文学特点，比一般的引语更有审美价值。小说的引语应该避免常见对话中的起始错误、口误，以及因为思考或搜索所要说的话而引起的词汇重复和语法结构错误。

小说中的句子不仅包含模式化的语言特征，如对称、排比等，还有一些与常见句式不太一样的表达方式。使用不同的句式会产生不同的艺术效果，作者恰恰是通过巧妙地运用这些句式来达到表达意图的目的。

（四）叙述视角

简单来说，小说就是通过讲故事来表达主旨，因此其语言是用来叙述故事的一种手段。在传统小说中，内容是最为重要的，小说的重心在于故事情节、人物形象和环境描写等要素的研究和塑造。相比之下，现代小说理论更加注重研究讲故事的方式，从原本关注小说的主题和情节转向了关注小说的叙述模式、手法以及语言结构和特点。一般来说，小说的叙述方式可以为第一人称或第三人称。传统小说一般使用两种叙事视角：一种是作者以全知的角度叙述；另一种是采用自传体的叙述方式，也就是以第一人称的方式进行叙述。现代小说则从某一特定人物的视角出发进行叙述。总而言之，叙述角度的多样性会带来不同的艺术效果和审美效果。

第二节　英美小说历史演变

一、不同时期英国小说文学的发展

（一）英国小说的发端期

文艺复兴至17世纪，是英国小说的发端期，是小说这种文学形式的雏形阶段，也可以说是韵文叙事文学向散文叙事文学转型的时期。

最初的小说，是从英雄史诗以及骑士叙事诗中发展而来的。在中世纪，盎格鲁－撒克逊人创作的《贝奥武甫》和关于亚瑟王及其骑士团的传说，表达了当时人们的思想和现实生活，对英国小说的产生起着重要的作用。在文艺复兴初期，杰弗雷·乔叟（Geoffrey Chaucer，1340—1400）创作的《坎特伯雷故事集》（*The Canterbury Tales*）通过诗歌的方式刻画现实人物和事件，展现生活场景，描绘人物形象，并传达诗人的个人体验。相较于英雄史诗和骑士传奇，这种创作方式更像小说，更具真实感。这部小说可以被形容为一部以诗体为基础的长篇作品。在这里，诗歌和小说仅在韵律和散文上有差别。在英国文学发展史上，文艺复兴时期的作家约翰·黎里、菲利普·锡德尼、罗伯特·格林、托马斯·纳什尔等被誉为“大学才子派”，他们完成了诗歌、小说、韵文和散文之间的历史性转变。他们不仅从事剧作，还从事散文小说创作。他们以散文的方式讲述现实生活中的故事，彰显出真正的小说风格。然而，在接下来的100年间，小说这种文学类型并未受到作家和读者的充分重视，其所取得的成就也远远不及诗歌和戏剧那般耀眼。在文学界中，小说仍被认为是平凡无奇的存在。约翰·班扬（John Bunyan，1628—1688）是17世纪英国小说艺术中有突出贡献的人物之一。他的作品《天路历程》（*The Pilgrim's Progress*）作为寓言体小说为文艺复兴时期以来的英国小说创作树立了丰碑。这篇小说采用讽喻的手法，共描写十多个场景，主要叙述了基督教徒不断克服困难，寻求天堂之路的故事，其中塑造出的形象都带有隐喻的含义。这部小说用寓言式的故事，将梦境和现实巧妙地融合在一起，表达了作者对生活和宗教信仰的感受。故事里，既涉及宗教主题，又描写了17世纪英国的现实生活。总体来说，这部小说的叙事技巧非常成熟，比以前的英国小说更出色。

（二）英国小说的发展成型期

英国小说在18世纪成形和崛起。小说理论家伊恩·瓦特指出，这个时期古老的叙事文学逐渐演化成了现代意义上的“小说”。现代小说的主要特点之一是它不仅在叙事艺术和表现技巧上具有现代化特征，而且它所描绘的内容更接近日常生活、更真实，因此更容易为普通百姓所接受。

小说想要从被冷落在诗歌与戏剧之外的边缘状态走出来，在读者大众面前崛起，就必须先积累足够的读者群体。在18世纪的欧洲，特别是在工业化和城市化进程遥遥领先的英国，文学面向的是新兴的市民阶层读者。市民阶层是近来兴起的群体，其具有独特的世俗化价值观和大众化的审美兴趣。他们希望文学符合大众的审美和价值观，因为小说总是融合了世俗化的元素，同时它的受众也具有大众特征，主要是城市居民。因此，根据黑格尔的观点，小说可被视为“近代市民阶层的史诗”。可以发现，英国小说之所以在18世纪“崛起”和“成形”，主要源于社会的进步和市民群众受教育的广泛性。同时，小说这种文体也迎合了社会的发展和市民群众的审美趣味。小说艺术的形成和成长是在社会进步和公民心灵需求的推动下实现的。

在18世纪的英国文学中，最引人瞩目的是现实主义小说。“现实主义”这个词含义十分贴切，在当时用它来描述英国的小说时，主要基于这类小说具备反映真实生活、描写普通人、表达作者对生活真实感受，并充满真实感等特点。这些小说与16世纪至17世纪的早期小说和传奇故事有所不同，呈现出了更加成熟的状态。它以全新的形态呈现在读者眼前。

丹尼尔·笛福（Daniel Defoe，1660—1731）是英国著名的小说家，是18世纪英国现实主义小说的开创者之一。他的一系列小说体现了真正的启蒙文学革命，为英国现实主义小说的发展开辟了道路。《鲁滨逊漂流记》是他的代表作之一，小说讲述了主人公鲁滨逊的海上冒险，以及他在荒岛上通过自己的智慧和勇敢战胜一系列困难的经历。小说情节曲折，可读性强。这也是他在小说写作中体现真实性的一个实际例证，他所指的“真实性”更注重描绘个人亲身体验的真实，进一步凸显了小说文本与现实生活的一致性。这部作品不仅开创了18世纪英国现实主义小说的先河，同时还开创了现代意义上的英国小说的先例。

在丹尼尔·笛福之后，理查逊则采用了书信体的形式，通过小说将人的真实感受表达出来，将注意力转移到文本世界，与人的情感心理对位。他在小说中成功地加入了人物心理刻画和情感描写，是在英国现实主义小说中融入人物主观心理分析的先驱者。这种创作方式，在18世纪英国现实主义小说家亨利·菲尔丁（Henry Fielding）那里达到了巅峰。他使用幽默讽刺的手法，描绘了18世纪英国多姿多彩的社会生活，在人性的真实性、深刻性以及故事情节的曲折和复杂性方面进行了有益的尝试。毫无疑问，他的创作丰富了18世纪英国现实主义小说的内涵。

18世纪中后期的英国兴起了一种名为“哥特式小说”的文学形式，其代表作家是霍勒斯·沃尔波尔（Horace Walpole，1717—1797）。这种小说主要讲述恐怖和鬼怪故事，描写奇异紧张、独特的故事情节。如果说现实主义小说强调真实生活的描绘，感伤主义小说侧重于内心世界的刻画，那么，哥特式小说则从奇幻的视角展开离奇的情节，颠覆了读者的认知，将世界以崭新的面貌呈现在读者面前，表达了对18世纪理性主义的反叛。哥特式小说中，通常会使用超自然的素材，采用意识流的叙述方式，将现实世界和超自然世界融合到一起，讲述了非凡的人物、事件、景象和场景。这种创作手法扩大了小说的创作范围，增加了小说的艺术表现方式。

（三）英国小说的成熟繁荣期

在19世纪，英国小说走向了成熟和繁荣的阶段。对于欧洲文坛和英国来说，这一时期是小说繁荣发展的时期。在18世纪小说家的推动下，英国小说在19世纪迎来了蒸蒸日上的发展，成为文坛上的一股强大力量。

19世纪，那些推动18世纪英国小说成形的社会经济和文化因素得到了进一步的发展，从而为小说的成长提供了更加广阔的环境。这段时期，英国经济蓬勃发展，城市化进程加快，市民文化繁荣，为小说的全面发展创造了更为充分的两个基本条件：大量可供使用的素材和广泛的受众。

19世纪初，英国人的期待视野和审美趣味似乎仍停留在18世纪后期的水平，这也导致当时的小说基本沿袭了18世纪后期的风格和取向。首先，哥特式小说在19世纪初得到了发展，历史小说家司各特深受浪漫主义的影响，其作品呈现出一种独特而离奇的风格。他的新型小说作品描绘了宏大的历史画面，在当时，司各特是英国最为多产并且备受欢迎的小说家。一位与他同时代的评论家曾这样描述司各特小说的流行程度：在任何地方，一个人都可以毫不犹豫地躺在沙发上，高声宣称："让我躺在这张沙发上读无穷无尽的瓦尔特·司各特的小说吧。"① 在17年的创作时间里，司各特写了25部长篇小说，这些小说深受读者欢迎，大幅提升了小说在社会中的地位，这为19世纪英国小说的繁荣与成熟奠定了坚实的基础。其次，像简·奥斯丁（Jane Austen，1775—1817）这样的小说家继承了18世纪现实主义小说的传统，并为这一时期的英国小说注入了新的元素。虽然简·奥斯汀不像司各特那样享有巨大的声望，但她在19世纪初的英国小说界也是备受瞩目的人物。她是在菲尔丁之后开始关注小说艺术的作家。她擅长通过细节表现平凡的生活故事，并运用高超的叙事技巧和简洁生动的语言，将微小的事物融入更广阔的背景中。她的作品深刻地揭示了人与人、人与现实之间错综复杂的关系，挖掘出了深刻的人性内涵。她和司各特为英国小说的进步作出了极为重要的贡献，并且二者的作品均是19世纪英国小说的顶峰代表，为19世纪英国小说的高潮——批判现实主义小说的来临做了铺垫。

批判现实主义小说是19世纪英国小说的高潮，也是英国小说"成熟繁荣"的标志。"批判现实主义小说"实质上是一种现实主义小说，强调反映生活的真实性，强调小说文本世界与生活世界的同一性。批判现实主义小说既是18世纪现实主义小说在新世纪的延续，又是一种新发展，因而有独特的地位。应该这样总结：小说作为一种文学形式，它发生演变的真正驱动力是社会现代化进程中，人们对周围世界和自我认知兴趣的增加，这种兴趣源于人类天生的求知欲和对现实的好奇心。在19世纪，人们受好奇心驱使而进行娱乐性阅读，同时也越来越追求知识和真相。实际上，过去人们阅读神话、史诗和传奇等叙事文学，除了出于好奇心，也出于对真相和历史探索。神话、史诗和传奇所记载的故事，虽然并非全部是实际发生的事情，但也不能完全说是虚构的。这些故事常常混杂着虚假的元素和传说中的事迹，被描述得十分真实。即使人们将传奇视为虚构的文学作品，但他们也在某种程度上抱有这些作品中的人物和事件是真实存在的想法。随着文化的不断发展，人们越来越喜欢阅读描写身边琐碎事物和自我经历的叙事文学，而不再对遥远时代的传说情有独钟。因此，传奇故事等叙事形式逐渐演化成

① 徐岱. 小说形态学 [M]. 杭州：杭州大学出版社，1992.

了小说，真实性的概念也得到了增强。这就是为什么17、18世纪前后英国小说取得了显著的进展。随着19世纪的到来，自然科学迅猛发展，拓宽了人们的视野，增强了欧洲人对于自然界认知、改造、征服的自信和乐观精神。19世纪被誉为“科学世纪”或“崇尚科学的时代”，自然科学所追求的真实与知识的理念渗透到了小说美学中。因此，现在的小说作家和读者都看重小说的真实性。特别是在创作小说时，作家们常常将其视为对现实社会进行研究、实验、分析和评价的一种方式，将其所创作的小说内容作为一种“历史”和“事实”来看待。因此，现在许多作家在创作小说时，会注重将文本故事中的内容塑造得更加真实，这也是作家技巧和水平的高低的体现方式之一。这种小说理念在当时对阅读者的心理产生了深刻的影响，他们对真相有着强烈的渴望，因此激发了一波前所未有的小说创作热潮。这些小说通常是现实主义或“批判现实主义”作品。这也是19世纪英国小说盛行的一个重要原因。

狄更斯是一个批判现实主义作家，他注重真实性，喜欢描述社会生活的宏大画面。相较于法国作家巴尔扎克和福楼拜等人，狄更斯的现实主义风格有着更为主观和情感化的特点。他在创作中重视人物形象的刻画，深入挖掘人性本质，他笔下刻画的人物性格简明清晰、独具特色、栩栩如生。他在小说的叙事方式和整体结构方面有着独特的贡献。

威廉·梅克皮斯·萨克雷（William Makepeace Thackeray，1811—1863）的小说并不像狄更斯那样广泛地描绘社会生活，而是专注于日常琐事的刻画。尽管如此，他仍能通过自然、平淡的叙述方式塑造真实的角色形象，讲述具有真实感的故事。他采用了独特的叙述手法，模糊了小说叙述者、作品人物和读者之间的界限，创造了属于他自己的独特的叙述风格，以此使得作品更加真实动人。

在19世纪英国小说的画卷上，勃朗特姐妹的作品散发出独特的魅力。夏洛蒂·勃朗特（Charlotte Brontë，1816—1855）的《简·爱》（*Jane Eyre*，1847年）和艾米莉·勃朗特（Emily Brontë，1819—1848）的《呼啸山庄》（*Wuthering Heights*，1847年）被普遍认为是英国小说及欧洲小说的杰作，无论是在角色刻画上还是叙事技巧上都达到了极高的水平。

托马斯·哈代（Thomas Hardy）是英国著名小说家，出生于19世纪，逝世于20世纪，以擅长描写人物和环境著称，被誉为19世纪英国继狄更斯之后最杰出的小说家之一。他的作品在19世纪中后期英国小说领域中占据重要地位。他的作品在延续了维多利亚时期小说的现实主义精神和传统艺术形式的基础上，展现了现代小说的新思想和艺术特点。他将深沉思考的哲学思想注入传统现实主义小说的形式中，使其具备了强烈的悲剧感和现代气息。他的小说能够获得成功，其中一个重要因素是他出色的叙事技巧，特别是多变而又充满悲情的叙事风格。

在19世纪末，维多利亚时代结束之后，传统的社会经济以及美学信念开始发生改变。新一代的作家和读者对传统的现实主义小说理念不再感到满足。因此，出现了许多不同的小说流派。例如以奥斯卡·王尔德为代表的唯美主义小说；以亨利·詹姆斯为代表的心理现实主义小说，以及一种新的浪漫主义小说。罗伯特·路易斯·史蒂文森则是这种小说的代表人物。浪漫主义小说描写惊险的情节和恐怖故事，却又不同于18世纪末的哥特式小说。这一时期的作家通过不懈的努力在小说创作方面作出了重要贡献，不仅促进了19世纪末英国小说的繁荣发展，还为新的世纪更多关于小说艺术的变革与创新打下基础。

（四）英国小说的创新变革期

在20世纪，英国小说经历了一场富有创新意义的巨大的变革。创新与变革代表着打破传统的束缚。英国小说的反叛思潮始于19世纪末期，兴盛于20世纪中叶。传统的现实主义小说是首先要变革的目标。变革的主要目的是改变小说的真实观。

“小说”这一文体的关键概念在于真实观，从“传奇”到“小说”的文体演变，真实观是其核心。从最初的雏形阶段到19世纪成熟阶段，真实观的内涵也随之发生了改变，这是小说发展中的一个重要特征。19世纪的现实主义小说家深受自然科学实证思想的影响，他们对小说真实性的追求空前高涨。但是，当把真实生活作为小说创作的必然规则时，一些作家开始怀疑并试图超越这一规则。此外，与19世纪小说的真实观受当时科学和文化的影响并成为一种标准的情况相似，20世纪科学和文化的发展使作家们对19世纪的真实观产生不满和反叛，他们试图探求新的创作规则。

从亚里士多德时代起，探寻客观规律和秩序成为科学所追求的目标。科学家们希望通过逻辑和实证方法来验证一个稳定的、可认知的和可掌握的世界。所以，人们普遍认为，世界上所有的事情都是基于某种原因的结果，这些原因都遵循着它们自己的规律。原因和结果是秩序的基础。如果结果不能用科学的原因解释，那么这个结果就超越了科学探究的范围，违反了逻辑。那些不符合因果关系的现象被称为偶然事件，它们与科学探究的目标背道而驰。正是因为相信机械宇宙论，欧洲人在19世纪对世界充满自信和乐观。人们认为，运用科学手段，例如望远镜、数学计算和理性思考，可以认识世界上任何一条固定的法则并找到任何现象内在的根本原因。这种宇宙观也是19世纪现实主义小说家坚定追求小说真实性的信念的基础。然而，20世纪新科学的发展揭示了机械宇宙观的局限性。相对论阐明了一个观点：虽然我们认为世界和宇宙是稳定的，但实际上一切都是相对的，没有绝对的稳定性。很多现象的发生并非由特定原因和确定规律所决定；传统的经验主义逻辑并不能有效地理解人们面前的世界。与此同时，现代心理学和哲学打破了传统的思维模式，扩展了人们的认知范围，使人们不再将目光局限于客观物理世界，而更关注主观心理世界。人们认识到，外在世界，理智所把握的世界，并不是真实的世界。唯有无序的直觉才是真实的。由于外界是不断变化的，很难用一种永恒的标准来判断。事实上，只有我们内心真实的感觉才是最重要的。根据克罗奇的观点，唯有内在的心灵世界才是真实的存在。柏格森认为，人的生命的冲动是一种不能截止的“绵延”，它不断变化、活动、创造，而自我的生命冲动是时间绵延的根本动力，人的内在感觉则是时间的衡量标准，我的感觉顺序就是时间的绵延[①]。还有人认为，外部世界是一个自由的存在，而人的意识则是一个“自为的存在”。外部世界是一片未被探索的混沌，存在于这个混沌中的所有现象都是随机的、没有目的的，并不像人们想象的那样有意义或规律。人们的意识则是人们自己创造的，它是个体的、主观的，总是以人们自己为中心，更加真实和有意义。因此，人们需要依附于外部世界来寻找存在的意义，并通过自我创造来确定自己的价值。文学受到20世纪科学进步及相关宇宙观念的影响而发生了变化。正是在这样的科学和文化背景下，欧洲的现代主义文学诞生了。

20世纪的“先锋文学”具有明显的现代主义特色，试图打破传统、主张变革、追求创新。在英国文学界，倾向于现代主义的小说家是新宇宙观的接受者和支持者。他们不再把焦点放在“如眼所见”这种视觉体验上，而是强调个人对外部世界的主观感受，注重表现抽象的存在、感觉和心理体验的真实性。由于心理活动和主观感

① 蒋承勇，马翔，杨希．19世纪西方文学思潮现代阐释[M]．杭州：浙江工商大学出版社，2022.

受是一种杂乱无序、碎片化的印象集合过程，因此要准确地表现这种心理现象和真实感受，传统的狄更斯式的叙事手法已经不再适用。因此，为了表现心理过程，需要采用新颖、独特的表现手法和技巧。20世纪英国小说的新篇章是由英国现代主义小说引领的，这种文学风格脱颖而出，给文坛带来了全新的气息。英国现代主义小说与19世纪现实主义小说之间最大的不同在于它们持有不同的真实观。

在英国现代主义小说的发展过程中，心理小说的出现成为表现个体真实内心的关键标志。这种具有现代特征的心理小说最早是从19世纪末亨利·詹姆斯的作品中流行起来的。亨利·詹姆斯是一名英籍美裔作家，他的创作秉持着19世纪现实主义小说真实性的原则。但是，他认为的真实并非生活的外在表象，而是人类内心世界的真实体验。他在《小说的艺术》中指出："一部小说成功与否，决定于它在何种程度上揭示了此一心灵与其他心灵的差异。"[①] 他的小说探究的是人们对现实生活的真实体验和领悟。批评家称詹姆斯是"细微意识的史学家"，而一些人将他称为"心理现实主义"作家。詹姆斯可以被看作是引领现代主义小说走向"心理真实"道路的先锋人物。在20世纪初期，受弗洛伊德精神分析理论的影响，这种以"心理真实"为特征的小说得到了进一步发展。其中，有两个流派很具代表性：一是以劳伦斯为代表，着重揭示人物内心的心理探索小说；二是以乔伊斯和伍尔夫为代表，表现人物内心的思想感觉的意识流小说。

戴维·赫伯特·劳伦斯（David Herbert Laurence，1885—1930）的小说保留了传统现实主义小说的结构和对社会的批判，他独特的审美意识和深入探索人类心灵黑暗王国的心理描写使他成为一位特别的现代主义作家。在劳伦斯的小说中，所谓"黑暗王国的心理"主要指的是人们的性心理，而这一主题几乎贯穿在他所有的作品之中。他尝试用性心理学描述来揭示工业文明时代人类的自然本性。他认为在现代工业文明时代实现性的和谐，可以挽救人类，并认为实现性和爱的和谐可以让人类回归本真的人性。因为这种追求，劳伦斯的小说有了更丰富的呈现方式，小说深刻地揭露了人性，开启了英国小说新的方向。

心理小说发展到成熟阶段，最具代表性的作家是乔伊斯和伍尔夫。詹姆斯·乔伊斯（James Joyce，1882—1941）是英国现代主义小说的杰出代表，他一直致力于推动小说艺术的进步和创新。他的写作风格强调实验性，其中最明显的特点

① （英）亨利·詹姆斯. 小说的艺术[M]. 成都：四川文艺出版社. 2021.

是将小说聚焦于人类意识方面，不断深挖人类内心深处的潜意识。他生动而真实地展现了思维和感觉方面的混沌不定，以及自然和非逻辑状态下心理流动的过程。乔伊斯认为，小说家要想真实地反映生活、揭示生活的本质，就需要将描写焦点集中在人物的内心世界上，用理性的手法表现那些非理性的心理状态。这种思想体现了意识流小说家所具有的现代真实观。乔伊斯的意识流小说对英国小说的艺术变革产生了重要作用，同时掀起整个西方现代小说的革命浪潮。弗吉尼亚·伍尔夫是一位推崇实验小说、提倡意识流手法的作家，被誉为现代主义与女性主义的先锋。尽管她与乔伊斯同时提出并实践意识流小说，但她有着与众不同的追求和贡献。她关注人物的内心世界，就像乔伊斯一样，展示人物真实的情感和感受，同时她也非常注重描绘这些情感和感受的技巧和形式，以表现人物的精神世界。她通过探索心理时间、叙事方式和结构安排等，引领了意识流和现代小说的新发展。与传统小说相比，她的小说形式变化巨大，充分展示了她对小说形式的创新和突破。

英国小说新的转折，是在20世纪40年代第二次世界大战后出现的。这次转折使英国现代主义小说向着后现代主义小说转变，所谓后现代主义小说，在延续现代主义小说的同时，又对其做了超越和反叛。后现代主义小说不同意现代主义小说的观点，即小说能够反映真实生活，或者说心理真实，它反而主张小说所打造的世界本身就是一个完全虚拟的存在，不具备任何真实性。可以说，正是因为后结构主义哲学的作用，才有了后现实主义作家对于“真实”的认知。后现代主义试图推翻现代结构主义，且带有十分明显的怀疑及虚无主义倾向。它的目的性十分明确，就是要推翻西方几千年来的哲学观念，推翻关于永恒的论述，反对任何试图重塑深层次模式的哲学或者重设中心理论的企图，提倡无限制的开放性、多元性和相对性。体现在文学上，它不排斥作品在其所使用的语言环境中明确表达其整体结构和含义。后结构主义哲学思想对英国后现代主义小说影响深刻，因此，后现代主义小说家们认为小说是作者想象出来的语言表达，它们被视作“虚构”的文本，“真实”与“虚构”是对立的，因此不可能反映真实。可以这样说：后现代主义小说深入挖掘小说自身创作规律，颠覆了一直被视作小说产生和发展的基石——真实性原则，而将其取代的“虚构”也成了小说新的表现方式。因此，文学史上由传奇转变为小说的演变过程，在历史上呈现出一种“虚构—真实—虚构”的循环路径。自然，这并非一种简单的循环往复，而是一种否定之否定。这是因为，现代主义小说的“虚构”不同于传奇中的“虚构”。这种无法辨别真假的效果，使得小说的真实感在读者阅读过程中受到了消解。在后现代主义小说中，真实性不再是小说的特征，因此小说的叙事手法、语言风格、表现技巧以及行文结构等，都发生了根本性的改变，向着艺术表现手法上的“极端形式主义”转变，消解了传统小说概念，所以后现代主义小说呈现出“反小说”的特征。无论如何，后现代主义小说这种大胆的探索，不但使得小说内涵更加丰富，而且推动了小说的革新和创新。

塞缪尔·贝克特（Samuel Beckett，1906—1989）、劳伦斯·达雷尔（Lawrence Durrell，1912—1990）、约翰·福尔斯（John Fowles，1926—2005）和B.S.约翰逊（Bryan Staley William Johnson，1933—1973）被认为是英国后现代主义小说的主要代表作家。他们突破了过去的小说写作规则，勇于探索小说艺术，让英国小说在情节、结构、人物和语言等多方面发生了革命性的转变。贝克特创造性地发展了一种“荒诞小说”，它能够包容混乱。达雷尔则致力于构建一种按照平等关系发展的“重奏小说”，福尔斯则运用了故事与虚构相结合的方法，推出了“超小说”。而B.S.约翰逊则毫不犹豫地把小说形式的革新推向了极致。

20世纪英国小说中的现代主义和后现代主义小说是极具影响力的代表，它们凸显了这一时代英国小说的创新成果。然而，除了现代主义小说外，还存在其他不同流派和风格的小说，如现实主义传统的小说。当今，这类小说依然保持着强劲的发展势头，并与现代主义倾向的小说共同成为小说领域中不可忽视的力量。20世纪英国文学中，现代主义和后现代主义风格，就像钟摆一样不断地来回摆动，相互补充。随着文学风格的转变，现实主义小说在向后现代主义小说转变的过程中成为主流派。尤其是在时代背景发生变化的情况下，这种转变变得更加明显。20世纪的英国现实主义小说既保留了19世纪现实主义小说的传统特征，又得到了创新发展。值得特别指出的是，20世纪现实主义小说一方面吸收现代主义小说的新思想和新技术，另一方面展现出了崭新的面貌和新的方向。在当前历史文化条件下，和19世纪的作家相比，现实主义小说家在进行艺术探索时，更注重挖掘人物内心世界。他们的作品呈现出明显的内向性和主观性特征，使用更加丰富的心理描写手法。因此，在一些现实主义小说家的作品中，现代主义与现实主义的区分变得困难。20 世纪英国现实主义小说家的代表人物有约翰·高尔斯华绥、威廉·索默塞特·毛姆、格雷厄姆·格林、金斯莱·艾米斯、伊夫林·沃、威廉·戈尔丁、艾丽丝·默多克和陶丽丝·莱辛等。他们的文学作品不仅延续了现实主义小说的传统，并且对 20 世纪英国小说的多元、繁荣发展作出了巨大的贡献。

二、不同时期美国小说文学的发展

（一）美国小说的萌芽

1. 殖民地时期的美国小说

独立战争未打响时，美国一直是英国的殖民地。基于这样的历史背景，美国文学在这一时期呈现出明显的殖民地气息和欧洲移民文化的痕迹，文学作品主要集中在诗歌和散文方面，而小说则相对较少，只有一小部分作家涉足小说创作，其中包括威廉·布拉德福德（William Bradford，1590—1657）和乔纳森·爱德华兹（Jonathan Edwards，1703—1758）等。

尽管布拉德福德并没有接受过正规的教育，但他天生具备文学创作才华。在他的从政生涯中，也积极从事文学创作，特别是《普利茅斯种植园史》这部作品，是他创作生涯中一部极为重要的作品。《普利茅斯种植园史》是在 1630 年左右创作的，主要特点是将宗教和日常关注分开进行了描述。这部作品生动地描述了“五月花号”在抵达美洲新大陆时所遭受的多种磨难和困境，同时描绘了殖民地刚刚建立时期的发展历程。这部作品完美地体现了作者的性格和思想，用最简单的方式将复杂的真理表现出来。整部作品时而平缓，时而慷慨激昂，令读者受到崇高的精神洗礼。

2. 独立战争时期的美国小说

在美国独立战争期间，也就是 18 世纪中叶到 19 世纪初的 60 年左右，社会经历了一系列的动荡与变革。因此许多小说涵盖了这些历史事件，成为独立战争时期的经典作品。在那个时代，欧洲的启蒙思想全面传播到了美国，理性与信仰逐渐融入实用主义的思想中，导致了独立战争的爆发。美国的作家在小说创作方面，一开始致力于号召人们支持民族独立的行动，接着直接发出呼吁，支持独立战争，从而开辟了创造独立美国文学的道路。代表作家有两个，分别是休·亨利·布雷肯里奇（Hugh Henri Brackenridge，1748—1816）和查尔斯·布洛克登·布朗（Charles Brockden Brown，1771—1810）。

布雷肯里奇出生在新英格兰，来自一个圣职人员的家庭，在他5岁那年，全家人搬到了美国的宾夕法尼亚州。他在那里生活读书，并进入普林斯顿大学学习，与美国第四任总统詹姆斯·麦迪生成为同窗。在他的毕业典礼上，他凭借一首充满民族意识的长诗《美洲光荣的升起》获得了社会的关注。毕业后，他成为一名牧师，并利用自己的业余时间创作了两部剧本——《高地堡垒上的战斗》和《蒙哥马利将军之死》，这些剧本充满了浓厚的爱国主义情感。在1781年，为了反抗政府施行的某些法令加上其激进思想受到社会批评，他结束了牧师生涯，搬到匹兹堡郊区隐居，转而投身小说创作，试图借助小说来反映当时的社会现状。最终，他成功地创作出美国早期伟大的长篇小说《现代骑士》。1799年，他被委任宾夕法尼亚州最高法院院长，直至去世之前一直担任此项工作。

布朗的出生地是费拉德尔菲亚，长大后进入亚历山大·威尔考克斯学院学习法律，完成学业之后，顺理成章地成为一名律师。后来，他搬到了纽约居住，在那里常常出席一些社交活动，并开始从事文学创作，先后发表了《威兰》《亚瑟·默文》《奥蒙德》《埃德加·亨特利》《阿尔克温》等作品。之后，他回到自己的家乡费拉德尔菲亚并加入了他哥哥的贸易公司。经过一段时间的学习，他开始独立经商，一直到1806年。从1807年起，他开始在《美国文学杂志》担任编辑，并一直任职至逝世。

（二）美国浪漫主义小说的发展

浪漫主义文学追求的是原始的未经过文明化的、自然质朴的生活方式，注重表现个体的感性世界和对生活的内在体验，强调个人情感和经历的重要性，崇尚高贵的理念和传奇式的故事，运用夸张手法和强烈的对比以及色彩来表达情感。浪漫主义文学的发展时间和发展情况在各国存在显著差异。相较于其他国家的浪漫主义小说创作，美国的浪漫主义小说更加贴近本土文化，不仅如此，它还特别注重描绘新生代的风貌和生活方式，以此展示一种充满新颖想象力的生活哲学。在美国浪漫主义小说的创作领域中，华盛顿·欧文、詹姆斯·费尼莫尔·库柏、埃德加·爱伦·坡、纳撒尼尔·霍桑和赫尔曼·梅尔维尔等作家都是非常具有代表性的人物，他们在美国浪漫主义小说的发展上功不可没。

欧文诞生于纽约市的一个富裕的商业家族。他从小就对阅读充满兴趣，青少年时期就开始写诗、散文和戏剧，把写作作为自己的兴趣爱好。19岁时，他在

《晨报》上发表了多篇散文，讽刺了纽约文学界和纽约社会生活。在他 20 岁那年，欧文被查出肺病，因此去欧洲疗养身体。在这段时间里，他有意识地提升自己观察生活的能力。身体有所好转后，他又回到了美国的大学学习法律专业，学业完成后顺利从事律师工作。但是因为特别喜欢写作，他选择放弃律师工作，专门从事文学创作。与此同时，他还创办了杂志——《大杂烩》，并先后发表了 20 多篇系列散文以及评论文章。这些经历为他未来创作打下了坚实的基础。1809 年，他化名狄德里希·尼克尔包克尔所写的小说《纽约外史》出版，得到了美国文学界的广泛关注。这篇小说讽刺了荷兰殖民统治时期的美国社会，并获得英国小说家司各特的高度赞赏。到了美国第二次独立战争，欧文此时正在《文选杂志》担任编辑，这一时期他发表了一系列文章，赞美美国海军的英雄事迹，表达了其爱国情怀。也正因如此，战争接近尾声的时候，欧文得到了纽约州的民军上校军衔。

库柏也是浪漫主义代表作家。他曾经发表过一本名叫《戒备》的小说，这本小说主要描写的是英国上流人士的生活，无论在思路上还是在情节上，都深受《傲慢与偏见》的影响。但他的作品并没有受到读者的关注。后来库柏对自己的创作进行了反思，他认识到必须从自己熟悉的日常生活中获取灵感素材。他转而创作《间谍》这一革命历史小说，并获得了成功，从而稳固了自己在美国文坛的地位。这本小说一经问世，立即广受读者欢迎，并被改编成话剧在纽约的公园剧场上演了多场。此后，这本小说被翻译成多种语言。1822 年，库柏一家移居纽约，创作了《拓荒者》与《舵手》。其中，《拓荒者》是“皮袜子五部曲”的第一部，是典型的边疆冒险小说，《舵手》则开创了海上冒险小说这一新的类型。1826 年，库柏被派往法国里昂担任美国领事，并在此期间前往意大利和英国旅行。他不仅创作了海上冒险小说，还写了描绘欧洲社会生活的三部曲：《刺客》《黑衣教士》和《刽子手》，揭示了在资本主义兴起前，教权和封建权力越来越腐朽和衰落的现象。库柏于 1835 年回到美国后，创作了《归途》和《家乡面貌》。这两部作品不仅嘲讽了美国社会，还揭示了库珀斯敦一些人的伪善和愚昧行为。库柏于 1851 年 9 月 14 日在他位于库柏镇的住所离世。

（三）美国自然主义小说的发展

在 19 世纪 80 年代和 90 年代的美国文学界，法国作家爱弥尔·左拉备受推崇，他是自然主义文学的开创者。在左拉看来，文学创作必须遵循真实性和客观性原则。所以，他十分看重环境对人的作用和影响，他的作品常常对社会现实做细致入微的描写。他认为，小说就应该反映社会和生活的真实面貌。左拉的这些创作理念，对自然主义小说的形成和发展起到了至关重要的作用。在左拉的影响下，美国的许多小说创作者开始采用自然主义的创作手法进行小说创作。他们十分重视小说的社会性因素，甚至视其为社会历史的载体，所以在小说创作中多用文献式的描写方式。自然主义小说通常以某个特定行业为中心，提供详尽的技术细节和资料，因此，这类小说的文学性相对弱一些。他们信奉决定论和社会达尔文主义，认为人类与其他生物一样只是自然界的一部分。人类的本性和社会属性共同决定了人们必须为了生存而不懈竞争。他们也相信事物有必然的发展规律和因果关系，人的行为受到遗传因素、社会环境、经济状况以及个人心理素质的影响。因此，他们认为没有自由意志、宗教信仰或理想主义的存在。在这些作家中，斯蒂芬·克莱恩（Stephen Crane，1871—1900）、弗兰克·诺里斯（Frank Norris，1870—1902）、西奥多·德莱塞（Theodore Dreiser，1871—1945）和杰克·伦敦（Jack London，1876—1916）比较具有代表性。

（四）美国现实主义小说的发展

在美国的文学圈中，现实主义小说是一朵璀璨夺目的文化之花。到了19世纪后半期，美国文学界的浪漫主义风气逐渐减退，被现实主义潮流所取代。一些作家承袭了现实主义的写作手法，通过揭露现实中的丑陋，推动了美国现实主义小说的发展。20世纪以后，美国的现实主义文学延续了19世纪现实主义文学的创作手法。随着时代变迁，在当时历史背景下，现实主义文学呈现出新的特征和趋势，也催生了许多杰出的现实主义作家和作品，这使得美国文坛进入了一个现实主义文学繁荣的阶段。

19世纪的现实主义文学在20世纪80年代之后经历了分裂，形成了两个时期。在20世纪80年代之前，作家们对美国社会的看法充满了幻想和乐观情绪，因此他们的作品呈现出浓重的改良色彩，被称为“乡土文学”或“温文尔雅的现实主义”，即使是废奴文学作品，也带有一定的浪漫主义元素。

在20世纪80年代以后，社会变得普遍物化和功利化，这促使作品更加强调批判和揭露，这就形成了所谓的“批判现实主义文学”。美国社会在20世纪逐渐城市化，机器大生产更为普及，导致了大量农地被夺走，农民的生计受到了威胁。

由于失去土地，许多农民涌向城市，与当时在反犹主义潮流下受到迫害的移民一道，希望在美国城市中找到新的生存机会。

自 20 世纪下半叶以来，现实主义小说在约翰·厄普代克（John Updike）、乔伊丝·卡洛尔·欧茨（Joyce Carol Oates）等作家的不断推进下，开始融入现代派的艺术技巧，从而在内容和形式上不断发展。在此期间，厄普代克将现代主义艺术技法和传统现实主义手法相融合，逐渐塑造出了自己的创作风格，他也成为美国主流文学的重要支柱。厄普代克在 1957 年放弃了在《纽约人》杂志社的职位，迁至马萨诸塞州伊普斯威奇，并专注于写作。尽管他在《纽约人》杂志社工作的时间不长，但这对其创作生涯有着深远的影响。从其小说的主题、语言风格到叙述技巧上，我们都可以看到他与该杂志的密切联系。在长期的艺术创作道路上，厄普代克创造了许多卓越的作品。1959 年，他的长篇小说《养老院义卖会》和短篇小说集《同一个门》面世后，获得评论界的高度关注。在 1960 年，他的一部长篇小说《兔子，跑吧》问世，它描绘了美国 20 世纪 50 年代的社会生活情景，这部小说也成了“兔子四部曲”的开端，并使其在小说界声名鹊起。接着，他推出了小说《兔子归来》，呈现了 20 世纪 60 年代美国社会的生存状态。十年过去了，他发表了《兔子富了》，呈现的是 20 世纪 70 年代美国的生活状态。他在 20 世纪 80 年代完成了《兔子歇了》，这部作品生动地揭示了美国社会在那个时期的生活状态。到这里，“兔子四部曲”全部结束。在 21 世纪，厄普代克又推出了作品《兔子回忆》，该作品呈现的是 20 世纪 90 年代美国社会的生活状态，将“兔子四部曲”扩充为“兔子五部曲”。

（五）美国现代主义和后现代主义小说的发展

19 世纪末 20 世纪初，美国小说的创作受到了象征主义、表现主义、超现实主义、意识流小说等现代主义文学思潮的有力挑战，近现代小说开始普及，并逐渐形成现代主义风格。现代主义小说不再注重故事情节的连贯性和紧凑性，而是更加关注形式、语言和意义的表达，缺乏明确鲜明的角色和个性化的人物设定。人们可以从多个角度和场景中观察同一人物，这样会使人物形象变得模糊且不完整，同时人的内心世界也不受限于现实的时间和地点。因而，现代主义小说在保留原有主题的前提下，打破了现实主义小说的表现规则（模仿现实）和叙事方式，通过小说结构和技法的革新来探索更深层次的人类经验和现实。然而，这种创新并没有触动小说这一文学形式的整体性和封闭性，一旦被广泛应用或者模仿，就很容易走到死角。在这种情况下，后现代主义小说在美国诞生了。后现代主义小说以其创新的形式和技巧恢复了“枯竭文学”的活力，作为后工业大众社会的艺术，它颠覆了现代主义艺术常规的形式观念，打破了以自我为中心、独善其身的审美形式，倡导在作品中运用多种思维方式、表现手法、艺术形式和语言游戏，为美国小说创作提供了新的动力。

1. 美国现代主义时期小说的发展

美国现代主义时期以第一次世界大战为起点，经历了大萧条，一直延续到第二次世界大战时期。美国现代主义作家通过形式、技巧以及风格的大胆实验，与传统和习俗决裂，并且特别注意对人们内心世界的挖掘。美国现代主义时期最引人注目的文学运动就是作家的自我流放，也称为“第二次美国文艺复兴”。格特鲁德·斯坦因（Gertrude Stein，1874—1946）、舍伍德·安德森（Sherwood Anderson，1876—1941）、纳撒尼尔·韦斯特（Nathanael West，1903—1940）、约翰·多斯·帕索斯（John Dos Passos，1896—1970）等都是这一时期现代主义小说的代表作家。

2. 美国后现代主义时期小说的发展

20 世纪 50 年代以后，作为现代主义小说的延伸和发展的后现代主义小说诞生，并在 20 世纪 80 年代达到了高潮，进入 20 世纪 90 年代后，作为流行于美国的一种哲学思潮，后现代主义热潮已过，但后现代主义小说仍在不断发展。在后现代主义小说中，现代主义小说的艺术技巧如意识流的内心独白、象征主义、自由联想、时空错位等虽未被全盘抛弃，但已经退居次要地位；更为常用的表现形式则是元小说、反体裁、语言游戏、通俗化倾向、戏仿、拼贴、蒙太奇、迷宫、黑色幽默等，表现出语言主体、叙事零散、零度写作、不确定性和内在性等主要特征。弗拉基米尔·纳博科夫（Vladimir Nabokov，1899—1977）、约瑟夫·海勒（Joseph Heller，1923—1999）、约翰·巴思（John Bath，1930 年出生）、罗伯特·库弗（Robert Coover，1932 年出生）、埃德加·劳伦斯·多夏托罗（Edgar Lawrence Doctocow，1931 年出生）、肯·凯西（Ken Kesey，1935—2001）、托马斯·品钦（Thomas Pynchon，1937 年出生）等都是美国后现代主义小说的代表作家。

第三节　英美小说翻译技巧

一、英美小说名称的翻译技巧

一部或一篇作品的标题，往往是作者经过深思熟虑、反复推敲后选定的关键词，具有重要的表意功能，不仅是作品的品牌标识，更是主题旨趣的指示牌。有时候，作者的标题可以被视为读者进入作品的“钥匙”，甚至是解读作品的“密码”。名称是用于对人或物的标记。然而，小说的名称不同于一般的人名或物品名，它是一种文学符号，既传达审美信息，也凝聚着主题内涵，甚至有些小说的书名能够对小说的故事情节有所暗示，而有些小说的书名则会给读者提供想象的空间。通常情况下，前者倾向于采用明确直观的表现方式，而后者则更倾向于采用含蓄隐晦的表现方式。那么“隐性”具体指什么呢？《文心雕龙》中，刘勰说道：“隐者也，文外之重旨者也……夫隐之为体，义生文外，秘响旁通，伏采潜发，譬爻象之变互体，川渎之韫珠玉也。”[①] 根据《文心雕龙》所述，“隐”不仅限于文字表面的直接意思，还蕴含着其他深层次的含义。就像河流之中蕴藏着宝贵的珠宝，优美的文采也蕴含在文字的暗处，需要我们细细品味才能发掘出来。隐性小说名称的优点在于增加了读者的审美想象空间，激发了读者的联想能力。这些联想不是凭空想象出来的，而是在对小说深入品读的基础上产生的。因此，小说标题可以触发读者审美想象，实现审美效应。

对英美小说的翻译，小说名称翻译至关重要，因其对照着小说的主题，反映必须准确。在翻译英美小说名称时，通常采用直译法来保留原作的显性特征。这一总体原则旨在保持文字意思不变。比如：*Tess of the D'Urbervilles*——《德伯家的苔丝》；*A Passage to India*——《印度之旅》；*Jane Eyre*——《简·爱》；*Gimpel the Fool*——《傻瓜吉姆佩尔》；*Lady Chatterley's Lover*——《查太莱夫人的情人》；*Women in Love*——《恋爱中的女人》；*Sons and Lovers*——《儿子与情人》；*A Tale of Two Cities*——《双城记》；*Treasure Island*——《宝岛》或《金银岛》。

① （南北朝）刘勰. 文心雕龙 [M]. 北京：作家出版社，2017.

隐性小说名称是为了给读者留下想象的空间，通过拉开审美距离，召唤读者产生审美的意念和联想。所以，不论是采用什么样的翻译手法，直译、意译抑或者变通手法，译者都要尽量保留小说题目的隐性特征，进而使读者产生审美效应。比如：*The Scarlet Letter*——《红字》；*Catch-22*——《第二十二条军规》；*Vanity Fair*——《名利场》；*The Rainbow*——《虹》；*Gone with the Wind*——《飘》；*The Grapes of Wrath*——《愤怒的葡萄》。

在英美，大量小说被改编为电影作品，电影作品的名称都没有沿用原著的名称。比如，《飘》原本是 *Gone with the Wind*，上海电影制片厂最初将其翻译为《随风而去》，后来改译为《乱世佳人》，但是在英美地区，小说本身的名字仍旧是 *Gone with the Wind*。虽然电影和小说的故事情节相同，但它们的审美主题不同。电影的审美主题是影像，在电影院这个特定的场合呈现；而小说则是在文字文本中呈现。除了美感因素外，前者还需考虑到与票房价值相关的观众反应度，而后者则更重视通过隐性手法营造的美感效果。另外，小说的译名可能会因为译者个人审美角度和认知水平的不同而产生差异。

二、英美小说修辞的翻译技巧

小说是一种和语言相关的艺术形式，因此小说家的语言技巧必须不断提高，创造出充满魅力和美感的修辞表达，这是至关重要的。要想成为一位优秀的小说家，必须具备敏锐的语感和扎实的修辞技巧，这两者是创作小说必不可少的因素。在翻译英美小说时，对于修辞手法的翻译非常重要，因为它可以影响文本的意义。在翻译英美小说中的修辞方式时，不仅需要准确传达原作的意思，更要让译文充分展现原作的特色和风格，以达到形神兼备的效果。修辞是一门运用语言进行艺术创作的学科，它强调的是语言的美学效果，而英美小说中涉及修辞手法的翻译则是为了更完美地呈现原作的修辞魅力。

（一）明喻（simile）的翻译

英语中的 simile 一词相当于汉语中的明喻。simile 源于拉丁语的 similar，意思是“like”，强调本体与喻体本质的不同，但其也存在相似之处。以上英文定义提到本体与喻体两者间的相似之处通常由 like 或 as 相连。其实，除了 like 和 as

之外，英语中可用作比喻词的有很多，比如：can be likened to，be comparable to，akin to，similar to，be analogous to，may be compared to 等。

明喻可根据其不同的侧重点分为描述性明喻和说明性明喻两种。描述性明喻侧重于通过鲜明的形象、精练的词语生动地描述人物、事件。

例如：Autumn sunsets have come to me at the bend of a road in the lonely waste，like a bride raising her veil to accept her lover.（R.Tagore，*The Crescent Moon*）

译文：黄昏，荒野异常寂静，大陆的转变处，秋阳朝我走来，宛若一位新娘正在揭去面纱迎接她的新郎。

而说明性比喻是通过简单而具体的形象、事实或规律说明抽象的概念、复杂的哲理或过程。

例如：The pen is to a writer what the gun is to a fighter.

译文：作家的笔犹如战士的枪。

说明性明喻本体和喻体通常是性质不同的两类事物，但有相似点。如，例句中的本体是“The pen is to a writer”，喻体是“the gun is to a fighter”，通过战士之于枪的关系将作家之于笔的关系和重要性说得非常明了。

（二）隐喻（metaphor）的翻译

隐喻不用任何比喻词，有些英语修辞学家称之为“浓缩的明喻”（a condensed simile），两种事物间的共同点也不直接点明，比喻关系不像明喻那么明显，比较隐蔽，故称“隐喻”，也称“暗喻”。

例如：Passion was to go to sleep in the presence of Mrs. General and blood was to change to milk and water.（Charles Dickens，*Little Dorrit*）

译文：在杰纳勒夫人跟前，一个人的激情会变得麻木不仁，热血也会变成掺了水的牛奶。

这句话可以说是运用了判断型隐喻，不存在明显的比喻语言，而是暗示出本体和喻体之间的隐含关系，更加凸显了两者的相似性。因此，在进行翻译时，需要通过理解上下文来抓住其真正的含义，而形象的保留并不是关键，更重要的是抓住比喻的核心思想。根据符号学和语义学的原则，喻义在比喻中是更为重要的，喻体则次之，因此两者之间存在一定的层次关系。译者应该优先考虑将喻义传达清楚。

（三）象征（symbol）的翻译

在小说中，象征被认为是一种与隐喻同等重要的微观修辞手法。现代小说不再采用作者直接的修辞性介入，而是用象征来替代传统小说中的作者直接介入和说服性修辞手法。就像《小说修辞学》的作者韦恩·布斯所指出的那样，现代小说中使用象征来替代议论的做法实际上与直接表达议论的方式一样具有强大的表现力。这种做法也同样能够让读者充分地感同身受。比如，在哈代的小说《苔丝》中，"火"这一意象出现的章节顺序如下：

例如：Tess，her cheeks on fire，moved away furtively，as if hardly moving at all.（Chapter 19）

译文：苔丝像被火烤一样满脸通红，好像根本无法移动一步，就悄悄躲在一边。

例如：The pair were，in truth，but the ashes of their former fires…it seemed as if nothing could kindle either of them to fervour of sensation any more.（Chapter 36）

译文：说实在的，他们两个人先前像一团烈火，现在只剩下一堆灰烬了……他们两个人的热烈感情，似乎再也没有什么东西能够把它们重新点燃了。

例如：His fire，the tumultuous ring of his eloquence，seemed to go out of him.（Chapter 45）

译文：他的火一样的热情和滔滔不绝的辩词似乎从他身上消失了。

在上下文语境中，可以明显感受到"火"所代表的是情感。尽管原文都在描述"火"，但翻译家们却精妙地运用了不同的词汇，如"火烤""烈火""火一样的热情"来传达这个意思。这些隐喻形象的反复呈现和逐渐变化创造了一种独特的符号，代表着主人公内在情感经历的变化过程。这些翻译准确、贴切、生动地传达了原文的意思。

第四节　英美小说翻译原则与实践

一、小说翻译的基本原则

小说长于叙事，注重人物形象的塑造与环境描写，小说的这些区别性特征要求译者在翻译实践中遵循如下原则：

（一）再现人物语言个性

小说中，人物的语言不仅是表现其个性的主要工具，同时也是推动故事情节发展、塑造人物形象以及揭示艺术主题的重要因素。作家笔下刻画的人物的语言常常能够展现出独具特色的“美”。简单来说，不同的人物用各自独特的方式表达着他们自己的想法，这样读者就能够轻易地从对话中辨认出他们的身份。在某些情境下，人物的言语应该能够反映出他们所具有的独特心理状态和个性特征。换言之，我们需要同时关注人物言谈举止的基本特点和不同于其基本特点的异常表现。在人物对话中，应当充分展现各个人物独特的表达方式、语调和语气，避免出现“千人一面”的情况。

（二）再现人物形象

小说创作的主要任务是塑造人物形象，作者通常会从多种角度来塑造，但也会给人以一致的审美感受。具体而言，人物形象的塑造不仅表现在他们的语言和行为上，还包括叙述者对他们的肖像、行为和心理等多方面的描写上。通过不同角度的叙述，这些人物形象各具特色、栩栩如生。翻译实践中，再现人物形象的方法通常涉及两个方面：其一，通过刻画人物细节情形，使译本中的生活形象与原作相符合，且呈现生动逼真的效果。其二，译文应呈现不同社会文化背景下人物所承受的时代印记，以保留原文历史性的特征。第一种从微观角度入手，第二种则是从宏观角度入手，它们相互交织着，并相互关联。这样的交织和联系是构建人物形象和艺术再现的必要条件。

（三）转存叙事策略

叙事是一种以事件或故事为主题的表达方式，它需要讲述者通过艺术性的叙述来传达特定的情感或意义。故事的审美艺术效果因叙述者的视角而异，在不同的叙述者口中，故事也自然呈现出不同的光彩。当使用第一人称叙述时，读者通常感到更亲近并且体验更深刻，同时也会激发读者情感上的共鸣，更容易让读者沉浸在故事中。当使用第二人称叙述时，读者往往会感到自己被邀请进行对话、劝诱、提出建议。若使用第三人称叙述，会让读者感受到客观描述与主体的心理距离被拉开。使用这三种人称交替叙述故事，将使故事生动、真实，并具有强烈的多样性和变化美。除了叙述视角，叙事策略还包括叙事时间、叙事节奏，以及叙事速度等。小说的诗意美学表现与叙事策略息息相关。因而，在进行小说翻译时，除了将重心放在准确翻译叙述内容上，还应该重视翻译叙述视角、节奏、速度等以及它们的变化。

二、小说翻译的实践与分析

下面我们以南希·密特福德（Nancy Mitford，1904—1973）所著的《水龟虫》（*The Water Beetle*）中节选的 Tourists（游客）为例进行介绍。

Torcello，which used to be lonely as a cloud，has recently become an outing from Venice. Many more visitors than it can comfortably hold pour into it，off the regular steamers，off chartered motor-boats，and off yachts；all day they amble up the towpath，looking for what? The cathedral is decorated with early mosaics—scenes from hell，much restored，and a great sad，austere Madonna；Byzantine art is an acquired taste and probably not one in ten of the visitors has acquired it. They wander into the church and look round aimlessly. They come out onto the village green and photograph each other in a stone armchair said to be the throne of Attila. They relentlessly tear at the wild roses which one has seen in bud and longed to see in bloom and which for a day have scented the whole island. As soon as they are picked the roses fade and are thrown into the canal. The Americans visit the inn to eat or drink something. The English declare that they can't afford to do this. They take food which they have brought with them into the vineyard and I am sorry to say leave the devil of a mess behind them. Every Thursday Germans come up the towpath，marching as to war，with a leader. There is a standing order to fifty luncheons at the inn；while they eat the leader lectures them through a megaphone. After luncheon they march into the cathedral and undergo another lecture. They，at least，know what they are seeing. Then they march back to their boat. They are tidy；they leave no litter.

（一）作品概述

托尔切洛（Torcello）是一个岛屿，坐落在意大利水城威尼斯的泻湖之中。这个小岛历史悠久，美丽绝伦，远离城市喧嚣，犹如一片世外桃源。然而，最近这里成为游客争相前来观光旅游的热门地点。某个夏季，作者造访了这座小岛，其间除了著书立说外，还翔实地记述了岛上居民与西方游客的行为举止。文章嘲讽了大多数西方游客对美感和自然美的欣赏能力不足，破坏了所到地的美景，缺乏对环境的爱护，素质低下。同时，它还揭示了岛民对待游客的市侩态度，只为了图利而没有真正的热情和关爱。尽管大自然本身是美丽的，但旅游胜地却成为游客和当地居民之间发生各种不良行为的场所，这种情况令人深思。

（二）审美鉴赏

结合“Tourists”一文选段的主要审美特征，拟从以下五个方面对其进行审美鉴赏与分析：节奏美、语义美、修辞美、感知美、形象美。

1. 节奏美

在以上所选段落中，各句长度和结构均衡适中，彼此之间呈现自然而流畅的节奏，这使得段落带给读者良好的阅读体验。大多数句子都是简单句或复合句，语言简明、流畅。句子的长度和结构特征符合日常语义的思维结构，这使得文本的节奏简洁明快，给人一种轻松自在的感觉。这样的语言风格符合原著的情境和作者的表达意图。

2. 语义美

作者在描写游客时多选用偏贬义的词语和表达法。

3. 修辞美

生动形象的选词用字是原文表情达意的一大修辞特色。

4. 感知美

语言是经验的现实。经验世界中所发生的事可在语言中一一地复现出来，给读者以美感。

5. 形象美

从前文的逐层分析中可以看到作者笔下的游客形象：无所事事、漫无目的、素质较低、举止粗俗。具体来说，美国游客只知道吃吃喝喝，英国游客吝啬、举止粗俗，德国游客机械、刻板。

（三）翻译与讲评

1. 翻译

托尔切洛往日寂寞如孤云，近来却成了威尼斯外围的游览区。来客多了，这个小地方就拥挤不堪。搭班船的，坐包船的，驾游艇的，一批批涌到，从早到晚，通过那条纤路，前来观光。想看什么呢？大教堂内装饰有早期的镶嵌画，表现地狱诸景的大致已经修复，此外还有容色凛然的圣母巨像。拜占庭艺术是要有特殊修养才能欣赏的，而有特殊修养的游客恐怕十中无一。这些人逛到教堂，东张西望，茫茫然不知看什么好。他们踏上村中草地，看到一张石椅，听说是阿拉提的宝座，就要照相，一个个登上大位，你给我照，我给你照。这些人惯于辣手摧花，见了野玫瑰绝不放过。可怜含苞未放的野玫瑰，在岛上才飘香一天，爱花者正盼其盛开，就任这些人摘下来，转瞬凋零，被扔进运河。美国人走进小酒店，吃吃喝喝。英国人自称花不起钱，自带食物进葡萄园野餐。真对不起，我不能不说他们把人家的地方搞得乱七八糟。德国人呢，每逢星期四，就像出征一样，由队长率领，循纤路而来，到小酒店吃其照例预订的五十份午餐，边吃边听队长用喇叭筒给他们上大课。午餐后列队到大教堂，在里头还要聆听一课。他们至少知道看的是什么。完了，列队回船。他们倒是整洁得很，从来不留半点垃圾。（翁显良译，略有改动。选自张今、张宁著《文学翻译原理》）[1]

2. 讲评

（1）翻译应当保持原文的准确性，并且在句子结构、意思表达等方面保持平衡。这样可以使翻译的语言简练明了，读起来轻松自然，有一种舒适的节奏感。翻译的形式紧密追随原文，每句译文长短适中，简洁明了，表述生动灵活，充分体现了原文的节奏特点。

（2）口吻的传译。把原话转述出来，不仅需要保留内容，还要捕捉原作讽刺的口吻。这要求译者用尽各种方法来传达信息，从字句语义到语气暗示，每个细节都要把握到位。我们可以明显地感受到翻译句子中的讽刺意味。

（3）锤炼文字，深化含义。翻译巧妙地用词，并生动地描绘了人物情感和场景，使读者身临其境。

① 张今，张宁. 文学翻译原理 修订版 [M]. 北京：清华大学出版社，2005.

第四章　英美诗歌与翻译

本章的主要内容为英美诗歌与翻译，通过以下五节内容进行阐述，分别是诗歌特征与语言特点、英语类诗歌的类别与文学手法、英美诗歌历史演变、英美诗歌的翻译技巧、英美诗歌翻译原则与实践。

第一节　诗歌特征与语言特点

一、诗歌的基本特征

诗歌——这一最为古老的文学形式，自身具备极其鲜明的特征，因而与其他文学形式有着明显的区别。其基本特征包括以下四个方面：

（一）形式的独特性

诗歌，作为一种独特的文学形式，其最显著的外部特征便是分行。分行并非随意设置，而是有一定的合理性和艺术构思的。诗歌的分行具有多种功能，如突显意象、创造节奏、营构张力等。

第一，诗歌的分行能够突显意象。诗歌中的意象是诗人用以表达内心感受的重要手段，通过分行，诗人可以将意象独立出来，使其更加鲜明、更具表现力。第二，分行有助于创造节奏。诗歌的节奏是诗歌艺术的重要组成部分，它可以通过分行的形式得以体现。诗人通过合理的分行，可以营造出优美的诗歌节奏，使诗歌读起来朗朗上口，富有音乐性。第三，分行有助于营构张力。诗歌的张力来源于诗行之间的相互关系，通过分行，诗人可以巧妙地营构诗行之间的张力，使诗歌更具艺术魅力。

诗歌的诗行主要包括煞尾句诗行（end-stopped lines）和待续句诗行（run-on

lines)。煞尾句诗行形式指的是每一行诗都是一个完整的句子，因诗行结尾处语义已经完成，因此听起来常给人肯定、完结之感。而待续句诗行形式，也称为跨行（enjambment），是指前一行诗的语义尚未完结，便转入下一行的表述，形成的一种独特的诗歌韵律。巧妙地运用这两种诗行，可以使诗歌在表达内心世界、展现情感波澜的同时，兼具形式美和艺术美。

（二）结构的跳跃性

诗歌的篇幅通常不长，字数和行数都有明确规定。在这样的限制下，诗歌要在有限的篇幅内展现丰富多彩的生活内容，就必须摒弃日常的理性逻辑，转而遵循想象的逻辑和情感的逻辑。

诗歌的跳跃性结构是一种独特的艺术手法，它让诗歌在表达生活、传达情感的同时，保留了想象的空间。这种跳跃不仅体现在时间与空间上，更体现在诗歌的内涵与外延上。诗歌跳跃性结构的呈现形态，随着诗人所要反映的生活和表达的思想感情的变化而变化。这种变化使得诗歌呈现出层次丰富的结构，既有时间上的跨度，也有空间上的广度。在这样的结构中，诗人可以自由地表达他们的思想和情感，让读者在阅读的过程中感受到生活的多彩和诗歌的美。在诗歌的世界里，过去与未来，此地与彼地，都可以在想象与情感的线索引导下自由跳跃。空间上天南地北、海内海外的跳跃，以及由两幅或多幅平行关系的图景构成的平行式跳跃，由几种形成强烈反差的形象组成的对比式跳跃等。这几种跳跃不仅不会损害诗歌意义的传达，反而能极大地拓宽诗歌的审美空间。

（三）表述的凝练性

诗歌在表现生活时，追求的是用极概括的艺术形象来表达对现实的审美反映，而非对生活琐碎细节的堆砌。诗歌可以集中反映生活的特点，因此它在选词造句、谋篇布局等方面有极高的要求。

诗人需在生活中捕捉那些感受最深、表现力最强的自然景物和生活现象，将这些独特的体验融入诗歌创作之中，并且诗歌要用极概括的艺术形象表现现实。诗人通过精准的词语和简洁的句式，勾勒出一幅幅生动的画面，使读者能够在有限的篇幅中感受到生活的丰富性和深刻性。这种以少胜多的表现手法，正是诗歌的独特魅力所在。

（四）语言的音乐性

诗歌的音乐性是它区别于其他文学形式的特征之一。诗歌的音乐性主要表现在其韵律和节奏两个方面。节奏是指语音以有规律的方式相互交替，产生一种抑扬顿挫的听觉效果。一个重读音节与一个或两个轻读音节按一定的模式搭配起来，有规律地反复出现就是英文诗歌的节奏。汉语诗歌的节奏单位一般是一个音组（有时只是单个音节），它一般由词或词组构成。由于是由词或词组构成的，这种音组后面就可以有顿歇。这种其后有顿歇的音组叫“音顿”，或简称“顿”，它就是汉语诗歌的节奏单位。

韵律有广义和狭义之分。广义的韵律涵盖了诗歌的声音形式和拼写形式，包括节奏、押韵、韵步、诗行的划分、诗节构成等方面。换句话说，它是诗歌整体的音韵组织。而狭义的韵律则特指诗歌某一方面的韵律，例如押韵、韵步等。这些韵律元素在诗歌中起到画龙点睛的作用，使诗歌更具艺术魅力。狭义的韵律对于增强诗歌的节奏感具有重要意义。它与节奏相互依存，共同服务于诗歌情感的表达和诗意的创造。韵律运用得当，可以使诗歌的音韵和谐，让读者在欣赏诗歌的过程中感受到诗人内心世界的韵律美。

二、诗歌语言的特点

诗歌作为一种语言艺术，其表达方式源于日常交流，却与日常语言有所区别。尽管诗歌语言遵循日常语言的规范，但它经常打破常规，独具匠心地运用词汇，形成了特殊的“诗家语”。“诗家语”的特点主要包括以下四点：

（一）节奏与格律

诗歌的独特之处在于它所蕴含的音乐性。这种音乐性，细究之下，可以分为两个层面：内在音乐性和外在音乐性。内在音乐性是指诗歌内部所蕴含的节奏，也是诗歌呈现出的音乐状态。内在音乐性就像是情感的图谱，心灵的音乐，它引领读者走进诗歌的世界，感受诗歌的韵味。内在音乐性源于诗人对生活的感悟，通过诗歌的形式传达出来，使读者在阅读的过程中能够感受到诗人的情感波动。外在音乐性是内在音乐性在外部形态上的表现，主要包括两个方面：韵律和格式。韵律，指的是诗歌的韵式，是诗歌节奏的听觉化。诗人通过和谐的韵律，使诗歌更具音乐美感。格式，则是指诗歌的段落结构，是诗歌节奏的视觉化。通过合理的格式安排，诗人能够营造出诗歌的视觉美感。英诗的韵律是依据音步所包含音节的数量及重读音节的位置而加以区分的。传统英诗的音步有抑扬格（iambus）、扬抑格（trochee）、扬抑抑格（dactyl）、抑抑扬格（anapaest）等。英诗的格律不仅规定了音步的抑扬变化，同时还规定了每行的音步数，常见的音步数为五个、七个和十个，分别称为五音步诗、七音步诗和十音步诗。例如，莎士比亚的《哈姆雷特》中的一句著名诗句"To be, or not to be, that is the question"（生存或毁灭，这是个问题），就是采用了五音步的抑扬格。

（二）音韵

诗歌音乐性的内涵既包括节奏和格律等要素，亦通过音韵的巧妙运用，赋予诗歌独特的韵味与和谐旋律。音韵，是通过重复相同或相近音素的手段形成，是诗歌音乐性的关键体现。音韵类型丰富多样，包括头韵（alliteration）、谐元韵（assonance）、谐辅韵（consonance）、行内韵（internal thyme）、尾韵（end thyme）等。在我国汉诗中，通常押尾韵，亦称韵脚。而早期英诗较多押头韵，近现代英诗则更常见押尾韵。

在英诗中，相互押韵的词语具有不同的音、形特点，将押韵分为完全韵（perfect thyme，如 fate—late 等）和不完全韵（imperfect thyme，如 like—right 等），也分为阳韵（masculine thyme，如 blow—flow 等）和阴韵（feminine thyme，如 dying—flying 等）。我国的汉诗则根据韵母开口度的大小，将尾韵分为洪亮、柔和和细微三级。这种分类方式使得汉诗的音韵更加丰富，表现出独特的艺术魅力。

（三）意象

所谓意象，指的是将情感转化为具象的形象符号，让情感得以具体而有形地呈现出来，从而为情感找到一个客观的反映，便于人们理解和欣赏。没有实际依据的抽象情感表达往往没有感染力且不易引起共鸣，而以具体经验为基础的情感表述则更容易让人真切地感受到情感，产生深刻印象。因此诗人要通过意象来表达并传达情感和意思，这是他们最基本的表达方式。如在诗句"O，my luve's like a red, red rose"中，诗人用红玫瑰（rose）来表达对恋人的深深的爱意。这朵玫瑰（rose）的红色代表着恋人的脸色红润美丽，鲜艳则代表着恋人青春健康、活力满满，而芬芳则代表着恋人高雅的品质和优美的品行等。诗歌中有各种不同类型的意象，这些意象类型会从不同的角度和深度引导读者去感知和体味它们所特有的意义和美的内涵。从心理学的角度来看，意象可以被分为视觉、听觉、触觉、嗅觉、味觉、动觉、错觉和联觉的意象等。具体来说，可以将其分为总称意象和特征意象。总称意象能够更全面地表达事物的特征和内涵，同时也会在语义和空间上产生更加动态的张力。特征意象可以使事物更加清晰、明确。按照出现的方式来分类，可以将意象分为静态和动态。通常情况下，静态意象会表现为描写性的文字。相比之下，动态意象通常是带有故事性的描述。就创作方式而言，可以将其分为三类：原型意象、现成意象和即兴意象。诗歌包含着丰富而深刻的意义，不仅仅是靠单个意象呈现，还需要通过意象组合和系列呈现。将意象按照特定组合和顺序呈现出来，形成一个有机的整体，不仅是创作诗歌的过程，也是展现诗歌意境的过程。掌握意象种类与组合、系列呈现的类型，便可获得解锁诗歌世界的钥匙。

（四）反常化

语言常规指的是标准语言和诗歌语言所遵循的固定规范。“反常化”被首次提出来是由俄国形式主义者用来表达诗歌语言与日常语言规范不同的一面。诗歌语言的反常化是指使用不同于常规的方式，打破语言惯例。透过采用非传统的诗歌语言，我们可以让正常的标准语言和传统的诗歌语言获得新的变化和风格。通常，前一种变异形式会在语音、词汇以及句法等方面表现出来。例如，在语音方面，强调韵律和音韵的美感效果。在用词上突破常规，自由地改变词汇的词性、词义，甚至创造新词。将句子结构颠倒并省略重要的成分，以表达相同的意思。后者的变化主要表现在改革和创新诗歌传统中的规则与惯例，如创建新的韵律、意象、隐喻和诗体等。使用反常化语言的目的在于创造出独特、新颖、准确的表达效果。正如新批评派的休姆所述，诗歌“选择新鲜的形容词和新颖的隐喻，并非因为它们是新的，而对旧的我们已厌烦，而是因为旧的已不再传达一种有形的东西，而已变成抽象的号码了”[①]。诗歌语言反常化所造就的异变，是基于某些正常规范的，以表达诗歌内容和情感为目的。

① 赵毅衡．“新批评”文集 [M]．天津：百花文艺出版社，2001.

第二节 英语类诗歌的类别与文学手法

在人类文明的长河中，诗歌作为一种重要的文学形式，不断地演变、发展，形成了丰富多彩的文学景象。从古至今，诗歌经历了无数次的变革和衍生，各种流派、风格相互碰撞、交融，呈现出一幅百花齐放、百家争鸣的景象。为了更好地欣赏、分析和研究诗歌的内涵与魅力，人们试图从不同角度对诗歌进行归类，以便于深入探讨和理解。

一、英语类诗歌的类别

（一）叙事诗（Narrative Poetry）

叙事诗是一种以故事情节为主的诗歌形式。在这种诗歌中，诗人扮演着叙述者的角色，对故事的叙述保持客观态度。叙事诗的产生与发展得益于人们对听故事和讲故事的热情。人们对英雄事迹、宗教传说有着强烈的好奇心，诗人们走遍各地，将各种精彩动人的故事传诵了下来。

叙事诗的故事性赋予了其与其他诗歌显著不同的长篇幅特质。约翰·高尔（John Gower）的诗歌巨著《一个情人的忏悔》（*Confessio Amantis*）共计 33 000 行，通过寓言故事的方式，深入剖析了与爱情相关的七大罪恶。古英语英雄诗歌《贝奥武甫》（*Beowulf*）共计 3182 行，被誉为盎格鲁－撒克逊及英国民族的经典之作。中世纪英国诗歌大师杰弗雷·乔叟（Geoffrey Chaucer）的《坎特伯雷故事集》（*The Canterbury Tales*）取材广泛，包含了 24 个故事，包括动物故事、民间寓言、历险故事等。

英国小说在英国女王维多利亚即位的时代开始崛起，并在 19 世纪中期形成一定规模。小说以更加通俗的方式接过了叙事诗讲故事的功能，从而使长篇叙事诗的创作高峰逐渐落幕，取而代之的是精简的叙事诗。精简的叙事诗在简洁的篇幅内，依然能够展现出丰富的故事情节和深刻的寓意。

叙事诗作为一种独特的文学形式，承载着人类对故事的热爱和传承。从古至今，叙事诗始终在不断发展和演变。尽管现代文学作品中，叙事诗的地位已不如从前，但其魅力依然存在，并在一定程度上影响了其他文学形式的发展。

1. 民谣（Ballad）

民谣，这种源自民间、口口相传的文学艺术形式，拥有着深厚的历史底蕴和丰富的文化内涵。民谣一词，源自拉丁语“ballare”，意为“舞蹈”，与芭蕾舞（ballet）有着同源之谊。作为一种独特的艺术表现形式，民谣早期是与音乐和舞蹈同步演唱的，因此具有极强的音乐性。

民谣的特点在于其简洁明了的节奏，这使得民谣易于记忆和传唱。然而，在简单的形式背后，往往隐藏着强烈的戏剧性。民谣所讲述的故事，多涉及激烈的冲突，如背叛、复仇、死亡等。这些情节使得民谣具有了一种独特的魅力，让人回味无穷。

由于民谣最初是一种口头文学，其在历史演变过程中，经过人们的口口相传，早期的版本较多，内容丰富，但部分民谣因为传承过程中的遗落，现今所见到的版本可能并不完整。

在英国中世纪，有许多著名的民谣，如 *Sir Patrick Spens*（《派屈克·司本斯爵士》）、*The Demon Lover*（《魔鬼情人》）等。这些民谣以其独特的故事情节，展现了当时的社会风貌和人们的生活状态，成为后世研究古代社会的重要文献。

2. 史诗（Epic）

史诗是叙事诗的一种独特形式，史诗的创作往往遵循一定的叙事结构和形式规范。一般来说，史诗以编年体的形式展开，注重时间顺序和历史线索的连贯性。在情节设置上，史诗通常围绕着英雄人物展开，展现了他们在特定历史背景下的英勇事迹。这些英雄往往具有超凡的才能和勇气，成为民族精神和信仰的象征。此外，史诗中还常常穿插着各种寓意丰富的神话传说、寓言和象征，使得作品更具有哲学性和思想深度。史诗不仅揭示了人类文明的起源，更通过生动的故事情节，淋漓尽致地展现了各个时代核心信仰和价值观念的演变。在英语诗歌领域，史诗的代表作品可谓丰富多彩。其中最为著名的当属《贝奥武甫》（*Beowulf*）和约翰·弥尔顿（John Milton）的《失乐园》（*Paradise Lost*）。

《失乐园》（*Paradise Lost*）是约翰·弥尔顿的一部史诗诗歌作品，创作于他的晚年时期。这部诗歌巨著讲述了人类始祖亚当和夏娃的堕落过程，以及他们最终失去的天堂——伊甸园。《失乐园》的核心人物包括上帝、撒旦、亚当和夏娃。

作品中，撒旦为反抗上帝，化身蛇形，引诱夏娃品尝禁果。值得一提的是，《失乐园》创新了诗歌形式，其无韵诗的风格为后来的现代诗树立了榜样。

这首诗歌采用了五音步抑扬格的节奏，其音韵效果在语言应用上达到了巅峰。这种节奏形式不仅符合英语语言的自然结构，还适应人们在阅读时的自然换气停顿。因此，五音步抑扬格成为英语诗歌作品中的一种常见节奏。

3. 罗曼司（Romance）

第三种叙事诗是罗曼司，又叫传奇诗歌或传说诗歌，是一种独具魅力的文学体裁。它以讲述非凡人物的历险故事为主线，情节丰富、结构复杂。在这类诗歌中，人物的性格特点和命运波折得到淋漓尽致的展现，使读者在欣赏诗歌的同时，感受到生活的多姿多彩和人生的百态千面。

杰弗雷·乔叟的巨著《坎特伯雷故事集》创作于 14 世纪末，这部作品堪称中世纪英国文学的瑰宝。尽管其语言为古英语，但一旦熟悉了其中的词汇和表达，便会发现它读起来朗朗上口，极具韵味。古英语的独特魅力在于其丰富的词汇和表达方式，这使得《坎特伯雷故事集》成为文学史上的一部不朽之作。许多人试图将这部作品翻译成现代英语，以便让更多人能够了解和欣赏这部经典之作。但正如之前所提到的，翻译的诗歌往往会失去原作中的一部分精彩之处。这是因为诗歌的魅力在于其独特的语言表达和韵律，而这些特点在翻译过程中很难完全保留。

《坎特伯雷故事集》讲的是朝圣者们为了消磨旅途中的时间，达成了一项协议，决定轮流分享自己的故事。最初乔叟计划每位讲述者分享 4 个故事，但最终讲述了 24 个故事。诗人描绘了许多生动鲜活的人物，充分展示了当时社会各阶层不同的生活和观念。

虽然叙事诗以一个个惊险或曲折复杂的故事为主要内容，但我们仍然可以从中窥探出它所呈现的艺术美。许多具有叙事性的经典诗歌都是较为古老的作品，需要投入更多精力才能欣赏到其中的美妙之处。阅读叙事诗的主要挑战在于词汇，词汇晦涩且生僻，但是这种艺术表现手法在诗歌发展史上占据着重要地位，并对现代诗歌产生了深远的影响，所以多了解叙事诗的一些知识可以增强英语诗歌欣赏的能力。

（二）抒情诗（Lyric）

抒情诗（lyric）这一概念，源于希腊语中的“lyre”，原是指一种伴奏歌唱的弦乐器，后又指与音乐相配的歌词，其为诗歌与音乐相结合提供了最初的启示。随着时间推移，抒情诗逐渐演变为一种独立的文学形式，它以简洁明了的语言和富有韵律的节奏，抒发人的内心情感。虽然诗歌的韵律和节奏相当精妙，但并非所有的抒情诗都能完全与音乐相结合，虽然很多抒情诗确实能够很好地与音乐相呼应。许多诗歌情感深沉，为音乐作曲家们的创作提供灵感，使抒情诗所作的曲相继诞生。在英国伊丽莎白时期，约翰·多兰（John Dowland）和托马斯·坎皮翁（Thomas Campion）是同时兼具诗人和音乐家身份的人。他们所写的诗歌，情感的表达更加纯粹，所采用的表述形式也更为简洁明了，而且文本的节奏和音乐的韵律相得益彰，读起来具有极强的音乐性。这种创作形式是诗歌和音乐相结合的绝佳实例。现代流行歌曲将歌词和音乐巧妙地结合在一起，这种方式延续了歌曲创作的传统。然而，要注意的是，现代流行歌曲的歌词与约翰·多兰和托马斯·坎皮翁的诗歌本质上存在着不同之处。他们的诗在没有音乐配合时依然展现出诗歌特有的艺术风格，而大部分流行歌词却无法达到此水准。

虽然很少有后世诗人将诗歌与音乐相融合视为必然，但他们运用语言独特的韵律与节奏，以及各类文学技巧，为读者呈现出如音乐般的审美体验。

1. 维拉内拉（Villanelle）

在抒情诗中，副歌反复出现是一种普遍现象，常常是直接重复，有时候也会在重复时做一些变化。许多抒情诗遵循着固定的结构。维拉内拉和十四行诗（Sonnet）是比较常见的表现情感的抒情诗格式。维拉内拉一共有五组三行段落，第一行在第六组和第十二组中会重复，第三行在第九行和第十五行重复，且它们之间形成了韵脚。*If I Could Tell You*（如果我能告诉你）这首诗是维拉内拉格式的作品，它的作者威斯坦·休·奥登也是20世纪最伟大的诗人之一。

2. 十四行诗（Sonnet）

十四行诗在英语诗歌中占据了极为重要的地位，被誉为最具代表性的抒情诗形式。其起源于意大利语“sonetto”，意为“短小的歌”。这种诗歌形式经过漫长的历史演变，逐渐发展成为一种具有固定格式的诗歌体裁。到了13世纪，十四行诗在韵律和节奏方面逐渐形成了严谨的规范。

在英国文学史上，两位文坛巨匠爱德蒙德·斯宾塞（Edmund Spenser）和威廉·莎士比亚（William Shakespeare）在十四行诗的创作上贡献巨大。莎士比亚被誉为“戏剧之王”，他的十四行诗格式被称为“Shakespearean Sonnet”，具有鲜明的艺术风格。爱德蒙德·斯宾塞被誉为“诗人中的诗人”，他的十四行诗格式被赞誉为“Spenserian Sonnet”。这两种格式在结构和韵律方面具有独特的魅力，为英语诗歌的发展作出了重要贡献。

随着自由体诗的崛起，传统的十四行诗被许多人视为过时和陈腐的诗歌形式。然而，在20世纪，一群富有创新精神的诗人，如威尔弗雷德·欧文（Wilfred Owen）、约翰·贝利曼（John Berryman）、埃德温·摩根（Edwin Morgan）、罗伯特·弗洛斯特（Robert Frost）等，对十四行诗的传承和发展作出了重大贡献。他们以现代主义的视角，创作出了大量富有创意和深度的现代十四行诗。另一方面，美国的新形式主义运动（New Formalism）也对现代十四行诗的发展起到了推动作用。新形式主义主张回归传统诗歌形式，强调诗歌的音乐性和结构美。这一运动的代表人物如理查德·威尔伯（Richard Wilbur）、约翰·霍华德（John Hollander）等，他们的十四行诗作品在形式上严谨，在内容上丰富，展现了现代十四行诗的多样性和发展潜力。

3. 颂歌（Ode）

颂歌承载着人类对崇高、喜庆、甜蜜、安逸等情感的赞美。其篇幅较长，风格独特，主题严肃，使得颂歌成为一种庄重而又充满韵味的艺术表现方式。早期的颂歌，主要是为了歌唱而生，尤其是合唱，歌声回荡在公共场所，传递着人们对美好事物的热爱和敬仰。然而，随着时代的发展，现代的颂歌已经不局限于歌唱，而是以更加多元化的形式展现出来。在形式上，颂歌分为Pindaric ode和Horatian ode两种。在英国诗坛，波西·比希·雪莱（Percy Bysshe Shelly）是颂歌的代表人物。我们很多人都听过那句著名的诗句“冬天来了，春天还会远吗？”，这句经典诗句就来自雪莱的《西风颂》，与以往的传统诗歌不同，雪莱对传统的诗歌形式进行了改变，让其充满了浪漫的气息，使得颂歌这种文学形式焕发出了新的生机。

不了解这首诗歌的人第一次读到这首诗歌可能会以为这是一首赞颂歌，赞颂的对象就是西风，这只是表面的理解，诗人真正想表达的是自己对政治和道德传播的思想和信念，整首诗主要分为两个部分，其中头三篇（第一节至第三节）主要从正面直接描绘西风，写它给大地、海洋、天空带来的变化。

诗人以“Owild West Wind”开篇，运用头韵手法，使得西风的力量显得无比强大。将“West Wind”两词的首字母大写，赋予西风人格化特征。诗中反复出现的“dead”“ghost”以及“yellow”“black”“pale”“hectic red”等词，更加突出了西风具有很大的破坏性，但是从另一层面，西风也有造福自然的作用，可以携带植物的种子，传播各类生命，来年新的种子生根发芽，又会是一株新的生命。基于此，诗人在最后部分赋予了西风双重角色，它是一个威力巨大的破坏者，也是一位保护者。到了第二篇，诗人将西风的力量提升到一个新的高度，空中的云成为风所驾驭的对象。在这一篇中，风的力量在空中得到了充分的展现。到了第三篇，风的影响力扩大到了海洋领域，甚至海底也会因为风产生变化，原本的海底是静谧的，但西风打破了其原本的平静。

在诗人的诗里，可以看到正义必定会战胜邪恶，人们终将会迎来自由。风作为一种自然现象，在诗中具有了深远的象征意义。通过赞美风，诗人实际上在宣扬正义、自由和进步的理念，希望激励人们为争取自由和正义而奋斗。

（三）无韵诗（Blank Verse）

无韵诗是一种无尾韵，但具有明确节奏规律的诗歌类型。在英语诗歌领域，无韵诗的节奏主要遵循五音步的抑扬格原则。这种诗歌形式的出现，标志着诗歌创作的一次重大突破，它打破了传统诗歌的束缚，为诗人们提供了更多的创作空间。

谈到无韵诗的起源，我们不能不提及英国诗人亨利·霍华德（Henry Howard）。他是首位尝试这种诗歌形式的诗人，霍华德时期正流行那种没有尾韵的拉丁以及希腊的诗歌，正是受此影响，他也开始写这种形式的诗歌，但是在无韵诗歌方面贡献最大的是克里斯托弗·马洛，这位诗人的诗将无韵的形式完整地呈现出来，因此在当时的英语诗歌中，克里斯托弗·马洛具有很高的地位，被后世称为无韵诗的先驱。

在众多英语诗人中，威廉·莎士比亚（William Shakespeare）的无韵诗成就尤为突出。他在许多戏剧中都运用了典型的无韵五音步抑扬格，为无韵诗的发展作出了巨大贡献。

无韵诗在历史发展中也曾经历过低谷。在一段时间里，它的主导地位被双行体诗所取代。直到浪漫派诗人威廉·华兹华斯（William Wordsworth）、波西·比希·雪莱（Percy Bysshe Shelley）和约翰·济慈（John Keats）对无韵诗进行改革，它才重新焕发生机，再度成为诗歌的主要形式。20 世纪，无韵诗在诗歌创作中运用广泛。

选自威廉·莎士比亚悲剧《哈姆雷特》第三幕第一场的“To be, or not to be…”是人类史上最著名、最常被人引用的文学名言之一。

哈姆雷特是一个充满矛盾的理想主义者。在这部作品中，哈姆雷特的主要动机是复仇，他意图揭示父亲的死亡真相，为家族复仇。与此同时，他也有着消除世间邪恶的使命感，希望改变当时社会的黑暗现实。在这个独白中，哈姆雷特痛斥了当时社会的现实，表达了对人性丑恶的憎恶。通过对哈姆雷特的描绘，莎士比亚反映了当时英国社会的矛盾和问题，批判了封建社会的黑暗。

（四）自由体诗（Free Verse）

自由体是一种充满自由与创新的诗歌形式，它不受任何韵律和韵脚格式的约束。如果说无韵诗是摆脱了韵脚限制的诗篇，那么自由体诗则在此基础上进一步拓宽了创作的天地。在这种诗歌形式中，诗人可以根据表达的需要，自由地决定诗歌的结构和声音效果。

自由体诗歌的历史悠久，其渊源可追溯至 1611 年，当时詹姆士国王（King James）的英语翻译版圣经中就已经出现了自由体诗歌的形式。在这部圣经中，赞美诗（Psalms）和所罗门之歌（The Song of Solomon）等作品尤为典型。约翰·弥尔顿（John Milton）也曾尝试用自由体诗歌替代规则的音步，但是当时并没有引起巨大的变革，自由体诗歌是到了 19 世纪才逐渐变得完善、成熟，被大众所熟知和追捧。提到自由体诗歌，就不得不提瓦尔特·惠特曼，他是一名美国诗人，在自由体诗歌领域作出了巨大的贡献。这位诗人对自由体诗歌十分感兴趣，并且也对其进行各种探索和研究，创作了许多脍炙人口的佳作。1855 年，他出版了第一部自由体诗歌集《草叶集》（*Leaves of Grass*）。在这部作品中，惠特曼以独特的艺术手法，展现了对生活的热爱和对人性的赞美。值得一提的是，他在去世前对《草叶集》进行了多次修订，足以可见他对自由体诗歌的热爱和执着。

二、英语类诗歌的文学手法

据专家研究，英语类诗歌中使用的文学修辞手法有两百多种，这些手法各具特色，为诗人表达思想、传达情感提供了丰富的手段。下文只挑选了主要的几种进行介绍。学习这些文学修辞手法，不仅仅是为了掌握诗歌的表达技巧，更重要的是，通过学习这些手法，我们能更好地欣赏诗歌的魅力，深入理解诗人的思想。

（一）比喻（Comparison）

比喻，其本质就是寻找并凸显事物之间的相似性。它将两个不同的事物或者现象进行对比，从而揭示出它们之间隐藏的共性。在这其中，被比喻的事物，即诗人真正想要传达的抽象或具体的思想、情感或事物，我们称之为“本体”；而用来进行比喻的事物，则是诗人在诗中采用的、为广大读者所熟知、具体且形象的事物，我们称之为“喻体”。比喻实际上遵循了“具体替代抽象”的原则。通过将抽象的本体转化为具象的喻体，使诗句变得更加直观、生动，读者能够更深刻地理解和感受到诗人所要传达的意境。这样一来，诗歌的感染力得到了极大的提升，使得读者在欣赏诗歌的过程中能够产生共鸣，进而加深对诗歌内涵的理解。

1. 明喻（Simile）

明喻通过使用诸如“like”“as”等词，清晰地将一事物的特点与另一事物进行类比，从而形象地表达出作者的情感或意图。其基本格式为“A 就像 B”。

罗伯特·彭斯（Robert Burns）是苏格兰著名的诗人，他的诗歌作品具有浓厚的民族气息和生活气息。在他的经典诗歌 *Oh, My Luve Is Like A Red, Red Rose*（《哦，我的爱就像一朵红玫瑰》）中，彭斯巧妙地运用了明喻这一修辞手法。

Oh，my luve is like a red，red rose，
That's newly sprung in June.
Oh，my luve is like the melodie，
That's sweetly played in tune.

彭斯将爱情比喻为一朵红玫瑰。红玫瑰象征着热情和浪漫，这一明喻使得爱情形象生动，令人感受到作者对爱情的炽热和真挚。通过这一明喻，彭斯还表达出爱情如同玫瑰般脆弱，需要呵护和珍惜。明喻手法在诗歌中的运用，使得抽象的情感变得具体可感，增强了诗歌的艺术表现力。同时，通过将爱情与红玫瑰进行类比，彭斯成功地将情感与自然景象相结合，展现出大自然的美好与爱情的美好相互映照的画面。这也体现了诗人对美好生活的向往和对爱情的忠诚。

2. 暗喻（Metaphor）

暗喻的特点在于其隐晦性，它不需要使用“as”或“like”等连接词，而是直接表述“A 就是 B”。这种直接的表达方式有时会让读者在一开始难以把握其含义。由于连接信号词的缺失，读者需要在理解过程中花费更多的精力去领悟其中的比喻意义。

与明喻相比，暗喻更加含蓄、隐晦。暗喻在诗歌中的运用尤为广泛，因为它能够含蓄地表达诗人的情感和寓意。通过暗喻，诗人可以将抽象的情感具象化，使得读者在欣赏诗歌的过程中产生更多的联想和想象。同时，暗喻的隐晦性也为诗歌增添了神秘感和深度，使得诗歌的含义更加丰富多元。

在一首名为 *Light*（《光》）的诗歌中，诗人以独特的视角和深刻的洞察力，将夜晚与白昼、思维与心灵等相对立的概念进行了巧妙的比喻和诠释。每一小节都有两个鲜明的比喻，相互映照，使得诗歌的含义更加丰富和深远。第一小节中，夜晚的天空繁星闪烁，犹如无数只眼睛在黑暗中审视着人间。而白昼只有一只眼睛，那就是太阳，它以耀眼的光芒照亮世界。第二小节中，诗人将人的思维比喻为千万只眼睛，寓意着人们在面对世界时的多元视角和无限可能。然而，心灵之眼却只有一只。当爱消失，生命也将失去意义；太阳西下，明亮的世界将会黯淡无光。通过这首诗歌，我们可以看到诗人对生活的独到见解，他将自然界与人生进行对比，将复杂深奥的道理讲解得浅显易懂，令人回味无穷。

The night has a thousand eyes,

And the day but one;

Yet the light of the bright world dies,

With the dying sun.

The mind has a thousand eyes,

And the heart but one;

Yet the light of a whole life dies,

When love is done.

（二）拟人（Personification）

拟人是一种将抽象的思想、观念通过具体的事物来表达的方法。它与比喻有着相似之处，都是通过比较两种事物来传达某种意义。然而，它们之间也有明显的区别。比喻是通过将某一事物与另一事物进行类比，从而突出某一特点或意义。而拟人则是将无生命或非人类的事物赋予人的行为、情感和思维，使得抽象的非人类事物变得更加形象、生动，更易于为人们所理解和接受。这种方式能让读者更加深入地感受到诗人的思想感情，使作品更具感染力。

下面这首诗以一种独特的方式描绘了一列火车的运行过程。诗人充分发挥了想象力，将火车拟人化，使其具有了生命力和情感。通过运用一系列生动形象的动词，诗人描绘了火车在山谷间穿梭的过程。

在这首诗中，火车被赋予了人类的行为特征，其更具真实感和亲和力。例如，“lap”“lick”“feed”“fit”“chase”等，这些动词将火车在山谷间穿梭的过程描绘得栩栩如生。此外，诗人还用了表达人类情感的词，如“supercilious”和“complaining”，进一步增强了生动性。这种拟人化的表达方式使得火车不再是冰冷的钢铁巨兽，而是具有生命力和情感的个体。

I like to see it lap the miles,
And lick the valleys up,
And stop to feed itself at tanks;
And then, prodigious, step
Around a pile of mountains,
And, supercilious, peer
In shanties by the sides of roads;
And then a quarry pare
To fit its sides, and crawl between,
Complaining all the while
In horrid, hooting stanza;
Then chase itself down hill
And neigh like Boanerges;
Then, punctual as a start,
Stop—docile and omnipotent—
At its own stable door.

（三）象征（Symbolism）

象征是一种特殊的表达方式，它除了具有自身的基本意义之外，还承载着其他更为深层次的象征意义。在我国历史悠久的传统文化以及全球范围内广泛传播的文化现象中，我们可以看到许多这样的例子。这些特定的事物或行为，历经长期的习俗积累和广泛应用，被赋予了独特的象征内涵。人们对这些象征意义的理解是公认的、显而易见的，它们成为传递复杂思想或情感的有效途径。例如，橄榄枝和鸽子在人们心中象征着和平与美好。这是因为古代奥运会中，橄榄枝代表了胜利和和平，鸽子则被视为和平与安宁的象征。这种象征意义已经深入人心，使得人们在看到橄榄枝和鸽子时，就能联想到和平的美好愿景。再比如，玫瑰作为爱情的象征，其原因在于它的美丽、芬芳和短暂，这些都寓意着爱情的美好、甜蜜和无常。

象征作为一种表达方式，与比喻和拟人有着相似之处。它们都是通过具体的事物或行为来传达抽象的情感或思想。比如，和平和爱情是看不见、摸不着的，但橄榄枝、鸽子和玫瑰却赋予了这些抽象概念形象和色彩。这种转化使得抽象的情感和思想更容易被理解和感知。

象征意义在很大程度上取决于读者的解读和理解。读者视角的差异会导致他们对象征对象的认知各异。这就赋予了读者更大的想象空间和参与度，让他们在虚构的世界中感知，结合个人经历和情感去阐释，从而获得更强烈的震撼效果。影响人们对象征意义理解的因素众多，包括所处的文化环境、个体经历、思维深度，以及在阅读过程中的情感体验等。

在 *The Sick Rose*（《病玫瑰》）这首诗中，诗人将玫瑰作为爱情和美好的象征，描绘了它在遭受世俗侵蚀后的凋零。有人认为，诗中的害虫代表了所有阴险邪恶的势力，它们在黑夜和暴风雨中悄然无声地侵袭着美好的事物。也有人认为，诗人通过病玫瑰的形象，表达了对美好事物遭受破坏的悲痛之情。这首诗可以看作是诗人对当时社会现实的反思，他担忧那些隐藏在黑暗中的邪恶势力会逐渐侵蚀人们的心灵，破坏社会的和谐与美好。诗中提到的“dark secret love”揭示了这些势力对美好事物的喜爱，更强调了这种担忧。

O Rose，thou art sick.

The invisible worm，

That flies in the night
In the howling storm,
Has found out thy bed
Of crimson joy,
And his dark secret love
Does thy life destroy.

（四）用典（Allusion）

在各个国家和民族的文化传统中，经典的寓言与神话故事承载着广大劳动人民的智慧。它们蕴含着丰富的文化内涵，彰显了对善恶美丑的评判准则，以及公认的道德观念和人生价值观等，从而具备独特的象征意义。但用典不仅仅局限于寓言和神话，也可借用其他文学或艺术形式中的人物或现实生活中发生过的事件和人物。在诗歌创作中，恰当运用这些典故，能使诗歌在简洁的词句中表达出更加丰富和深刻的意义。然而，对于那些不熟悉这些典故的读者来说，诗歌的内涵和韵味可能会大打折扣。

以下是乔治·戈登·拜伦（George Gorden Byron）的长篇叙事诗 *Don Juan*（《唐璜》）中的一节。

Place me on Sunium's marble steep,
Where nothing save the waves and I
May hear our mutual murmurs sweep;
There，swan-like，let me sing and die;
A land of slave shall ne'er mine—
Dash down you cup of Samian wine!

"There，swan-like，let me sing and die"这句话源自希腊神话传说，天鹅在临死前会发出哀婉动听的鸣声。这种悲壮的美与诗人笔下的英雄形象紧密相连，表达了诗人对英雄的崇高敬意。诗人在这里塑造了一个英雄形象，他在面临生死抉择时，愿意为自由和正义献出生命。这种英勇无畏的精神贯穿整部诗篇，成为"拜伦式英雄"的象征。

第三节 英美诗歌历史演变

一、英国诗歌的发展

（一）英国早期诗歌

古英语诗歌，又称盎格鲁－撒克逊时期的诗歌，是英国早期诗歌的代表。这一时期的诗歌创作时间跨度为449年至1066年，涵盖了英格兰历史上的一个重要阶段。在此期间，诗歌的题材、背景以及语言都受到了入侵到岛上的盎格鲁人、撒克逊人和裘特人的影响。这些入侵者在进入英格兰后，将他们的文化、语言和诗歌传统带到了这个岛上。因此，古英语诗歌的题材和背景与英格兰本土并无太大关联。

在对英国早期诗歌进行研究时，不要忽视当时具有显著影响力的僧侣阶层。在这一历史阶段，诗歌创作或多或少呈现出一定程度的宗教特质。这是因为基督教传入英国后，不仅为这个国家带来了全新的生活方式和统治阶级，还丰富了英语的语言内涵。在英国早期，诗歌的传播主要依赖于那些文化程度较高的僧侣。他们具备深厚的拉丁语言基础，并且与英国劳动人民共同生活。在生活中，他们用英国的语言与民众交流，将基督教的教义融入诗歌之中。这些特点在早期的英国诗歌中都有所体现。

随着时间的推移，英国诗歌逐渐发展成为一种独特的艺术形式。在这一过程中，僧侣们起到了至关重要的作用。他们不仅用诗歌传颂基督教的教义，还讲述了许多关于信仰、道德和人生哲理的故事。这些诗歌作品不仅丰富了英国文学的传统，还为后来的诗人提供了宝贵的创作灵感。值得一提的是，这些僧侣诗人所创作的诗歌作品，不仅在当时具有很高的艺术价值，而且在今天成为研究英国早期历史和文化的重要资料。

现在我们所能了解的绝大部分基督教诗歌，都是在古老的修道院中保存下来的。这些诗歌承载了早期英国文化的部分精髓，为我们揭示了那个时代的精神风貌。在众多古英语基督教诗人中，凯德蒙（Caedmon）和基涅武甫（Cynewulf）

是两位具有代表性的人物。

凯德蒙被认为是第一个古英语基督教诗人，创作时期在 7 世纪下半期。他的诗歌主要以宗教主题为基调，目的在于引导人们摒弃世俗的恶行，追求内心的善良。其所创作的关于创世的颂歌，围绕基督教主题，巧妙地融入了盎格鲁 – 撒克逊贵族英雄诗歌的传统元素。其诗歌作品皆以宗教信仰为核心，旨在弘扬虔诚的信仰精神及道德观念。此外，他还因将《圣经》翻译成诗歌形式而闻名于世。基涅武甫生活在 8 世纪，以创作大量宗教诗歌而著称。他的作品体现了当时英国文学的精神风貌。

除这两位著名诗人的作品外，还有四首早期英语诗歌保存于 10 世纪晚期的手抄本中，分别是《埃琳娜》《使徒们的命运》《基督升天》和《朱莉安娜》。这些诗歌在结尾处都祈求读者为作者祈祷，传递出一种深沉的宗教情感。尽管这四首诗在笔力和独创性上略有不足，但其叙事清晰、结构严谨，与当时英国本土文风相比，显得更加直接和质朴。

在文学史上，许多保存和抄写诗歌的人早已被遗忘。然而，正是这些默默无闻的抄写人员，为英国文学留下时代的印记。如果没有他们的努力，后世的一些伟大史诗，如《贝奥武甫》（*Beowulf*），以及著名的诗歌如《旅行家》（*The Travelers*）和《航海家》（*The Pilots*）等，很可能就不会问世。他们在文学史上的贡献是不可磨灭的，值得我们铭记和尊重。

古英语诗歌中，一种常见的主题便是人类在面对大自然力量时的孤独和忧郁。这种主题体现在诗歌中是对自然环境的描绘，以及人物内心的挣扎和信仰的坚持。以《航海家》这首诗为例，诗人通过讲述一段痛苦的航行经历，展示了大自然阴森无情的一面。在这恶劣的环境中，航海家们却对大海充满热爱。诗人通过描绘航海家们在尘世中的无依无靠，表达了生命的脆弱。最终，他们把希望寄托在神的庇佑，寻求心灵的慰藉。诗歌前半部分生动地勾勒出海上海浪翻滚的景象，使读者宛如置身于那片波涛汹涌的海域，深刻体会到大自然的威力与冷酷。这种强烈的“视觉冲击”，使得诗歌的内涵更加深入人心。

同时，这首诗歌也展现了古英语诗歌独特的审美观。在古日耳曼文化中，大海被视为充满神秘和危险的存在，而航海家们则被视为勇敢的探险者。他们在艰苦的航行中，不仅要面对大自然的挑战，还要承受内心的孤独和忧郁。这种对人类生存状态的深刻关注，使得诗歌具有了丰富的哲学内涵。

总之，《航海家》这首古英语诗歌，通过描绘人类在自然力量面前的孤独和忧郁，展示了日耳曼文化和基督教义的融合。它以真实生动的海景描绘，展现了人类在面对挑战时的勇敢和信仰。这首诗歌不仅传达了诗人对大自然的敬畏之情，也表达了人类在困境中寻求精神寄托的渴望。在当今世界，这首诗歌依然具有很强的现实意义，它提醒着我们，在追求物质生活的同时，不要忘记对信仰和精神的坚守。

《贝奥武甫》是一部极具古英语诗歌思想性和艺术性的史诗作品。它描绘了6世纪早期在欧洲大陆发生的重大事件，展现了基特人祖先的英勇事迹。其中，主人公贝奥武甫是英国的民族英雄。这部史诗现存的唯一手稿出自一位匿名僧侣，创作于10世纪早期，并于1705年被发现。但实际上，这部作品在僧侣创作之前就已经在民间流传。由于这部史诗出自僧侣之手，它在异教徒的英雄故事中融入了基督教的情感元素。全诗共3183行，分为上下两部分，并在主要部分之间插入了一些插曲。前一部分讲述了年轻时期的贝奥武甫如何为民除害，消灭了侵袭部落的半人半妖格伦德尔及其母亲水妖。50年后，年迈的贝奥武甫再次挺身而出，与一只火龙展开激战，最终以身作则，英勇杀敌。

《贝奥武甫》这部史诗给人留下了深刻的印象，故事情节动人，气氛烘托得恰到好处，尤其是激烈的战斗场面描绘得淋漓尽致。经过研究，我们发现诗中的叙述并非简单的记事，而是夹叙夹议。对人物性格刻画入微，贝奥武甫的英勇无畏、关爱民众以及正直、守信、公道等美德都得到了生动的展现。

此外，诗歌多次强调古英语诗歌常见的命运观念，进一步展现了英勇壮士悲壮赴死的氛围。其中，穿插的社会背景的描绘，凸显了广大民众是这场战争的实际受益者。诗歌保留了古英语诗歌鲜明的诗律和修辞手法，例如将国王称为“颁赏金环者”，武士称为“持盾者”，太阳誉为“天空之烛光”，大海称为“鲸鱼之路”，等等。这些手法的运用使得史诗既豪迈又忧郁，故事性强，艺术价值极高，在当时的欧洲，无其他作品能与之匹敌。因此，《贝奥武甫》被誉为“欧洲俗文学的开篇之作”。

（二）中古英语诗歌

中古英语诗歌，这一时期的文学风格与盎格鲁－撒克逊时期的诗歌截然不同，其以明快与浪漫为主要特点，诗歌内容主要讲述了爱情故事和传奇故事。

法语和盎格鲁－撒克逊语不断发展融合，逐渐形成了现代英语，新文字和新语言在英国逐渐形成，为英国的文学繁荣奠定了基础，英国文学无疑是法语和盎格鲁－撒克逊语结合的产物。

当时的文学作品主要以三类故事为主，这些故事在世界范围内广泛流传，影响深远。它们分别是：法国故事、希腊与罗马故事和不列颠故事。

法国故事主要记录了沙勒买恩及其他所处时代的故事。其中，《罗兰之歌》是代表作之一。这首歌曲描绘了罗兰等英雄在战争中展现出的忠诚和勇敢，强调了他们对国家和信仰的坚守。希腊罗马故事主要以亚历山大寓言和特洛伊战争为主题，这些故事传颂了亚历山大英勇卓越的军事才能和特洛伊人民英勇抵抗侵略者的精神。它们通过讲述历史事件，展现了人类对英雄主义的追求和对荣誉的向往。不列颠故事主要以亚瑟王和圆桌骑士为主线，歌颂英勇、忠诚、纯洁的骑士精神。

《高文爵士和绿衣骑士》是 14 世纪关于亚瑟王骑士的中古英语头韵诗，用诙谐幽默的语言探讨了行为准则和道德操守问题。

莱亚门（Layamon）是中古英语诗歌诗人的杰出代表，以创作传奇编年史《布鲁特》而闻名。除此之外，威廉·兰格伦（William Langland）也是这个时期著名的诗人，他的作品《耕者皮尔斯》是一部具有深刻寓意的头韵诗。兰格伦擅长将教堂语言和概念转化为生动的形象和比喻，使人们更容易理解宗教主题。虽然他的生平事迹鲜为人知，但可以看出他对苦行生活充满兴趣，并对中世纪神学有深入研究。

在众多中古英语诗人中，最为著名的当属杰弗里·乔叟（Geoffrey Chaucer）。他被誉为“英国诗歌之父”，并被认为是英国最伟大的叙事诗人之一。乔叟的作品生动地展现了 14 世纪下半期英国文化的变迁，其中最著名的是《坎特伯雷故事集》。他对英国语言的发展也产生了重要影响，为后世诗人创作奠定了基础。

15 世纪，英格兰成为诗歌文学的焦点。在这一时期，以低地地区语言为基础的英国诗崭露头角，孕育了一批杰出诗人，如罗伯特·亨立生和威廉·邓巴。罗伯特·亨立生（Robert Henryson，约 1420—1490）是一位才华横溢的诗人，以其生动感人的作品而著称。他的叙事长诗《克里塞得的遗言》延续了乔叟的故事，描述了克里塞得在背弃特洛伊罗斯之后的命运。诗中，克里塞得的遭遇极为悲惨，先是被米德抛弃，随后患上麻风病，流落街头乞食。当特洛伊罗斯率领军队经过时，虽已认不出克里塞得，心中却仍充满对这位昔日爱人的怀念，因而慷慨施舍。亨立生的诗歌语言简洁，情感真挚，这在当时的诗人中实属罕见。相较之下，威廉·邓巴（William Dunbar，约1460—1520）的诗歌风格奔放不羁，主题丰富多样。他被誉为"乔叟派"诗人，作品内容从向国王诉苦到描绘个人生活中的琐事，无所不有。邓巴的诗歌既涉及宗教题材，也包含民间故事。他的代表作《冬日沉思》展示了其在抒情诗歌方面的才华。1520年左右，邓巴离世，标志着中世纪的隐退和文艺复兴的到来。

民谣，一种源自民间的诗歌形式，在早期，民谣便以口头传颂的方式在民间流传，后来经过整理和记录，才逐渐形成书面文字。在这个过程中，每一首民谣都有多个版本，虽然大同小异，但各具特色。在15世纪，民谣的发展进程突然加快，涌现出大量的优秀作品。事实上，在任何历史时期，都有可能诞生出脍炙人口的民谣。值得一提的是，英国北部的歌曲虽然也是由广为传唱的歌词演变而来，但它们却独具一格，是一种有趣的叙事诗。这些叙事诗不仅具有很高的艺术价值，更是民间生活和精神风貌的生动写照。

民谣，其起源时间至今仍存在不小的争议。然而，多数研究者认为，诸多早期英国民谣的创作时间可追溯至1300年至1700年这五百年间。在此之前，书面形式的民谣颇为罕见，直至19世纪，民谣逐渐形成了书面传统。

民谣的表达方式看似简洁，实则蕴含丰富的艺术技巧。例如，它擅长运用对话叙述故事，通过平衡结构和叠句来提升表达效果。民谣创作者们精于筛选无关紧要的细节，仅保留核心内容。某些情感和意境无须过多言辞，使得诗歌语言显得尤为精练。在韵律方面，民谣通常以八音节为一行，四行构成一段，采用abab的韵脚安排，具有较强的音乐性，便于吟唱。因此，在阅读了诸多文人诗之后，民谣往往能带来全新的感受。

从内容角度看，民谣源自民间，题材丰富多样，戏剧性强。它反映了普通人们深厚的情感，常常带有一种悲剧色彩。而对官吏和富人的讽刺、嘲笑和谴责也随处可见。一些著名的民谣作品包括《派屈克·司本斯爵士》（*Sir Patrick Spens*）和《罗宾汉与主教》（*Robin Hood and the Bishop*）等。

在英国，托马斯·帕西（Thomas Percy）是首位将民谣视为文字形式进行研究的人。他发现了17世纪大量民谣手抄本，其中有丰富中古韵律诗元素。托马斯·帕西致力于搜集这些珍贵资料，并将其整理成《英诗辑古》一书。该书出版后，激发了众多民谣爱好者（如沃尔特·斯科特爵士等）的极大热情。他们纷纷走进民谣的发源地，聆听当地人们讲述并记录下这些流传已久的民谣。在这个过程中，他们发现不同的人对同一首民谣的记忆版本竟然各异。这些民谣之所以能流传至今，正是因为人们的口耳相传。因此，人们将这些民谣称为“大众民谣”。

民谣有多种形式，包括历史类、神话类、抒情类以及幽默类等。在这些民谣中，大部分讲述了历史事件，反映了当时人们的生活状态和思想观念。此外，英国许多边塞民谣则揭示了英格兰人和苏格兰人长期冲突和斗争的历史。这些民谣成为了历史的见证，也为后人提供了窥探民间文化一隅的机会。

在众多优美动人的民谣中，《罗宾汉》（*Robin Hood*）无疑是最为杰出的一部。罗宾汉，这个名字代表着勇敢、智慧和正义，他是英国民间传说中最受欢迎的英雄形象。虽然罗宾汉源于民间传说，但历史学家们坚信，罗宾汉这一角色是基于真实历史人物塑造的。在苏格兰的《耕者皮尔斯》中，罗宾汉首次以文学形象出现。此后，15世纪至17世纪的一系列编年史作品中，都有关于罗宾汉的记载。据1527年出版的拉丁文《大不列颠史》记载，罗宾汉生活在查理一世时代，他是撒克逊人，既是一位英勇的侠客，又是一位机智的窃贼。然而，他从不欺辱穷人和弱者，反而以自己的力量保护他们，对抗社会的不公。罗宾汉的形象丰富多样，他既坚强勇敢，又机警聪明，同时还充满人情味。他对压迫阶级充满仇恨，对被压迫阶级则充满同情和关怀。19世纪下半叶，罗宾汉民谣广泛传播。正是在这一时期，英国农民与手工艺者对地主及剥削者的抗争空前激烈。罗宾汉民谣成为反抗压迫、争取自由的象征，深受民众喜爱。

这些民谣不仅反映了人们的生活，也传达了他们对社会现象的思考和感悟，成为英国民间文化的重要组成部分。

（三）文艺复兴时期的诗歌

在16世纪，英国封建主义生产关系逐渐消亡，资本主义制度逐步确立。这是一个充满变革与挑战的时代，英国的制造业在此时期呈现出飞跃式的发展，尤其是羊毛贸易，其规模更是成倍增长。然而，在这一繁荣的背后，却隐藏着一道难以忽视的社会伤痕。由于圈地运动的兴起，无数农民失去了土地，失去了生活的根基，被迫成为城市的无产阶级，忍受着生活的艰辛与困苦。这个过程无疑是对封建生产关系的颠覆，但也带来了严重的社会问题。农民流离失所，使得城市的人口压力增大，社会矛盾愈发尖锐。这个时期，英国社会的贫富差距也在不断扩大。一方面，羊毛贸易的繁荣带动了经济的快速发展，商人和地主们积累了巨大的财富；另一方面，失去土地的农民生活在水深火热之中，温饱都成问题。这种状况让人不禁想起托马斯·莫尔所描述的“羊吃人”的时代。

在英国 16 世纪早期的君主专制独裁制度确立过程中，国王亨利八世（1509—1549）起到了关键作用。他上台后，与教会彻底决裂，采取了果断措施解散了所有的僧侣和修女，并将他们的土地没收，以此为基础，他自封为英国国教的教主。此举象征着英国国王开始汇聚世俗与宗教权力于一身，此种权力架构进一步巩固了英国君主制度。有钱的商人和手工业者逐渐形成一个新的阶级，即资产阶级。他们看中了亨利八世政策所带来的稳定政治环境和有利商机，进而成为君主制度的支持者。贸易的迅猛发展和全国范围市场的形成，都急需政治的高度集中和君主的绝对权威来维护秩序和稳定。在伊丽莎白一世统治时期（1558—1603），英国君主制度的绝对权威达到了巅峰。伊丽莎白一世延续了亨利八世的政策，继续加强中央集权，巩固君主权威，使英国君主制度进入了黄金时期。

资本主义经济的迅猛发展，使英国国力不断发展壮大。16 世纪中期，英国在海战中击败了西班牙的无敌舰队，奠定了其在世界海洋事务中的主导地位。自此，英国逐渐在世界贸易中占据了绝对的优势，大量的财富涌入国家，推动了国内经济的繁荣。但在英国社会繁荣的背后，16 世纪英国富有的统治阶级与贫苦百姓之间的矛盾逐渐加深。圈地运动的出现，使得许多农民失去了基本的生活资料，生活陷入困境。失去土地的农民们被迫流离失所，反抗情绪不断升温，导致了一系列农民起义。这些起义此起彼伏，持续不断，成为英国社会一个不容忽视的矛盾。其中，最著名的起义当属 1549 年由罗伯特·凯特领导的洛福克起义。这次起义规模庞大，农民们纷纷响应，对封建统治发起了猛烈的攻击。虽然这场起义最终遭到了当局的残酷镇压，但也为英国社会的转型埋下了伏笔，促使国家逐步走向改革，为后来的工业革命的发生和现代民主制度的建立奠定基础。

在这一背景下，英国在文学艺术领域取得了显著的进步，呈现出一片繁荣昌盛的景象。这一系列文化活动后来被人们赞誉为文艺复兴。在这一过程中，一群进步的人文主义者应运而生，他们致力于研究与传播希腊、罗马古典文化。这些人文主义者不再关注与现实生活无关的玄学，而是将目光投向了人们所处的环境、人的行为，他们倡导以人为本，强调个体的价值和尊严，以及关注将人们从教堂和宗教教义的束缚中解救出来所进行的斗争。

在 16 世纪的上半叶，以托马斯·怀亚特为代表的抒情诗人开始崭露头角。他们的作品不仅蕴含独特的英国风格，且融入了意大利和法国等国的诗歌元素，从而创新了诗歌形式。托马斯·怀亚特被认为是“第一个将十四行诗引入英国文学的诗人”。16 世纪的下半叶，抒情诗在英国社会广泛流传，成为一种重要的文学现象。在这一时期，涌现出了一批杰出的抒情诗人和史诗作家，如埃德蒙·斯宾塞、菲利普·锡德尼、托马斯·坎佩翁等。埃德蒙·斯宾塞被认为是英国文学史上最杰出的诗人之一。他的代表作《仙后》（*The Faerie Queene*）被誉为英国文学史上的一部伟大作品。斯宾塞式诗体也广为流传，成为许多诗人学习的典范。

在文艺复兴这个璀璨的时代，英国的戏剧艺术也迎来了前所未有的繁荣。众多杰出的戏剧家纷纷涌现，其中，克里斯托弗·马洛（Christopher Marlowe）被誉为“英国戏剧的奠基人”。他的出现，为英国戏剧的发展注入了新的活力。马洛的作品开创了一种全新的戏剧流派，他致力于完善戏剧的语言和格式，使之更加精炼、生动。在他的作品中，我们可以看到无韵诗（blank verse）被首次广泛运用于戏剧创作。无韵诗是一种无韵的诗体，这种诗每行五音步，每音步轻重音节各一，行尾不押韵。这种诗体具有表达力强、适应性广的优势，既能展现戏剧的叙事性，又能凸显角色的个性。马洛才华横溢，与另一位戏剧巨匠威廉·莎士比亚并称为“英国文艺复兴时期的双星”。他们的出现，让英国戏剧达到了一个新的高峰。两位大师在戏剧创作中，尤其注重无韵诗的运用。这种诗体在戏剧中的自如运用，使得戏剧剧情叙述更加生动，人物对话和独白更具表现力，让观众在欣赏戏剧的过程中，感受到一种独特的韵律美。这种韵律美不仅体现在剧本的文字上，更体现在戏剧表演的节奏、情感和氛围上。

同时期，英国文坛还有众多著名诗人，如怀亚特、托马斯·坎佩翁、托马斯·纳什等。怀亚特（1503—1542）是将意大利十四行诗、三行连环韵诗以及法国回旋诗最早引入英国文学的贡献者。他的诗歌创作对英国诗歌的发展产生了深远影响。怀亚特擅长用意大利十四行诗体描绘爱情，他的诗歌韵律独特，被誉为“英国的十四行诗之父”。他的经典作品包括《在永恒中》（*Forget Not Yet*）、《他们躲着我》（*They Flee From Me*）等。

托马斯·坎佩翁（Thomas Campion，1567—1620）是一位英国文艺复兴时期的杰出人物，他在多个领域取得了卓越成就，是剧作家、诗人、音乐及文学理论家以及医生。坎佩翁坚信，诗歌创作离不开节奏和韵律。他主张诗歌的评价应以听觉感受为依据，认为只有在稳定的诗行和诗节中，音步和音节的变换才能展现出无穷的魅力。在他看来，诗歌的节奏是诗歌艺术的灵魂，而音韵的搭配则是诗歌美学的重要体现。1559 年，坎佩翁出版了拉丁文讽刺短诗《诗集》。这部作品充分展示了他在诗歌创作上的才华和对诗歌理论的独到见解。1601 年，他又出版了《歌曲集》，这部作品汇集了他创作的众多优美诗歌，进一步彰显了他在诗歌创作领域的独特地位。1606 年之后，坎佩翁在荷兰和法国出版了多部文学理论著作、假面剧、诗歌集、音乐理论著作等。这些作品不仅体现了他在文学和音乐领域拥有广泛知识，还展示了他对文艺复兴时期英国文化发展的深入理解。

托马斯·纳什（Thomas Nashe，1567—1601），是一位才华横溢的英国诗人和剧作家。他的创作生涯虽然短暂，但却为英国文学留下了不朽的遗产。在他的一生中，纳什以其独特的文学风格和敏锐的洞察力，对当时的社会现象进行了深刻的揭示和批判。纳什的代表作之一是英国第一部流浪汉小说《倒霉的旅行家》，该书又名《杰克·威尔顿》。这部作品以生动活泼的笔触，描绘了充满幽默和讽刺的世间百态。纳什通过对主人公杰克·威尔顿的冒险经历的描绘，展示了当时英国社会的种种弊端，对社会的黑暗面进行了无情的揭露。纳什曾在剑桥大学深造，接受过严谨的学术训练。他的早期作品，如《荒谬的分析》显示出他是一位具有深厚传统文化底蕴的文学家。在这部作品中，纳什表达了他对传统文学规范的坚守，对大众文学的敌视，以及对高雅文学风格的崇尚。除此之外，他的诗歌作品同样令人瞩目，如《春》（*Spring*）和《秋》（*Autumn*）等，都具有很高的艺术价值。纳什的诗歌以其丰富多彩的意象、清新脱俗的风格、和谐舒缓的音律和轻松悠扬的气息，赢得了后世读者的喜爱。他的作品不仅揭示了当时社会的现实问题，也表达了对美好未来的向往，成为英国文学史上永恒的经典。虽然纳什的一生充满了坎坷，但他的文学作品却为后世留下了无尽的财富。

（四）17 世纪革命与复辟时期的诗歌

在 17 世纪前六十年，英国社会经历了前所未有的动荡与变革。在此期间，英国政治经济矛盾持续升级，社会陷入恐慌。君主专制制度制约了英国资本主义的发展进程，进而使得新兴资产阶级与封建领主及封建贵族之间的冲突日益激烈。最终，一场具有深远影响的资产阶级革命爆发了。

这一时期的文学作品深受其影响，呈现出独特的风貌。在此之前，清教徒时代的文学一直处于一种混乱的状态，这种状态源于旧有思想观念的瓦解。随着社会的转型，伊丽莎白时代华美矫饰的文风逐渐消散，乐观自信的语调也已难觅其踪。那些曾经对“乌托邦”式理想世界的浪漫憧憬，如今已被人们所淡忘。17 世纪的文学家们身处一个价值观剧烈碰撞的时代，这个时代充满了前所未有的思想交锋。在这样的背景下，文学家赋予这个时代的文学崭新的内涵。这个时期的文学作品不仅反映了社会现实的种种困境，也展现了作家们对未来的期盼与思考。

在这个特殊的历史时期，英国文学逐渐摒弃了华丽辞藻和乐观主义，取而代之的是对现实生活的深刻剖析和对人性的挖掘。这种转变不仅体现在文学作品中，还反映在文学批评、哲学思想等方面。17 世纪的英国文学在反思与探索中不断成长。

在 17 世纪的英国诗歌史上，出现了两大重要的诗歌流派：一是以约翰·多恩（John Donne）为代表的玄学派，二是骑士派。这两大流派在文学史上具有重要地位，对后世的诗歌创作产生了深远影响。

玄学派诗人摒弃了当时矫揉造作、甜腻空洞的文风，其诗歌作品呈现出更为通俗化的特点，韵律独具匠心且不拘一格。玄学派诗歌在内涵方面表现出强烈的思辨性和广泛的覆盖面，天文、地理、哲学、物理等元素皆融入其中。此类诗歌充满奇思妙想，将各类看似不相关的事物意象巧妙结合，展现出独特的艺术魅力。然而，有一部分人认为，玄学派诗人的创作中存在炫耀学识之倾向，热衷于语出惊人。尽管如此，这些诗歌中蕴含着强大的包容力量，那些纷繁杂乱的意象恰恰是对动荡时代的一种反映。玄学派诗人通过复杂的哲学思辨试图描绘复杂的现实社会，因此，他们的作品在 20 世纪初同样身处动荡时代的现代派诗人中产生了共鸣。

在众多玄学派诗人中，约翰·多恩以其卓越的才华独领风骚，凭借《歌与短歌》和《圣十四行诗》两部佳作闻名于诗坛。乔治·赫伯特（George Herbert）被誉为“玄学派诗圣”，他的诗歌具有浓郁的宗教气息，代表作品为《圣殿》。亨利·沃恩（Henry Vaughn）在乔治·赫伯特的影响下，创作出具有个人特色的诗歌，主要表现为对纯真童年的向往以及对自然环境的敏锐感知，其诗集《矽土的火花》（或称《圣诗集》）深受人们赞誉。安德鲁·马维尔（Andrew Marvell）的《花园》和《致他羞怯的女友》被视为英国诗歌的瑰宝。

与玄学派相对的是骑士派。骑士派诗人的诗歌作品充满了对爱情的理解和感悟，以丰富的情感和优美的诗句赢得了读者的喜爱。骑士派诗歌的表现形式多样，既有抒发浓烈情感的诗歌，也有描绘美好景象的田园诗。虽然骑士派诗歌在文学史上的地位不及玄学派，但它们在当时的社会背景下，仍然具有很高的艺术价值。

骑士派诗人以本·琼生（Ben Jonson）为代表，本·琼生的诗歌在 17 世纪英国文坛独树一帜，对当时的年轻诗人产生了深远的影响。他们深受本·琼生诗歌魅力的影响，纷纷追求其诗风，成为“本的儿子们（Sons of Ben）”。这些诗人包括了赫里克、加莱、萨克林、勒夫莱斯等诗人，他们出身乡绅，具有保皇倾向，因此也被称为“骑士派诗人”。这些诗人的诗歌创作秉持古典主义原则，尊崇理性、追求和谐规律，强调古典严谨的形式及严格遵循韵脚。他们的作品对后来兴起的新古典主义诗歌产生了重要影响，特别是对约翰·德莱顿（John Dryden）和亚历山大·蒲柏（Alexander Pope）的创作产生了深远的影响。

毫无疑问，17 世纪英国文学的璀璨星空中最耀眼的明星非约翰·弥尔顿（John Milton）莫属。他被誉为英国文学史上最伟大的文学家之一，他的作品不仅包含了英国文学中最精美的十四行诗，还有被誉为“田园挽诗典范”的《利西达斯》（*Lycidas*），以及文学史上不朽的史诗巨著《失乐园》（*Paradise Lost*）。弥尔顿是 17 世纪英国文学的翘楚，他的诗歌创作技巧精湛，特别擅长使用素体诗（也称为无韵诗）。

《失乐园》是弥尔顿最著名的作品，采用了无韵诗的形式，诗行通常是五步抑扬格。在这部作品中，弥尔顿展示了其独特的语言风格，文章中的句子结构错综复杂，层次丰富，短语逐层叠加，从句之间相互交织，有时甚至需逾越十几行方能构建出一个完整的语句。

这种独特的语言风格被称为“弥尔顿式的语言（the Miltonic language）”。《失乐园》的诗句节奏紧凑，语言华丽，气势恢宏。弥尔顿通过丰富的想象力和高超的文学技艺，将读者带入了一个充满奇幻色彩的史诗世界。

（五）18 世纪英国启蒙时期的诗歌

18 世纪的英国逐渐步入一个相对安稳的发展阶段。这一历程始于 1660 年，当时查理二世（Charles Ⅱ，1630—1683）重登王位，标志着斯图亚特王朝的“王政复辟”，然而在此期间，各种天灾人祸接连不断。直至 1688 年的“光荣革命”，为英国带来了新的转折点。此次革命有效地遏制了国王试图实施的绝对统治，斯图亚特王朝因此被废除。在这样的背景下，资产阶级与贵族达成共识，共同建立了君主立宪制。

这场变革为英国带来了长达一个世纪的稳定发展，国家政治体制逐渐成熟。在此后的岁月里，英国不仅在政治和经济领域取得了显著的成就，还成为了世界上最强大的国家之一。

英国政局逐渐稳定，资本主义经济得以持续发展，国家实力不断增强。这一时期，英国正值启蒙主义时期，亦称为“理性时代”。在这一历史背景下，英国与欧洲其他各国一样，经历了一场空前浩大的人文思潮，这就是著名的资产阶级启蒙运动。该运动起源于法国，随后迅速蔓延至整个欧洲。它被视为文艺复兴运动在 15、16 世纪后的延续与拓展。

启蒙主义者提倡全民教育普及，他们认为人类具有局限性、不完美性，但可通过教育增进理智、追求完美。据此，他们主张广泛传播教育，以期构建民主平等的社会。然而，在那个时代，文学作品多富含说教及道德观念。

在文学领域，启蒙主义运动的兴起促使人们重新审视古典主义著作，从而引发了一股新的思潮——新古典主义。新古典主义者们将古希腊罗马的文学作品以及法国的经典著作作为模仿的典范。他们倡导，优秀的艺术应当建立在秩序、逻辑、精确与情感调控的基础之上，衡量文学作品的价值则应以其是否体现人文主义为评判准则。在这一背景下，当时的作家们在创作过程中力求表达与措辞的协调、统一、和谐与典雅，旨在使作品既具有观赏性，又富有教育意义。新古典主义者们几乎在所有的文学形式中都设定了一套创作的规矩与条框，对诗歌的创作要求更是严格。

当时，嘲弄式英雄史诗、骑士抒情诗、讽喻诗及讽刺短诗等形式的诗歌广受欢迎。这些诗歌不仅在形式和措辞上表现得优雅，更在使用严肃和真诚语调的同时，不断地进行说教。这种新古典主义诗歌风格对英国文学史产生了深远的影响，其强调的秩序、良好的格式、统一的结构、简明的语言等诗歌技巧，成为永恒的文学传统。

新古典主义文学的杰出代表约翰·德莱顿（John Dryden）的作品在文学史上具有重要地位，尤其是他的政治讽刺诗与颂诗，被认为是新古典主义文学的璀璨之作。德莱顿的政治讽刺诗以锐利的笔触、深刻的思想和独特的艺术表现力，对当时的政治和社会现象进行了深刻的揭示和批判。他在诗中巧妙地运用各种修辞手法，如拟人、比喻、讽刺等，使作品具有极强的说服力和感染力。德莱顿的颂诗作品同样具有极高的艺术价值。他在颂诗中热情讴歌了美好、正义、勇敢等品质，表达了对国家、民族、宗教等的忠诚和敬意。他运用英雄双韵体这一诗歌形式，展现了他对诗律的娴熟驾驭。这种形式具有阳刚之气，磅礴壮观，是 18 世纪最受欢迎的诗歌形式。德莱顿的诗歌作品，如《圣塞西莉亚之歌》和《亚历山大的宴会》，以优美的诗韵、生动的形象和深厚的内涵，成为新古典主义诗歌的典范之作。

在 18 世纪的最后几十年，新古典主义文学的思潮发生了明显的变化。它逐渐从对理性与智慧的追求转向了对感伤主义的发扬。这种感伤主义，又称主情主义，是在现实社会中人们对一些启蒙运动先驱的部分作品不满意的背景下产生的。它旨在强调情感的重要性，主张情感的自然流露，关注个性和个人的精神生活，并以此作为文学的核心价值。

感伤主义的发源地是英国，后来传播到法国、俄国和德国等欧洲国家。英国的斯特恩、哥尔斯密斯、葛雷，法国的卢梭、伏尔泰，俄国的卡拉姆津，德国的里希特、海涅等都是感伤主义的代表人物。他们的作品充满了对人性的深刻剖析和对社会现实的批判，这展现了他们对世界独特的审美观。

这一时期，英国资本主义的快速发展加剧了社会矛盾，中下层资产阶级文人对社会贫富不均现象深感不满。他们将自己的情感寄托在文学作品中，以此来表达对现实社会的不满和对贵族阶级理性主义和古典主义的反抗。感伤主义正是这种情感在文学上的集中体现。

感伤主义文学注重内心情感的描绘，强调感情的自然流露，重视对自然景物的描写。这一文学流派在某种程度上表现了对矛盾重重的社会现实的不满，同时也体现了一种对人性的关爱和对个体价值的尊重。然而，部分感伤主义作家过于关注个人情感，疏离现实，甚至赞颂黑暗与死亡，呈现出浓厚的悲观绝望气息。此类情感倾向在一定程度上对文学的健康发展产生了负面影响。尽管如此，感伤主义文学在欧洲文学史上仍具有重要的地位。它不仅为 19 世纪初欧洲浪漫主义文学运动的兴起奠定了基础，而且对现代派文学的发展产生了深远的影响。感伤主义文学的作品多采用第一人称，形式多样，包括日记、旅行记、书信体和回忆录等。

在英国感伤主义诗人中，托马斯·格雷（Thomas Gray）是代表人物之一。他的作品《墓地挽歌》以墓地为主题，描绘了生命的无常和对死亡的无奈，表达了诗人对生命和社会现实的深入思考。这首诗成为感伤主义文学的典范之作，至今仍被广泛传颂。

在 18 世纪下半叶，英国文学出现了前浪漫主义思潮。这一思潮源于早期保守派文学作品，并在法国逐渐兴起。之所以称之为前浪漫主义，是因为它的特点与浪漫主义相似，这个时期涌现了一批杰出的文学巨匠，如威廉·布莱克（William Blake）和苏格兰民族诗人罗伯特·彭斯（Robert Burns）。他们的作品充分体现了上述特点。如布莱克的《经验之歌》，以及彭斯的《友谊地久天长》，风格与感伤主义截然不同，呈现出积极向上的精神风貌。此阶段的诗歌可视为一次重大突破，预示着浪漫主义时期的来临。1798 年华兹华斯和柯勒律治的《抒情歌谣集》（*Lyrical Ballads*）的发表则预示着浪漫主义的真正崛起。

（六）浪漫主义时期的诗歌

英国，乃至全球的浪漫主义思潮，始于 18 世纪与 19 世纪交替之际，这并非巧合。浪漫主义运动的崛起与世界范围内的革命思潮紧密相关。浪漫主义作家们在思想层面深受德国唯心主义古典哲学的影响，他们对人的自由、自在和自为性高度重视，对“自我”的概念进行了全新的理解和审视，进一步探索和追求“自我”价值的实现。他们以内心情感的抒发为手段，追求强烈情感的自然流露，倡导个性解放，以锐不可挡的气势，颠覆了长达一百多年的理性主导的文学格局。

英国文学“浪漫主义时期”，是从 1798 年华兹华斯和柯勒律治共同发表了《抒情歌谣集》开始，到 1832 年司各特去世以及议会第一个改革提案终止。在这一段时期，英国的文学创作与18世纪前期、中期以及中后期的古典主义文学存在巨大差异。

18世纪的作家们强调理性与判断，他们主张通过理性的思考和判断来塑造作品，强调经验的普遍性和一般性，他们倾向于从广泛的经验中提炼出普遍的道理，以此来教育读者。18世纪的作家们主要从古典文学，尤其是希腊文学中寻求模仿的对象和灵感。他们崇尚古希腊的文化和艺术，试图从中汲取智慧和灵感。然而，浪漫主义作家们却更注重想象力和情感的发挥。他们认为，文学创作不仅仅是传达信息，更是唤起读者的情感共鸣，激发他们的想象力。浪漫主义作家们更加重视个人的主观感受和经验的特殊性。他们认为，每个人的经验都是独特的，值得被尊重和传达。浪漫主义作家们更倾向于从中世纪的民间故事中寻找灵感和创作的源泉。他们认为，民间故事中所蕴含的丰富想象力和社会现实主义精神是他们创作的灵感来源。

所有这些特点共同构成了英国浪漫主义时期文学创作的独特风格。这一时期的文学作品不仅在当时引起了广泛的关注，也对后世的文学创作产生了深远的影响。这些特点，在一定程度上，可以从被誉为“英国浪漫主义宣言书”的《抒情歌谣集》的序言中一窥究竟。

在《抒情歌谣集》的序言中，诗人华兹华斯自豪地宣称：“一切好的诗歌都是强烈感情的自然流露。”[①] 这一观点，代表了英国浪漫主义文学的核心理念，即情感的自由抒发。这一理念的提出，标志着英国文学史上一个新的时代的来临。《抒情歌谣集》的问世，使得文学创作的焦点转向了自我内心世界的描绘，情感的抒发被置于前所未有的高度。以“自我”为中心，构建浪漫世界，不仅是英国浪漫主义文学的本质特征，也是世界浪漫主义文学的共性。在这一特征的基础上，英国浪漫主义文学进一步发展出三大突出特征：重视想象、崇拜自然、强调个性。

英国浪漫主义文学是一个丰富多样的领域，通常被分为三个时期。每个时期都有其独特的特点和代表作家，他们的作品不仅反映了当时的社会政治环境，也预示了后来的文学发展趋势。

第一个时期被称为前浪漫主义时期，其主要代表作家是威廉·布莱克和罗

---

① （英）威廉·华兹华斯，（英）塞缪尔·泰勒·柯勒律治；金永平译．抒情歌谣集 [M]．上海：上海交通大学出版社．2020．

伯特·彭斯。威廉·布莱克（William Blake，1757—1827）是一位独具特色的诗人，他的作品充满了神秘和幻想，强调个体的精神自由。罗伯特·彭斯（Robert Burns，1759—1796）则以其真挚的情感和鲜明的民族主义立场而著称，他的诗歌描绘了苏格兰农村的生活景象，表达了对自由和公正的追求。

第二个时期是早期浪漫主义时期，以华兹华斯、柯勒律治等作家为代表。这个时期的作家们主张回归自然，反对工业化和资本主义的发展。他们主张人性的自由和纯洁，强调个体的精神独立。其中，威廉·华兹华斯（William Wordsworth）被誉为“浪漫主义诗歌的伟大奠基者”。他和柯勒律治共同发表的作品《抒情歌谣集》开创了浪漫主义诗歌的新风格。

第三个时期是后期浪漫主义时期，以珀西·比希·雪莱（Percy Bysshe Shelley，1792—1822）、乔治·戈登·拜伦（George Gordon Byron，1788—1824）和约翰·济慈（John Keats，1795—1821）等作家为代表。雪莱的《西风颂》（*Ode to the West Wind*）和拜伦的《拜伦式英雄人物》（*Byronic Hero*）等作品，都是他们对社会改革的激进呼吁和自我精神的体现。

（七）维多利亚时期的诗歌

维多利亚文学充满了历史感和文化韵味。这个时期的时间跨度与维多利亚女王的执政期（1837 年至 1901 年）高度重合，堪称英国历史上最为辉煌灿烂的阶段。在这个时期，英国经济经历了前所未有的飞速发展，但其同时也面临着严峻的社会问题。

维多利亚女王执政初期，英国社会正在进行一次重大的权力转移。1832 年，英国通过了改革法案，将国家政权从衰朽没落的贵族手中转移到新兴的中产阶级工业资本家手中。这次改革标志着英国进入了一个崭新的时代，大工业革命高潮迭起。科技创新和各种发明为国家经济注入了新的活力，英国一度成为世界工厂，并且通过向海外拓展市场和剥削殖民地的各种资源，英国积累了大量财富。到了 19 世纪中期，英国已经确立了全球经济第一强国的地位。然而，在繁荣和财富的背后，却是工人阶级的贫困和不幸。日益尖锐的阶级矛盾最终引发了著名的英国宪章运动。在这场运动中，工人阶级团结一致，提出了《人民宪章》，要求政府保障人权，改善工人生活和工作环境。这场运动取得了一定的成功，同时也标志着工人阶级开始觉醒，为自己的权益发声。

在这个时期，英国社会风貌的变迁和经济发展的矛盾成为维多利亚文学的主题。众多作家关注社会底层的生活，揭示了当时社会的不公和黑暗面。这些作品不仅反映了当时英国社会的真实面貌，也为我们今天了解那个时代提供了珍贵的信息。

在接下来的 20 年间，英国社会相对繁荣稳定，这个时期的英国，中产阶级的生活展现出充满希望、备受尊重以及富有的特点。在这个时期，曾被浪漫主义时代抛弃的“道德”和“常理”等主题重新成为文学的主流。人们开始重新重视这些传统的价值观，并在生活中积极践行。然而，这种繁荣稳定的局面并没有持续太久。到了 19 世纪最后 30 年，大英帝国和维多利亚价值观都开始逐渐走向衰落。英国在全球的领导地位已经开始受到崛起的德国和美国的挑战，爱尔兰民族问题等也给英国政治稳定带来了巨大压力。随着维多利亚女王的离世，一度备受尊崇的维多利亚价值观渐趋式微。这种世纪末的伤感情怀在唯美主义者奥斯卡·王尔德和沃尔特·佩特的作品中得到了充分的体现。

维多利亚文学，作为一个时代的鲜明印记，展现了当时社会风貌的宏大与多样性。它丰富而深邃，从多个侧面和复杂的角度，反映了英国人民在生活中的种种巨大变革。在这个时代，一群杰出的文学巨匠应运而生，他们以独特的视角和敏锐的洞察力，描绘了维多利亚时期的繁荣与变迁。

托马斯·胡德（Thomas Hood）和阿尔弗雷德·丁尼生（Alfred Tennyson）是这个时代的杰出代表。他们的作品既具有浪漫主义的激情，又充满现实主义的冷静，以各自的方式展现了当时的社会风貌。

托马斯·胡德的诗歌，充满了对生活的感悟和对人性真切的关怀。他的作品，既有对贫穷人民苦难生活的同情，又有对现实社会黑暗面的批判。他以独特的幽默感和讽刺手法，揭示了维多利亚社会的伪善。在这位诗人的作品中，有一部分严肃诗歌在英国文学史上留下了深刻的印记，享有永恒的地位。这些作品包括《基尔曼塞格小姐和她贵重的腿》《衬衫之歌》等。在《基尔曼塞格小姐和她贵重的腿》这首讽刺诗中，胡德讽刺了资产阶级的拜金主义。他用夸张的手法描绘了主人公基尔曼塞格小姐因为拥有一双贵重的腿而备受瞩目，借此批判了当时社会对金钱的疯狂追求。《衬衫之歌》则是胡德最具代表性的作品之一，这首诗描绘了在资本主义压迫下劳动人民的艰苦生活。诗人以一位衬衫制造商的视角，揭示了劳动人民在压迫与剥削中所承受的痛苦。这首诗被认为是胡德对劳动人民苦难的最生动、最成功的描绘。

阿尔弗雷德·丁尼生则是维多利亚文学的另一位重要人物。他的诗歌作品，既有对自然美景的赞美，又有对人生哲理的探索。他的诗歌语言优美，意境深远，既有浪漫主义的梦幻，又有现实主义的沉思，体现了维多利亚文学的宏大与多样性。他注重语言形式和音韵之美，力求在每一首诗中都能展现出语言的魅力。他的作品中，有许多被誉为经典的佳作。例如《尤利西斯》这首诗，通过对主人公尤利西斯的描绘，展现了人类对探索未知世界的渴望和坚韧不拔的精神。此外，他的《悼念集》被认为是英国文学史上最优秀的哀歌之一。丁尼生留下了大量的诗篇，内容积极向上，语言优美，深受读者喜爱，他是维多利亚时代最具影响力的诗人之一。

在 19 世纪英国文学史上，罗伯特·勃朗宁（Robert Browning）是一位具有重要地位的诗人。他的诗歌作品在很大程度上代表了当时文学风格的转变，以风格独特、表达迥异著称。勃朗宁不仅尝试改革诗歌创作，而且成功地将戏剧独白诗（Dramatic monologue）发展完善，使之成为一种独特的文学表现形式。勃朗宁对英国诗歌的最大贡献在于，他运用戏剧独白诗这种形式，生动而鲜明地塑造了各种不同类型的人物。这些人物形象在勃朗宁的诗歌中，展现出了深刻且复杂的内心世界。这种表现手法使得诗体小说的重点从单纯对故事的叙述转向对人物内心世界的探究，从而使得维多利亚时期的诗歌带有心理分析的因素。勃朗宁的戏剧独白诗在很大程度上提升了诗歌的艺术价值，使其更具有表现力和感染力。在维多利亚时期的英国文学中，勃朗宁的戏剧独白诗成为一种独特的文学现象，受到了广泛关注和赞誉。

（八）现当代诗歌

在维多利亚女王的统治时期，英国社会经历了长达数十年的稳定与繁荣。但随着世界格局的风云变幻，英国国力削弱，社会矛盾逐渐显现。当时，文学领域主要受到两大因素的影响：

一是帝国主义扩张，这一时期英联邦的势力范围不断壮大，各国竞相效仿，加大对国土的扩张。德国、法国、日本等国家纷纷加入这场领土争夺战，试图实现国家利益的最大化。最终，第一次世界大战爆发，紧接着又是规模更大的第二次世界大战。这两次灾难都是帝国主义扩张的悲剧，而中间的休整期只不过是各国在为下一场战争做准备。

二是社会变革。在特定的历史阶段，随着社会环境逐步恶化，人们对社会各个领域产生了深切的改革呼声。他们所期待的并不是温和渐进、有序可循的变革，而是期望立即取得成效的急功近利式的改革。这种迫切的心态加剧了社会冲突，引发了人们的反抗意志。

在维多利亚时代后期，文学作品的主题已经很少关注人们的健康生活。在这一时期，许多作家开始对现实社会进行深刻的批判。其中，奥斯卡·王尔德、奥布里·比罗慈利等颓废派作家提出了“为艺术而艺术（Art for art’s sake）”的口号，强调艺术创作的独立性。通过对这一时期文学作品的深入调查，有人发现大多数作家和诗人对当时的宗教、教会和国家体制持有批评态度。在他们眼中，英国已经由一个辉煌的帝国转变为一个糟糕的国家。这种对现实社会的批判和失望情绪在文学作品中得到了充分的体现，使得这一时期的文学作品具有强烈的现实主义色彩。

奥斯卡·王尔德（Oscar Wilde，1854—1900），英国颓废派中最杰出的作家和诗人。王尔德的美学观念深受 W. 佩特的影响，这使他日后成为唯美主义的代表人物。

唯美主义，源于 18 世纪康德的美学理论，是一种 19 世纪末在欧洲盛行一时的文艺思潮。康德将美分为两类，分别为自由美与附庸美，强调审美活动应具备独立性与无利害性。此理论在法国诗人戈蒂耶的作品中得以进一步深化。尽管典型的唯美主义在 20 世纪 30 年代已基本退潮，“为艺术而艺术”的观念仍在一定程度上得以传承。

王尔德的代表诗作有《里丁监狱之歌》等。他在喜剧领域的成就更为卓越。1892 年至 1895 年间，他的多部戏剧作品在伦敦和纽约上演，如《理想丈夫》《认真的重要》等。

托马斯·哈代（Thomas Hardy，1840—1928）是英国维多利亚时期最后一位著名的小说家、诗人。他的作品体裁丰富多彩，涵盖了小说、诗歌等多种文学形式。在众多文学形式中，哈代对诗歌的热爱更为深沉。他在 1896 年毅然转向诗歌创作，展现出了独特的才能。

哈代的诗歌作品丰富多样，其中最受人们关注的是长篇史诗剧《统治者》（*The Dynasts*）。这部作品分为三部分，分别在1903、1906、1908年出版。它以拿破仑战争为历史背景，展现了宏伟的史诗画卷。这部作品是哈代一生中最具代表性的作品之一，他在其中明确地表达了自己的思想观点。

哈代认为，人世间的许多重大事件是由内在意志力决定的。这一观点在《统治者》中得到了淋漓尽致的展现。通过对拿破仑战争的描绘，哈代展示了战争中各方的英勇与挣扎，以及命运的无奈。哈代笔下的人物在历史长河中奋力拼搏，他们的命运受到内在意志力的驱使，同时也受到了外部环境的制约。哈代的作品具有极高的艺术价值。

二、美国诗歌的发展

尽管美国诗歌的历史并不悠久，但其在20世纪以后的发展却相当迅速，并逐渐在全球范围内备受关注，产生重要影响。19世纪70年代，我国对亨利·瓦兹沃斯·朗费罗的《人生颂》（*A Psalm of Life*）一书进行了翻译，在20世纪初的“五四运动”时期，我国的郭沫若等诗人受到了华莱士·惠特曼的深刻启迪和影响。20世纪80年代，我国新时期的诗人们对美国的诗歌产生了浓厚的兴趣。受美国和西方现代主义诗歌的影响，朦胧诗在我国迅速兴起并流行一时。

美国起初是英国的殖民地，但如今已成为一个具有多元文化的独立国家，吸引着来自世界各地的人们。其诗歌发展经历了包括浪漫主义和现实主义等与其他西方国家诗歌发展历程相似的历史阶段。

（一）殖民地时期的美国诗歌

实际上，美国文学的根源可以追溯到其宗主国英国的文学，美国文化在欧洲文化的基础上进行了多次移植和融合，美国的文学创作也在很大程度上透露着英国等欧洲国家的文化特点。北美大陆与欧洲大陆之间相隔两个大洋，印第安人在这片未经欧洲殖民者涉足的原始大陆上生存，这一民族拥有着十分深厚的文化底蕴。但是当大批欧洲人涌入后，殖民者采取了残杀政策，摧毁了当地的文化，这进一步说明美国文学并不是源于印第安人的民间口头文学。

在北美大陆殖民时期，大英帝国采取政教合一的管治方式，由于美洲大陆人口较少，人们的生活条件十分艰苦，许多土地仍未被开垦，为了生存而忙于各种体力劳动的人们没有时间去从事诗歌和文学创作，这导致了当地普通民众文化水平十分低下。此外，欧洲带来的清教主义也反对虚构小说和戏剧的创作，这也严重影响了当时文学的发展。相比之下，当时只有宗教界人士的文化水平较高，殖民者在管理殖民地方面，尤其依赖宗教信仰，尤其是清教主义。因此，大量出版物涉及的主题都与神学研究密切相关。因此北美大陆文学的初期发展相对较缓慢。在英国殖民时期，北美大陆文学作品最主要的文学表现形式是诗歌，常见的文体有散文、随笔和游记等。然而，那个时代大部分作品都是关于宗教的。从内容和形式两个方面来看，这些早期文学作品都显得十分简洁，原始色彩比较明显。然而，这些文学作品起源于北美大陆本土，承载并孕育了美国文学的雏形。随着社会工业化程度的不断加强、贸易增长和民族认同感的提升，越来越多的人主张实现宗教自由，废除清教主义的神权统治，强调人本主义和自由民主、民族独立等观念。

安妮·布雷特兹里特（Anne Bradstreet）是殖民地时期最成功的诗人之一，在当时备受瞩目，她于 1650 年出版的诗集《最近在美洲出现的诗神》（*The Tenth Muse Lately Spring Up in America*）成为北美大陆上第一部传世的诗集。她创作了许多诗歌，展现出了独特的艺术风格。她的诗歌充满真挚的情感，让人为之动容。虽然这位女性诗人的父亲和丈夫曾担任马萨诸塞湾殖民地的总督而使她的诗歌具有一定的地位阶级特征，但她的诗歌表现出卓越的进步思想。她突破了传统旧观念的限制，为女性才能和权利辩护。当时的诗歌创作中，也存在一些注重展现现实的作品，这些作品描写了人们在殖民主义统治下艰难生活的场景，同时也强调了那些奋起反抗者在表达自由思想方面所作出的努力。彼得·福尔杰（Peter Folger）是当时拥护民主理念的诗人和学者之中的一员。他从事翻译工作多年，接触了众多印第安人，能深切体会他们生活的艰苦，对他们多有同情，因此他坚决反对奴隶制度。在他的长篇诗作《时代的镜子》（*Time's Mirror*，1676）中，他对殖民者的种族政策进行了批评，并倡导实行思想和言论的自由。一篇作者未知的名为《培根墓志铭》（*Bacon Epitaph*，1676）的诗歌歌颂了一名勇猛善战、智慧过人的农民起义领袖，他为农民自由、生存以及未来的希望作出了不懈奋斗。此外，工人们也创造了许多歌谣，以表达他们为反抗压迫、追寻自由而奋斗的精神。

17 世纪初开始的 100 多年间，英国在大西洋沿岸建立了 13 个殖民地，在此阶段，殖民者大肆开发种植园，使这些殖民地的纺织业和矿业等发展得十分繁荣，但这一时期是美国历史上最为艰难的一段时期。英国政府为了提高财政收入，频繁上调殖民地的税收，结果导致殖民地人民受到严重的剥削，民众的生活负担不断加重。1765 年英国开始收取印花税，这一举动更加激起了殖民地居民的不满和愤怒。随后全国范围内反对英国殖民统治的武装斗争持续爆发，相继涌现出“自由之子”“通讯委员会”等秘密组织。在 1773 年的某个晚上，一群年轻人乘船前往波士顿港口，然后把船上的 300 多箱英国茶叶全部倒进了海里，这便是著名的波士顿倾茶事件。独立战争的开端可以追溯到 1775 年 4 月 19 日，当时波士顿人民在莱克星顿拉开了独立战争的序幕，这标志着美国独立战争正式开始，北美大陆上爆发了争取独立和自由的斗争。为了对抗英国的入侵，北美第二次大陆会议决定组建大陆军，并指定华盛顿担任总司令，由各个殖民地共同提供武装力量并展开合作。此外，会议还通过了建立大陆水面作战部队的提案。1776 年 7 月 4 日，大陆会议发表了《独立宣言》，正式宣布美利坚合众国独立。

北美人民在争取民族独立的斗争中，创作了大量具有强烈说服力和充满斗志的文学作品，包括诗歌和散文等。在美国独立战争时期，美国文学正处于起步阶段，所以那个时代的文学作品对于文学开拓具有极为重要的意义。这些作品中饱含作者的激烈探讨，涵盖了革命的必要性、革命的方向与前景，以及政府形式和本质等一系列重要议题。美国的独立战争促进了真正意义上的美国民族文学的产生，可以说，独立战争是美国民族文学产生的必要条件，独立战争促成了美国的独立，也催生了美国民族文学。

在美国独立战争时期，涌现出了许多革命性的诗歌，它们不仅为独立战争的舆论铺平了道路，也激励了美国民族的斗志。菲利普·弗瑞诺（Philip Freneau）和他的大学同窗休·亨利·布雷肯里奇，是当时杰出的资产阶级革命诗人。他们一起创作了一篇长篇诗歌——《美洲光荣的升起》（*America Gloriously Rise*），将欧洲殖民者对印第安民族的残暴行为和人们生活的艰苦惨状真实地描述出来。弗瑞诺在《英国囚船》（*The British Prison Ship*）一诗中，对欧洲殖民者的残暴行径表示了强烈的愤怒和不满，全诗用词极具讽刺性。弗瑞诺是一位具有历史意义的诗人，他为美国文学的独立奠定了基础。他的诗歌作品数不胜数，其中早期的作品主要聚焦于国家和民族的命运，描绘了许多历史上重要的事件。因其首次将诗歌与民族解放紧密联系，他在美国文学史上被称为“美国独立革命的诗人”。随着时间的推移，他的诗歌风格变得更加自然、简洁，他的诗体也更加灵活自由，体现出浪漫主义的倾向。他的诗作赞颂印第安人，也展现了浪漫主义的色彩。他在美国文学史上是一个重要的文学人物，他的作品跨越了新古典主义和浪漫主义文学风格之间的过渡阶段。他的诗作表现出独特的浪漫主义风格，对后来兴起的浪漫派文学家产生了深远的影响。因此，他被誉为“美国诗歌之父”。约翰·狄更生（John Dickinson）的诗歌情绪激昂，呈现了人们对英国统治的普遍反感和抵制。他创作的著名作品之一《美洲人自由之歌》（*American Free Song*），歌颂了自由和团结，以及为了获得自由和正义战争的胜利而顽强奋斗的精神。《木桶战》（*Cask War*）是由弗朗西斯·霍普金生（Francis Hopkinson）所写的一部描绘北美军民将装有炸药的木桶放入河中从而炸毁英军战船的战斗情景的作品。

在独立战争时代，还有很多歌曲展现了民族精神，例如《内森·黑尔》《青年志愿军》《扬基小调》等。在美国独立战争期间，北美的民兵创作了一首叫作《扬基小调》（*Yankee Doodle*）的歌曲，“扬基”是对居住在殖民地的英国人的轻蔑称呼，最初用来对英国的殖民者的粗俗举止和穿着进行讽刺，最初版本的歌词较为保守，后来在独立战争期间由美国的民兵又写了一版歌词，用来嘲笑英国殖民军队。这首民间歌谣在美国的诗歌史上具有重要的意义，对后来的民歌创作产生了深远的影响。

（二）美国独立战争至内战时期

在美国独立以后，其国家实力不断提高，领土也不断扩张。18 世纪后期，工业革命在美国兴起，发展到 19 世纪中期，美国的工业水平得到了极大提升，甚至跃居世界第四，仅次于英国、法国和德国。在美国的经济稳固发展的同时，其政权也得到了巩固，美国通过武装占据、低价购买和发动战争等方式不断占领土地，到 19 世纪中叶，美国的领土已经拓展到了太平洋沿岸。在 19 世纪 60 年代，美国经历了前所未有的经济繁荣，政权的稳固与经济的健康发展，共同推动了经济腾飞时期的到来。1814 年，美国在第二次独立战争中取得胜利，成功清除了英国的残余殖民势力，确保了国家的独立自主，为其稳定发展提供了坚实的主权基础。这一时期，政府积极鼓励移民开发西部地区，进一步扩大粮食产地和国内市场。同时，美国广泛引入外来投资，为国家的经济发展注入了强大的动力。文化事业也在这一时期得到了长足发展，东部的发达城市纷纷建立起学校、图书馆和博物馆等教育文化设施。19 世纪 20 年代后期，美国的报纸和杂志数量显著增加，这丰富了民众的精神生活。值得一提的是，1828 年出版的《韦伯斯特美语大词典》具有里程碑意义，其标志着美国民族语言的规范化。这一成就为文学艺术的发展奠定了重要基础，推动了美国文化的繁荣。通过这一系列行之有效的措施，美国在经济、文化、教育等领域取得了显著进步，为文学艺术的发展创造了必要条件。这些成就的取得，为美国在 19 世纪的崛起奠定了坚实基础。

19 世纪初，美国浪漫主义文学萌芽，受到英国已经发展得较为成熟的浪漫主义的影响，美国的文学创作也开始具有浪漫主义文学色彩。当时英国出现了许多著名的浪漫主义文学作家，例如莎士比亚、拜伦、雪莱、蒲柏等人，他们的作品在很大程度上对美国的浪漫主义文学的出现和发展产生了深远影响。此外，此时期的美国发展迅速，人们对未来充满信心，这样的社会条件使得萌芽的浪漫主义文学得以迅速发展。美国的浪漫主义运动在 19 世纪初到南北战争的这段时间里迅速壮大，发展到全盛时期的浪漫主义运动中产生了众多优秀的作家和作品，这个时期美国的文学创作风格各异，具有明显的民族特色。

在美国兴起的浪漫主义运动与在欧洲等地盛行的浪漫主义运动有所区别，美国的浪漫主义带有一种明显的民族主义色彩。浪漫主义运动在美国掀起了一场文学革命，众多带有美国民族风格的诗歌和小说不断涌现，使美国的文学发展进入一个全盛时期，这些作品也使得美国的民族文学在世界文学界站稳了脚跟。美国的浪漫主义文学主要表现对美国西部未经开发的原始大陆雄伟、神秘的自然美景的赞叹以及对欧洲文化遗产的摒弃，当时著名的文学创作者有詹姆斯·库珀、华盛顿·欧文、埃德加·爱伦·坡、威廉·布莱恩特等，这些作家所创作的独具美国民族风格的文学作品在美国甚至全世界范围内都产生了重要影响，使得美国的文学创作逐渐摆脱英国文化的影响，迎来崭新的发展阶段。

独立战争之后，美国还兴起了黑人文学。18 世纪中期，一些美国黑人作家开始使用英文进行文学创作，例如露西·特里（Lucy Terry）和丘辟特·哈蒙（Jupiter Hammon）等，但早期的黑人文学作家的作品还具有明显的模仿痕迹。第一位真正有显著文学成就的黑人作家是菲莉丝·惠特利（Phillis Wheatley），她借鉴屈莱顿和蒲伯等古典诗人的风格进行诗歌创作，并抛弃了黑人的民间传统诗歌格律，对美国的黑人诗歌文学进行了革新。美国的黑人文学对美国的文学史乃至全球的文学都产生了深远影响，在美国黑人的文学创作中蕴含着古老而神秘的黑人文化，文学创作的主要题材包括黑人民族的民间故事、戏谑土语、圣歌、神话、舞蹈、劳动歌、爵士乐、格言等，黑人习语和其独特的音乐使黑人诗歌在美国文学界脱颖而出，此外，黑人诗歌中常用的艺术形式还有当时风靡全球的布鲁斯音乐和爵士乐等，这些独特风格都使黑人文学不断发展。

（三）美国内战至近代

19 世纪中叶，美国自由劳动制度与奴隶制度之间的分歧日益加剧，两者冲突趋于尖锐，南部奴隶制度严重阻碍美国经济的持续发展。在西部土地争夺过程中，南北双方斗争愈发激烈。19 世纪上半叶，美国不断拓展领土，尤其是在西部地区，美国不断建立新州，新州的建立时常引发关于奴隶制存在与否的斗争，而奴隶制在当地根深蒂固，奴隶主又在美国国会或政府中拥有较高地位，因此这样的斗争总是以奴隶主获得胜利而结束，这引发了北方广大人民的强烈不满和愤慨。在这种情况下，以资产阶级民主派和广大民众为主的废奴派与以南方种植园奴隶主为主的蓄奴派之间的矛盾不断加剧，两者之间的关系愈发紧张。这种矛盾的激化已经到了随时可能爆发的地步，整个国家都处于一种极为不稳定的状态。

经过四年内战，废奴主义者的正义力量最终消灭了奴隶制度，取得了人权和民主的伟大胜利，为美国资本主义的快速发展创造了必要条件，同时，在以农业生产为主的南方地区，工业文明也逐渐发展并战胜农业文明，这是现代化和工业化的必然趋势。这场内战推动了《宅地法》的实施，使西部地区的开发和建设速度进一步加快，推动了工业化和机械化的快速发展，为国家的繁荣昌盛奠定了坚实基础。在这场历史性变革中，大量外国移民涌入，北方人口增长显著，美国实现了从传统农业社会向现代工业社会的历史性转变，展现了社会形态和经济以及人民生活极大的变革潜力。19 世纪末，美国已崛起为全球领先的工农业资本主义大国，充分展现了其强大的综合国力和国际影响力。然而，随着垄断资本的形成和社会经济的快速发展，劳资矛盾等社会问题也日益凸显。美国在工业化和城市化进程快速推进的过程中面临诸多问题，例如城市贫富差距加大、犯罪率上升、妇女和儿童的权利得不到保障、产业与金融的过度集中以及垄断组织的崛起等。这些现象揭示了少数特权者对政治和经济的主导，而广大平民则在此过程中逐渐被边缘化。随着时代背景的转变，战前的浪漫主义观念已无法适应现实需求。人们开始正视社会现实、深入思考人生与生活，这促使现实主义逐渐成为文学艺术的主流。在美国现实主义文学中，小说占据主导地位，战后兴起的“乡土文学”为文学领域注入了新活力，但“乡土文学”这一领域未产生具有深远影响的诗作和诗人。

在19世纪的美国，马克思主义的传播也取得了显著成效。随着资本主义的进一步发展，无产阶级的队伍也在不断发展壮大，在这一时期，工人运动兴起。工人运动的高涨催生了一批工人诗歌作家，他们致力于描绘普通群众的苦难、表达对资产阶级剥削的憎恨并呼吁工人团结奋斗。其中，乔·希尔（Joe Hill）作为美国无产阶级的杰出作家代表，他不仅是一位诗歌作家，还是一位歌曲作家。他创作的歌词充满了对资本家贪婪和残忍的尖锐批判，同时热情歌颂了无产阶级的崇高精神和英勇品质。这些作品在当时产生了深远的影响，激励了无数工人阶级为争取权益而奋斗。

在南北战争结束之后，蓄奴制度的废除不仅赋予了黑人群体自由的身份，而且开启了他们接受教育的历史进程。这一阶段，黑人文学有了实质性的发展，既继承了过去的斗争传统，又广泛地反映社会生活。在黑人文学作品中，黑人遭受奴役和迫害的境遇得到了真实描绘，同时他们为争取自由而勇敢斗争的精神风貌也得到了充分的展现。这一时期的黑人文学作品也是美国现实主义文学的重要组成部分，许多黑人文学作品都具有明显的现实主义文学的色彩。一些杰出的诗人如保罗·劳伦斯·邓巴、威廉·爱德华·杜波依斯等纷纷涌现，他们深刻揭示了战后南方种族歧视的严峻现实，但同时对白人统治者仍抱有一定的幻想，体现了黑人文学创作者的思想倾向。

（四）美国当代诗歌

第二次世界大战后，现代人与历史的联系断裂，传统的道德观念和价值体系失去了应有的作用，人们对前途和未来感到迷茫和无望，他们无法与他人进行有效的思想感情沟通，从而陷入了孤独和异化的困境。美国作家们发现他们心目中一直追求的“美国梦”破灭了，民主理想、个人追求以及宗教信仰被彻底颠覆。

面对这一现实，美国作家们普遍感到困惑和无奈，他们开始用怪诞、幻想和夸张的手法来描绘现实生活中的混乱、恐怖和疯狂。这不仅反映了他们对现实的不满和无奈，也揭示了他们对未来深深的忧虑和悲观的情绪。这一时期的美国作家所创作的作品失去了目标和方向，作品中所描绘的世界仿佛梦境一样支离破碎，作品中的形象也大都残缺不全。在这一时期文学风气的影响下，20 世纪 50 年代出现了“垮掉的一代”，这些作家对所有的外来文化和价值观念都持有否定态度。20 世纪 60 年代又相继出现了“黑色幽默”“荒诞戏剧”等文学形式。

在研究两次世界大战期间及战后美国诗歌时，我们能够深刻地认识到其中所蕴含的延续性特质。战前一代的诗人如斯蒂文斯、兰色姆、麦克利什和卡明斯等，他们不仅在战后继续创作，而且其作品依然对美国文学领域产生着深远的影响，他们的创作理念和原则已经成为美国诗歌发展进程中不可或缺的基石，这一现象就体现出了美国诗歌的延续性。另外，所谓的“中间派”诗人，也在很大程度上展现了这种延续性。这些诗人在创作过程中，基本沿袭了战前已经确立的诗风。其中有些人更加注重诗歌的形式和格律，有些人则由格律诗逐渐转向更为自由的诗歌形式。尽管在继承与变化方面存在差异，但总体上并未对传统的诗歌理念进行革新。在这一背景下，理查德·威尔伯、伊丽莎白·毕肖普和西奥多·罗特克等诗人，以其卓越的创作才能和影响力，进一步巩固了这种延续性。他们为美国诗歌的繁荣发展作出了贡献，也为后世的诗人树立了光辉的典范。此外，战后美国的新批评文学发展到了全盛期。

20 世纪 50 年代早期，一群杰出的知识分子和文学家汇聚一堂，包括诗人查尔斯·奥尔森、罗伯特·克里利、罗伯特·邓肯等，他们在北卡罗来纳州的黑山学院内，以《黑山评论》和《起源》两大刊物为主要阵地，积极发表诗歌评论和作品，致力于在诗歌创作领域探索新的路径，因此被誉为“黑山派”诗人。

作为“黑山派”诗歌流派的引领者，查尔斯·奥尔森（Charles Olson）教授在担任黑山学院校长的同时也在诗歌创新方面作出了重要贡献。1950 年，他发表了关于“投射诗”的权威论述，不仅为诗歌创作提供了新视角，而且为美国新诗的发展指明了方向。“投射诗”作为一种诗歌形式，其核心在于形式的开放性和自由性。它主张以诗人的自然呼吸来组织音节和诗行，摒弃传统的音步结构。在内容上，这种诗歌形式强调诗人与物体之间的直接联系，鼓励诗人从自然和周围环境中汲取灵感，以最纯粹的形式展现能量。奥尔森的理论和创作实践不仅对“垮掉派”等 20 世纪 50 年代的美国诗歌流派产生了深远影响，而且为整个现代诗歌创作提供了宝贵的经验。

在 20 世纪 50 年代的美国，麦卡锡主义盛行，该时期的统治集团实施内外反动政策，这对当时的社会稳定造成了严重的不良影响，对进步思想进行了残酷的打压。在麦卡锡主义的肆虐下，人们似乎都变得温顺，但长久的压迫必定会滋生反抗，1955 年，一群青年诗人在旧金山的六号画廊举行了一场别开生面的诗歌朗诵会。金斯堡的《嚎叫》以其独特风格和惊人内容令全美诗评界感到震惊。不久之后，这首诗遭到法院审理。然而，这一事件对这首诗的传播并没有产生多大阻碍，反而促进了它的传播，进一步推动了垮掉派的兴起。垮掉派反对在写作完成后对诗歌进行二次修改，甚至认为技巧只会妨碍情感的表达。尽管如此，作为一支重要的诗歌流派，垮掉派的最大贡献在于重新发扬了惠特曼的传统，将诗歌从讲堂和教科书中解放出来，使朗诵成为一种重要的诗歌表现形式，金斯堡等人开创的朗诵传统得到了进一步的发展和完善。

自 20 世纪 70 年代以来，美国诗歌领域经历了巨大的转型。在政治动荡和社会矛盾加剧的背景下，诸如越南战争、女权运动、黑人维权斗争以及水门事件等重大政治事件，不仅在富有正义感的诗人的作品中得以体现，甚至对部分著名诗人的创作风格产生了巨大影响。在 20 世纪 70 年代，美国诗坛涌现出一批风格独特的新诗人，他们对诗歌的创作理念和本质持有各异的观点。然而，这些创新性诗歌作品多为实验性质，对当时诗歌领域的影响很小。20 世纪 60 年代后期至 20 世纪 70 年代，美国诗坛呈现出一种重要的创作倾向，即“新超现实主义”诗歌。部分评论家将其视为“后期浪漫主义者”。这一诗歌流派在形式和内容方面均有所创新，诗歌反映了当时社会背景下的复杂情感与思考。

新超现实主义运动，这种被称为“深意象”的运动，已然成为当代美国诗坛上的一道亮丽风景。新超现实主义诗歌以探索人类的本能、无意识和下意识思想为主，它不仅与 20 世纪 20 年代法国超现实主义有着千丝万缕的联系，还深受拉美超现实主义诗歌以及中国、日本、印度等东方古典诗歌的熏陶和影响，其诗作中充满了非理性的联想与神秘的自发意象。新超现实主义诗学的开放性为美国诗歌注入了新的活力，使其摆脱了智性诗的枯燥乏味，同时也从各种传统的诗歌中汲取了新的养分。目前，新超现实主义诗派是美国最为壮大的诗歌流派，其如今仍然在不断地发展和演变，为美国诗坛注入了新的活力。

在当代美国，黑人诗歌的创作和朗诵活动仍旧充满活力，涌现出一大批才华横溢的诗人。当代黑人诗歌在20世纪60年代开始兴盛，其繁荣与当时黑人权利运动的兴起有密不可分的关系，这场运动曾经在整个美国社会掀起轩然大波。一些杰出的黑人诗人努力创造全新的、更为优美的艺术呈现形式，同时致力于真实地刻画黑人民族的生活场面和奋斗图景。新一代的黑人诗人以激情澎湃的话语激励黑人群众为争取自身的生存权而奋斗。在埃瑟里奇·奈特的首部诗集《狱中诗抄》中，他强烈谴责了美国的种族歧视现象。“恩伯拉协会”中的青年诗人，诸如大卫·汉德森和斯纳林斯等，许多诗人都创作了富有表现力的诗作。布鲁克斯和勒洛依·琼斯是在二战结束后在美国诗歌界崭露头角的黑人诗人，他们在美国诗歌领域的地位得到迅速确立。

美国诗歌似乎正朝着多元化的方向发展。从当时的情况来看，美国诗坛遭遇了“诗人过剩”的问题。虽然有大量的诗人在写作，但读诗的人似乎较少，因为只有那些有意愿写诗的人才会读诗。不只是在当时的美国，这一状况在全球范围内都普遍存在。很多诗人为了让自己的作品面世，只能自掏腰包印刷诗集或在诗刊上发表，然而这些作品大部分印数很少，质量不高，读者很难形成深刻记忆，大量诗集的印刷产生了资源的浪费。因此，在绝大多数社区里，那些既喜欢读诗又喜欢写诗的诗人只能自我欣赏。现在在某些特定的社群（如一个小城市或一个大城市的某个地区）中，许多诗社或诗刊只能形成一个相对稳定的本地读者群体。就算是那些在全国有影响力的黑人诗歌出版机构，例如旧金山的“城市之光”书店或狄特罗伊特的“布罗德赛”书店，它们所印发的诗歌通常也以当地的诗人和诗歌爱好者为主要读者。

当代诗人通过大量实验和尝试积极探索“开放诗”的形式，不拘泥于传统诗歌创作的规律与格式，使得写诗的形式变得更加自由和多样化，也正因如此，美国诗歌失去了传统的写作规律，因此，罗伯特·勃莱呼吁人们诗歌创作时使用更加有条理、较为规范的形式。20世纪70年代之前，美国的诗歌中有大量关注社会和时代的作品，在20世纪70年代初期，群众运动的热潮逐渐退去，美国诗歌的题材也发生了转变。同性恋权利问题备受关注，在这个话题上也有一些诗人进行了创作，例如阿伦·金斯堡和阿德莉安·里奇等。然而针对这一题材创作的诗歌与20世纪60年代的美国诗歌相比，的确显得水平不高。

第四节 英美诗歌的翻译技巧

诗歌的翻译是一种比较特殊的翻译，由于文体特点的限制，我们必须在完整表达诗歌内容的基础上对作者态度进行传达，由于在翻译中我们需要强调“信”，因此对原文句型的大规模改动是不可能的，但是我们仍能在词语和某些单词层面对原句型进行适当的补足、省略、改写，以准确传递出原文的意境。

一、补足原文

补足原文指的是通过特定的词汇，将某些过短的原文意境补足，以使该意境完整。这种技巧常常出现在原文诗句言简意赅，却有着大量隐含意境的时候，如罗伯特·弗罗斯特（Robert Frost）的《雪花》（*Dust of Snow*）。

The way a crow
Shook on me
The dust of snow
From a hemlock tree

译文：铁杉枝头 / 一只寒鸦 / 颤颤悠悠 / 落我一身雪花。

在原诗中，“shook”只是“落”的意思，然而作者为了使译文结构更加完整，将“shook”分解为“颤颤悠悠”的状态和“落”的动作，这种方法既不会使译文多出原文中没有的信息，又可以兼顾译文的形式美学，是一种比较常用的诗歌翻译方法。

二、省略原文

省略原文是指将原文中某些多余的词汇或者太过具体的动作、事物进行抽象化描写，这样翻译出来的译文言简意赅，非常具有美感。

原文：Daffodils, that come before the swallow dares, and take the winds of March with beauty.

译文：水仙，早于燕子来临，以美承接三月之风。

在这个例子中，原文中的“Daffodils，that come before the swallow dares”被翻译为“水仙，早于燕子来临”。这里省略了原文中的“dares”一词，因为它在上下文中并没有具体的意义，而且省略后译文更加流畅。

这种省略原文的翻译方法有助于保留诗歌的简洁和美感，同时也更符合目标语言的表达习惯。但需要注意的是，省略原文应该在不影响整体意境和表达的前提下进行，避免过度省略导致译文失真或难以理解。

三、改写原文

中文诗中某些意境有着固定的联系，比如月亮常常和思乡相联系，而柳条常常和离别相联系，那么在翻译某些意境相近的诗的时候便可以借鉴这些意境，以使翻译更通俗易懂。比如《女人打伞，倚门期盼》(*A Woman Standing by a Gate with an Umbrella*)的翻译。

Later summer changes to autumn.
Chrysanthemums are scattered
Behind the paling
Gold and vermilion
The afternoon
I was there dreaming of vermilion sunsets
In my heart is a half fear of the chill autumn rain

译文：残夏，入秋 / 黄菊散乱 / 东篱边 / 熔金，溅朱 / 夕阳将临 / 我期盼，夕晖入梦乡 / 心中又恐秋雨寒。

此诗是一首描写夕阳西下，满天流金时候作者望着黄昏的夕阳，想睡却又害怕夜雨寒的景象，其中译文是由南开大学外国语学院王宏印教授翻译的，从他的翻译中我们不仅可以看出他用高度凝练的语言，如“残”夏、“入”秋、“散乱”“熔”“溅”等高度概括化的动词、形容词表达出了整个场景，符合汉语诗歌中简单凝练的语言特点，而且结构工整，没有附加信息。汉语由于高度意象化，可以用高度概括性的词汇来描述复杂的场合和事情，较为简练的语言更符合汉语的表达习惯。

Chrysanthemums 既然是“黄菊”，那么 paling 就被译成了“东篱”，因为大家都熟知陶渊明的《饮酒》中“采菊东篱下，悠然见南山”的句子，这样翻译的话能够使原文更加贴合汉语读者的阅读积累，更容易引起共鸣。

第五节　英美诗歌翻译原则与实践

一、诗歌翻译的基本原则

诗歌外在形式独特，音韵节奏突出，意境生成方式多样，意蕴丰赡。诗歌的这些区别性特征均带有鲜明的审美性，因此在诗歌翻译实践中，再现诗歌的审美艺术性需遵循如下原则。

（一）音美

诗歌最讲究音乐性。中外诗歌，无论是传统的格律体，还是现代的自由体，均对诗歌语言音韵、节奏有着自觉的追求。格律诗外在的音乐性更显突出韵味，自由诗内在的音乐性更趋自然。诗歌外在与内在的音乐性并不是刻意而为的，它们均有效地表征着诗歌的情感律动与意义传达，简言之，便是“音义合一”与“音情合一”。因此，翻译中讲究“音美”就是要忠实传达原作的音韵、节奏、格律等方面所表现的美感，使译文“有节调、押韵、顺口、好听”。

即使中西方诗歌在音韵表达方式方面存在显著差异，但是在将英文诗歌翻译为汉语时可以使用中文诗歌中的“平仄”或“顿”以及韵式来翻译英文诗歌的音步与韵式，反向翻译也可以采取这种对应翻译方法，这样可以有效确保译作与原作在音韵美感方面的相似性。

（二）形美

在诗歌翻译中，对形美的保留也就代表着必须保留原诗的韵律、节奏和语调等诗体形式方面的美感。诗歌的外在形式是其最为显著的特点之一。诗歌写作形式通常可分为定型和非定型两种。定型诗具有严格的规则，在字数、行数、音节数、韵式、平仄或音步等方面都有严格的统一要求，这种诗体形式能够有效体现诗人或所描写地区的民族特色。而非定型诗歌则不受定型诗所受的这些规则的限制，但诗歌的内在情感流动和凝聚也会体现于诗歌的外在形式上，从这个角度来看，翻译对形美的留存与传递也就代表着对原作所呈现出的文化特征与诗歌表现的功能进行传达。另一个方面，翻译者在翻译时需充分考虑诗歌分行本身所传达的形式美学意义。诗歌的分行这一独特的艺术形式也能体现出诗歌的形美。在诗歌中，有时候诗句以一句完整的单句构成诗行，一行诗就具有完整语义，有时候则需要用连续几行句子来表达一句诗的语义。尽管在诗歌写作时没有固定的要求，但是不同的诗行形式能够呈现出不同的诗情脉络，能够反映出作者表达情感的不同方式和目的。

（三）意美

对诗歌的意美的体会需要经过作者对诗意的加工与融合、诗句意义的彰显和读者对诗句内涵的正确理解，这是一个作者、文本和读者共同参与的过程，作者本身所要传达的内容、作品呈现出的内容以及读者了解到的内容构成一个相互依存的整体。作者所表达的内容，可能体现在文本的意义上，也可能体现在文本的艺术结构中。读者所理解的内容，可能源于文本所传达的含义，也可能来源于文本的艺术结构所蕴含的情感。对原作意美的保留即是对原诗内涵和情感的保留，使读者感受到与母语读者一样的感染力，获得震撼。因此，意美的传达涵盖了如下几个要素：对作品中的人物、事物、景物、环境等进行忠实的呈现，保留原诗所描绘的情节背景；在保留诗歌所传达情感的同时，保留诗歌原有情境；按原诗呈现作者的思维、志向、个性和兴趣；让译文的读者能够在脑海中产生与原文读者相似的想象和联想，这些想象和联想是基于诗作中描述的实景而形成的虚拟场景。由于诗歌创作的艺术独具特色，因此每一首诗作都有其独特的艺术魅力。有些诗作在意境、美感、语言表现和艺术技巧等方面都表现得很出色，而有些则只在其中某些方面表现得更为突出。在翻译实践中，需要具体问题具体分析，根据实际情况选择适合的翻译方式，才能够达到最好的效果。

二、诗歌翻译的实践及讲评

尽管英语诗歌与汉语诗歌有相似之处，但二者也有各自独特之处。将英文诗歌翻译成中文时，二者之间的相似之处为译者提供了一定的翻译选择空间。然而，英语和汉语之间的差异也会在很大程度上对英汉诗歌的互译造成不良影响。汉语属于表意文字，是一种声调语言，汉语诗歌的组成通常基于音调的平仄，因为每个汉字仅有一个音节，单独一个汉字没有明显的重音。英语是一种抽象语言，是由抽象符号组成的拼音文字。英语中所有超过两个音节的单词都会有明显的重读音节。相比之下，英语格律诗是按照轻重音节的交替排列来塑造韵律的。英语格律诗以音步为基础，音步有四种不同的格律形式：抑扬、扬扬抑、扬抑和扬抑抑。英诗中不能应用汉诗的平仄规则。汉诗不能简单地借鉴英诗四种形式的音步，因为两者的语言结构和表达方式不同。英文诗歌的音步与汉语诗歌的顿类似，二者都能够营造出节奏明快、旋律抑扬顿挫的美感。因此，一些学者试图借助顿来替代逐字翻译的方法，并取得了良好的效果。杨德豫先生翻译的《拜伦抒情诗七十首》是一个经典案例。接下来我们以其作品中的《她走在美的光影里》为例介绍这一翻译方法。

《她走在美的光影里》（*She Walks in Beauty*）的原文如下：

She walks in beauty，like the night
Of cloudless climes and starry skies;
And all that's best of dark and bright
Meet in her aspect and her eyes;
Thus mellow'd to that tender light
Which heaven to gaudy day denies.
One shade the more，one ray the less，
Had half impaired the nameless grace
Which waves in every raven tress，
Or softly lightens o'er her face;
Where thoughts serenely sweet express
How pure，how dear their dwelling—place.
And on that cheek，and o'er that brow，
So soft，so calm，yet eloquent，
The smiles that win，the tints that glow，
But tell of days in goodness spent，

A mind at peace with all below,

A heart whose love is innocent !

译文如下：

她走在美的光影里，

好像无云的夜空，繁星闪烁；

明与暗的最美的形象交会于她的容颜和眼波，

融成一片恬淡的清光——

浓艳的白天得不到恩泽。

多一道阴影，少一缕光芒，

都会损坏那难言的优美；

美在她绺绺黑发上飘荡，

在她的脸颊上洒布柔辉；

愉悦的思想在那儿颂扬，

这神圣寓所的纯洁高贵。

那脸颊，那眉宇，幽娴沉静，

情意却胜似万语千言；

迷人的笑容，灼人的红晕，

显示温情伴送着芳年；

和平的，涵容一切的灵魂！

蕴蓄着纯真爱情的心田！

雪莱认为，只有采用与原诗相同的形式翻译诗歌，才算真正地尊重原作者。从上述翻译示例可以看到，杨德豫先生的译文每行的停顿和原诗的音步数大致相同，同时译文的韵脚安排的位置也与原诗对应。这样对原诗的格式进行重现能够有效地呈现原诗的风格和精神，并保留其音韵、节奏和美感。许多中国翻译学者在翻译时都重视对原诗格式的保留，例如郭沫若、卞之琳、王科一等。不过，也有一些学者主张在翻译英文诗时采用中国古诗词的形式，例如苏曼殊和马君武等人。尽管这一类学者的译文非常富有文采，但是如果仔细对照原诗，我们会发现这些译诗算得上是重新创作的作品，不仅在结构形式方面与原诗毫无关系，而且翻译的内容出现了随意增减字词的情况，以这样的翻译方式翻译出来的诗歌难经推敲。

格律诗必须遵循节奏、音韵、平仄、抑扬等方面的基本要求，这些要求是构成诗歌外在形式的关键，不满足这些要求的诗也就不能算是真正的格律诗。在诗歌翻译中，格律诗的外在形式是翻译者应当重视的部分。尽管形式与内容密切相关，但是我们不能仅仅为了追求形式上的一致而忽视内容。同样，为了追求形式的完美，我们也不能随意增删内容，改变作者原本想要表达的意思。在翻译诗歌的过程中，需要尽可能地保持原诗的主旨和意境，并且尽力做到使翻译的诗歌与原诗歌的形式保持一致。

第五章　英美散文与翻译

本章介绍了英美散文与翻译的相关内容，共分为四节，分别是散文特征与语言特点、英美散文发展演变、英美散文翻译的语篇理论、英美散文翻译原则与实践。

第一节　散文特征与语言特点

一、散文的基本特征

散文的范畴有广义和狭义两种界定方式。广义上的散文指的是除韵文之外的所有散体文章；狭义上，散文是一种独立的文学体裁，与小说、诗歌、戏剧文学和影视文学等并列，是一种具有文学性的散体文章。散文的特点与其他文学体裁有着显著区别，这主要表现在以下三个方面。

（一）感受真挚

英美散文着重描写现实生活中的人物、事物、景物，并注重传达作者的感受和目的。散文似乎一直以来都被文人学者用于抒发内心情感、叙述现实经历、描绘现实事物，无论是在古代还是在现代，散文这一文学体裁都有着相似的特点。散文要真诚地表达个人对世界独特的感受和体验。散文以作者的亲身经历为主要素材，表现了作者的真实感受和深刻体悟、独具个性和魅力的人生经历和情感体验。散文是作者倾诉内心真实情感的一种形式，它体现了作者与读者之间亲近的交流。

（二）选材广泛

相对于其他文学体裁，英美散文的题材和内容选择几乎毫无约束，具有极大的自由性，作者可以运用生活中的各种琐碎细节和片段来描述他们所感受到的特殊情感和处境。作者可以将任何与散文主题相关的材料应用于写作之中。散文的题材选用也具有极大的自由性，从高深的天文地理，到日常的社会生活；从日常生活中的花鸟虫鱼，到民族命运和历史巨变，只要是与作者想法一致的题材都可以定为散文的主题。例如，戏剧文学的创作需要具有明显的矛盾冲突，没有矛盾冲突就构不成戏剧；对于小说而言，缺乏生动的生活事件和鲜明的人物形象也很难引起读者的关注。与这些文学体裁相比，散文的题材选择几乎不受约束。

（三）结构自由

英美散文的结构也具有极大的灵活性和自由性，不受限于特定的格式或规范。不同于小说具有构思角色形象、编排情节、构建故事结构等特定的写作程序，也不同于戏剧要求具有张力冲突、追求表演的动态美感，散文的独特之处在于其能够描写、议论和抒情，具有高度的灵活性和自由性。

虽然英美散文的创作没有严格的限制和规范化的模式，但是在其创作的过程中，作者需要考虑主题的选取和情感的表达。即使散文的创作十分灵活自由，但是也不能使散文变得无序和混乱，即要做到“形散而神不散”。简言之，散文的素材选择以及作者情感的抒发都要围绕着一个主题进行，要确保作品拥有一条主线，将文中的内容串联起来，做到散中有序，挥洒自如。

二、散文的语言特点

相较于其他文学形式，散文的写作技巧相对较少，因此创作散文更注重发挥语言本身的特色来表现其艺术风格。以下是散文语言的主要特点。

（一）简练与畅达

中文最大的优点在于言简意赅，但这一特点也使很多文人的创作受到了限制。作者运用简练的散文语言，不仅能够有效地传达内容，同时也能够透露出作者对待人、情、物、事的态度。散文所呈现的是作者内心平淡、朴实、真挚的情感，是自然流露，而并非作者刻意安排。散文的语言应该具备流畅自然的特点，不拘泥于固定的表达方式，灵活运用多种语言技巧，让文字飞舞起来。作者的情感应该得到充分的表达，不受任何束缚，自由自在地流露出来。散文语言艺术之生命，来源于散文语言的简练与流畅的相互支撑。

（二）口语体与个性化

散文作家经常使用口语体的散文语言，原因在于其平易质朴，能够给人一种亲切自然之感，使对话交流显得更真实。此外这种散文语言也具有个性化特点，更加强化了散文真实自然的感觉。作者常以亲身经历和感受为主题，运用其独特的语态、声音和风格，与读者进行深入交流，展示出流畅而极具个性化的交流方式和独特的口语体语言。口语体的散文语言并不意味着其缺乏文学的美感。相反，在运用这一散文语言时往往采用一种“巧而不华”的文学表达方式。

（三）节奏的顺势与顺口

散文的节奏之美，在语音方面体现为声调的平仄或抑扬相呼应，同时也体现在无韵与有韵的融合，以及词义停顿和音节停顿的交织。散文句式具备交替有序、短长搭配、奇偶对称的特点。通过调整句子的长短，使得奇偶相谐，这样在写作时便可以创造出更丰富的句式变化，让文章结构更加有条理，情感表达也更加生动鲜明。散文中的长短句和整散句具有不同的节奏韵律，因此也有不同的表意传情效果。散文的长句一般节奏较慢，句式复杂多变，因此能够准确传达作者的想法和观点；短句能够准确、迅速地表达强烈、活跃的情感，使散文语言更加生动形象。散文的整句结构较为规范整齐，能够使作者在表达情感和想法时更加通顺流畅，增强逻辑性和层次感；散句结构不规则，表达语义时显得更加自然。散文的语言节奏之美，在语音和句式上的表现都应该是流畅自然的，即要遵循“顺势”和“顺口”的要求。顺势就是要顺应情感起伏变化的需求，根据叙述内容的需要自然而然地进行表达。顺口是指在创作时保证音节连贯、音调自然、节奏平稳，让读者感受到舒适自然。

第二节　英美散文发展演变

一、英国散文的发展

（一）5 世纪初—11 世纪的英国散文

英国的早期土著居民（如凯尔特人等部族）大多只有口头文学，并没有创作出书面形式的文学作品。因为这些早期民族在所谓的“文学创作”上更注重口头传承和神话故事传承，这种传承往往通过吟唱、讲故事等口头表达方式实现。早期的社会结构也相对简单，没有出现专门的文学创作阶层，大部分人从事农业或牧羊等生产活动，文学创作并不是他们的主要关注点。另外，盎格鲁 – 撒克逊人在 5—6 世纪使用的是卢恩文字，主要用于短文本的书写，如铭刻在石头、金属物件上，书面记录有限。

基督教的传入为英国的文化和宗教带来了重大变化，同时也对英国的书面文学产生了深刻的影响。拉丁文作为中世纪西方教会和学术界的通用语言，也随之传入英国。基督教传教士带来了拉丁字母和书写技能，他们在修道院中成立了抄写室，将圣经、祷告文、宗教论述及拉丁古典作品等进行抄录和保存。这一变革促进了书籍文化的兴起，也为后来英国文学的发展提供了重要基础。随着基督教在英国的传播，修道院和大教堂学校成为最早的教育机构。在这些教育场所，拉丁文是基本的教学语言，人们的文化素养和对书面语言的使用能力有所提高。

修士比德所著的《英国人民宗教史》是一部重要的拉丁文著作，对后来的英国书面文学产生了深远的影响。该书是一部系统性的历史著作，记录了英国早期的宗教和文化发展，为后来的学者提供了有关英国历史和文化的重要资料，对于英国的文化和学术传统具有重要意义。作为拉丁文著作，《英国人民宗教史》在欧洲广泛传播，促进了拉丁文在英国的使用和传播，对后来的英国书面文学的发展起到了推动作用。

在早期欧洲，罗马帝国的影响使得拉丁文在大陆范围内流行起来，这种影响力最终扩展到了英国。拉丁文是进行国际交流和学术研究的工具，因此在书面表达上更受欢迎。到中世纪，拉丁文被认为是教会和学院的官方语言。教会是当时社会的核心机构，教育也主要由教会来提供，学习和使用拉丁文是当时一个重要的教育目标，而书面文学往往与宗教和学术有关，所以英国本土的书面文学一直使用拉丁文书写。当然，当时的拉丁语作品大多数是宗教或历史著作，如《忏悔录》（*Confessiones*）就是由圣·奥古斯丁所著的自传体作品，是早期基督教文学的重要代表作之一。这些作品在当时对宗教、历史和学术领域产生了深远的影响，并对后来的英国书面文学发展起到了重要的启示作用。

《盎格鲁－撒克逊编年史》（*Anglo-Saxon Chronicle*）是一部记载英格兰早期历史的重要文献，由阿尔弗雷德大帝主持编纂，从公元前 60 年恺撒征服不列颠写起，截至 891 年，后来又由众多修道院修士续写，虽然最早的版本是用古英语书写的，但后来的版本开始使用拉丁文。

《盎格鲁－撒克逊编年史》对于了解盎格鲁－撒克逊时期的英格兰历史具有重要价值，在英国散文文学史上也占有举足轻重的位置：这部编年史包含了大量的第一手资料，是研究这一历史时期不可或缺的文献，向人们展示了当时的政治、社会、经济以及军事事件；该书是用古英语写成的散文作品，对于研究古英语以及古英语文学发展具有重要意义，反映了当时语言的使用情况和散文形式的发展。通过《盎格鲁－撒克逊编年史》，我们可以看到从简单的年代记事式写作到更为复杂的叙述和描述手法的演变，这些手法为后续英国散文文学样式的发展铺平了道路。编年史中的许多事件和人物成为后来文学作品的灵感来源，影响了很多作家和诗人，如威廉·莎士比亚在他的历史剧创作中，就可能受到了这部编年史的影响。

（二）1066 年—15 世纪的英国散文

从早期的宗教与历史记录到后期的骑士传奇与教义阐释，中世纪英国的散文文学，在这一漫长时期中，呈现出多样化的发展。比德的《英吉利教会史》（*Historia ecclesiastica gentis Anglorum*），是其中一个不可忽视的精彩篇章，该书全面记载了基督教在英格兰的传播与发展，既是宗教史的珍贵资料，也是早期英国史的重要文献。

中世纪，维纳布尔·贝德（Venerable Bede）和阿尔弗雷德大帝（Alfred the Great）对英国散文文学的发展作出了不可磨灭的贡献。阿尔弗雷德大帝在位时期特别支持学术与文化，促成了许多拉丁文献的盎格鲁－撒克逊语翻译，如将《信经》(*The Credo*)、《祷文》(*The Lord's Prayer*)等重要文献译为古英语，这有效推动了英国古代散文的形成和普及。

进入中世纪后期，随着宗教改革的兴起和英国国家观念的强化，散文文学的主题和风格出现了转变。托马斯·莫尔的《乌托邦》标志着文艺复兴时期的思想文化开始对中世纪的意识形态施加影响，这部作品不仅是政治理想的探讨，也是散文体裁的艺术创新。

中世纪英国的散文以传记居多，这一现象与当时的社会文化背景、宗教以及教育和文学传统紧密相关：中世纪欧洲社会处在基督教文化的深入影响之下，其中天主教所占的地位尤为重要，在此背景下，圣人传记与教父文学是文化的重要组成部分；史诗和传奇在中世纪英国文学中占据了重要地位，它们经常以民族英雄或宗教人物为主角，转化成散文形式的传记自然成为传承这些传统的方式；在个人主义并不突出的中世纪，人们更多地通过群体身份和角色来定义自己，因此，对社会杰出人物（无论是圣徒、王公贵族，还是历史人物）的崇拜和学习尤为重要，通过阅读这些人物的生平事迹，人们不仅能够获得灵感，也能更好地理解自己在社会和宗教结构中的位置。

约翰·威克里夫（John Wycliffe）是一位中世纪的神学家、哲学家以及语言学家，他于14世纪末期提出和实践了一系列翻译圣经的主张。威克里夫的翻译工作对于英国散文创作的发展影响深远。在他之前，英国的文学和学术作品多用法语或拉丁语书写，而威克里夫的翻译标志着英语成为学术与宗教交流的重要工具。他的翻译工作为现代英语早期版本奠定了基础，是英语标准化过程中的一个关键里程碑。威克里夫和他的追随者们在翻译过程中创造和规范了许多英语词汇和语法，这对随后英语散文的发展贡献重大。威克里夫致力于将圣经的拉丁文翻译成英语，使得一般民众也能阅读和理解圣经的内容。

在分析威克里夫的翻译主张或理论前，我们需要了解当时的社会与宗教环境：中世纪的教会严格控制着圣经的阅读和解释，认为拉丁文版本是教义的权威。教会的官方圣经乃是圣杰罗姆（St. Jerome）所翻译的拉丁文《武加大》(*Vulgate*)，在训练有素的神职人员掌握的少数几种语言中，拉丁语是学术和宗教的主导语言。由于拉丁文的专业性和通行性，普通信徒无法直接接触圣经文本，故对圣经的诠释完全依赖神职人员的讲述和解读。

威克里夫的翻译主张建立在他对教会、圣经权威以及信徒个人信仰的深刻洞察之上。他认为圣经是基督教信仰的最高权威，而每一个信徒都应该有阅读和解读圣经的直接权利，不应该被教会所垄断。威克里夫认为，信徒通过直接阅读圣经能更好地了解上帝的旨意，并在精神上与上帝建立直接联系。

威克里夫的翻译理论可以概括为以下几点：

民主化的主张：威克里夫极力支持将圣经翻译成通俗易懂的语言，这体现了他对知识民主化的追求。他认为每位基督徒都有权利阅读圣经，因此推崇用平民的语言呈现圣经内容。

文字透明度：在翻译圣经文本时，威克里夫力求保持原文的透明度，意在减少翻译过程中的主观偏差。他希望信徒能够接触到圣经信息的本质，而不是经过人为修饰和重新诠释的版本。

教条与解释的区分：威克里夫区分了教义的权威和教材的文本。他认为，仅依靠教会的权威性解释并不足以保证教义的纯正性。在他看来，教条应当基于圣经的真实文本，而不是建立在有偏见的人类解释上。

反对教会权威：他的翻译工作反映出了他对当时罗马教会权威的质疑。威克里夫坚持认为，只有将圣经文本翻译出来，广泛地传播给所有基督教信徒，人们才能自由地探寻和解释上帝的话语，而不是依赖于教会的解读。

教育的核心角色：通过翻译圣经，威克里夫也看到了教育在促进宗教和社会改革中的作用。他将圣经译成英语不仅出于宗教目的，同时也有教育目的，使更多人能接受基础的宗教教育和文化知识。

此外，威克里夫在英国文学史上的贡献还体现在他的许多其他写作中，包括他的神学和哲学著作，这些作品都是用英语书写的，加强了普通英语词汇和表达方式的使用，使得英语作为一种有影响力的写作和交流媒介得到更进一步的发展和普及。

另一个不容忽视的事实是，威克里夫的思想和作品揭示了教会和社会的许多潜在问题，并激发了后来更为彻底的宗教改革，影响了包括文学在内的文化领域。他倡导的对教会权威和信仰纯粹性的追求在英国文学史上产生了回响，为后来者提供了探索个人信仰和社会现实问题的新视角。

杰弗雷·乔叟（Geoffrey Chaucer）1343 年出生于一个富裕的伦敦商人家庭，在历史的长河中显得卓然独行，他像一颗辉煌的星辰，照亮了14 世纪晚期的英国文坛。乔叟不仅是一位伟大的诗人，也是一位深具影响力的翻译者和散文作家。他对英国语言、文学以及文化的发展产生了深远影响。在翻译方面，乔叟被誉为将欧洲大陆的文学思想和风格引入英国的先驱者。他精心翻译的《罗马之书》（*The Book of the Duchess*）就是法国原著的英语版，他直接将外来的文学资源融入英国文学的脉络之中。此外，他也翻译了意大利作家薄伽丘的作品，这些翻译作品不仅为英国读者带来了新的内容，同时也促进了英国文学表现手法的多元化，启发了后世的文学创作。

至于散文创作，乔叟在《坎特伯雷故事集》（*The Canterbury Tales*）中灵活使用了散文形式，生动地描述了各色人朝圣路上的故事，展现了不同阶层的语言和风俗。其中，英格兰中世纪社会的各个侧面被一一展现，包含了贵族、牧师、商人、律师等各个阶层的生活。他将散文作为表达人物和复杂情节的有力工具为后来散文创作的发展铺垫了道路。

乔叟在英国文学史上的贡献首先体现在他作为英语诗歌的开创者上。他率先在诗歌中使用英语，而非当时较为正统的拉丁语或法语，从而推动了古英语的发展，使之成为合适的文学表达语言。他被称为“英国诗歌之父”，这一称号足见他在推动英语文学历史进程中的重要性。《坎特伯雷故事集》不仅仅在故事内容上卓越，更在形式上具有划时代的意义。在这部作品中，他使用了押韵英诗的形式，创造了所谓的“乔叟押韵”，这对后来的英诗形态及韵律有着长远的影响。除此之外，乔叟的作品具有浓厚的讽刺色彩，对当时社会和教会的许多弊端进行了揭示和批评，显示了他深邃的社会观察力和独到的思考。

马洛里（Thomas Malory）的《亚瑟王之死》（*Le Morte d'Arthur*），作为一部英格兰文学中的一部经典作品，对英国散文史乃至整个英语文学界都产生了深远影响。该作品的写作时间约在 15 世纪中叶，它不仅是中世纪晚期英格兰文学的佳作，而且也是英国早期现代散文史的一个重要转折点。

从文学形式上看，《亚瑟王之死》对英语散文的发展具有重要意义。在马洛里的时代，英语散文还处于初级阶段，大部分重要文学作品仍然以韵文形式撰写。马洛里选择了散文这一形式，为后世继承和发展英语散文提供了参照。他的散文叙述平实而流畅，呈现出一种近乎口语的自然风格。

其次，马洛里在《亚瑟王之死》中提炼了亚瑟王和圆桌骑士传说的精华，为英国民族史诗铺垫了坚实的基础。这一点对于英国文学乃至整个西方文学的发展均有重要的意义。在马洛里的笔下，骑士精神和英雄主义得以升华，为后来的散文创作奠定了一种英勇、浪漫、理想主义的语调和主题。此外，《亚瑟王之死》中对荣誉、爱情、忠诚、背叛等主题的探讨，对个人与社会的责任感的思考，为后来的英语散文创作提供了丰富的主题资源。在这部作品之后，无论是在叙事技巧上，还是在对主题的深度挖掘上，英语散文作家都受到了某种启示和影响。

在文学史和思想史层面上，《亚瑟王之死》对文艺复兴时期人文主义思想的传播也起到了促进作用。它通过对中世纪英雄史诗和骑士文化的再现，激发了对人类理想、伦理和美学价值的探讨与重估。从文学影响的角度来看，《亚瑟王之死》对后世作家的创作产生了深远影响。即使到了现代，亚瑟王和圆桌骑士的传说依旧是流行文化的重要组成部分，正是马洛里的《亚瑟王之死》为这些传说提供了坚实的文学基础。

威廉姆·卡克斯顿（William Caxton）不仅是一位富有远见卓识的印刷商，亦是一位勤勉的翻译家和英国文学的重要推广者。卡克斯顿生活的 15 世纪是英国历史上一个重大的转折点，这一时期，书籍由手写逐渐转向印刷制作，而英国文学本身亦在经历从中古英语到早期现代英语的语言和文化转型期。卡克斯顿的文学翻译工作最重要的一面体现在将广泛的文学作品引介给当时的英语读者。他非常注重选择那些能为英国民众所接受和享受的作品，这些作品既有宗教和哲学的内容，也有世俗的历史和故事。他的翻译工作多方面地丰富了英语文学的内容和形式。

卡克斯顿翻译的作品覆盖了广泛的文学体裁。他翻译了许多经典的法国和拉丁文学作品，包括《罗兰之歌》（*The Song of Roland*）和《特洛伊历史》（*History of Troy*）。通过这些翻译作品，卡克斯顿不仅向英国读者介绍了其他国家的文学作品，还促进了文化交流与对外文学的欣赏和理解。卡克斯顿的翻译方法也值得学习。他是一位具有深刻洞察力的翻译者，致力于保留原作的精神和风格，同时确保其成品符合英国当时的口语和文化习俗。他在翻译中充分考虑了目标读者的阅读习惯与偏好，力求使作品既忠于原文，又易于被当地读者理解。最重要的是，卡克斯顿的翻译作品为英语提供了新的词汇和表达方式，在一定程度上影响了后来英语的发展。在缺少相关领域英语词汇的情况下，他创造了许多新词。同时，他在翻译过程中对语言进行了标准化尝试，其效果对于提升和规范英语的使用有着不容小觑的作用。

（三）1500 年—18 世纪初的英国散文

1. 文艺复兴时期的散文

文艺复兴时期，英国的散文文学创作呈现出繁荣的发展与变革。在此时期，文学作品的内容、风格及目的经历了从中世纪的宗教与启蒙向人文主义与探索的重大转变。

文艺复兴时期英国散文文学的内容日益广泛。在这个时间段内，散文作品的题材不再局限于宗教教化或历史记载，而是开始涉及哲学、道德、政治、科学、探险等多个领域。随着印刷术的发明和普及，书籍的生产与分发变得更加便捷和经济，这为散文文学的传播与普及提供了有利条件。对个人的价值和尊严的关注增强，人与自然、人的理性与情感等主题在散文创作中得以广泛探讨。接着，文风与表达方法方面也出现显著变化。文艺复兴时期英国的散文更加讲究修辞和结构，表现出一定的艺术性和形式上的多样性。这些文本通常具有更加明确的结构，使用复杂的修辞手法，如隐喻、比喻等来增强表达的效果。同时，语言变得更加丰富而精练，对话和叙述更加生动和真实。

此外，文艺复兴时期也是许多英国作家在创作上凸显个性和风格发展的时期。比如弗朗西斯·培根（Francis Bacon）的散文充满了富有哲理的思考，他倡导实验和观察，强调知识对实际生活的应用，使得散文具有了更加清晰的逻辑和实用性；同时，他的作品在形式上也展现了简练精练且充满智慧的风格。托马斯·莫尔（Thomas More）的《乌托邦》则展示了理想社会的设想，通过想象的社会建构，反映了对现实社会的批判及对人性本质的深入探索。

文艺复兴时期，英国文学发生了质的飞跃，特别是在散文写作上呈现了多样化和成熟化的特点。这个时期，欧洲学术界重新发现并研究了古希腊和古罗马的文学和哲学著作，这些古典著作的翻译和传播，促进了散文写作规范的形成。英国学者和作家开始模仿古典拉丁文和古希腊文的风格，效仿古代修辞学的理论与技巧，并将之融入自己的写作中，从而在词汇选择、句式构造、论述逻辑等方面形成了较为严谨的规范。

印刷技术的提升和普及促进了文学作品、学术著作的广泛传播，这不仅加快了文化交流的速度，而且对散文的样式和内容提出了更高的标准。更多的读者获取知识的渠道和读物标准化的需求，促使一种易于理解、条理清晰的散文样式形成。

文艺复兴时期英国开始注重文学和语言的教育，一些大学和学院成为文学交流的重要场所。通过正规教育体系的培养，新一代散文家受到了系统的训练和理论指导，这对散文写作规范的确立起到了推动作用。经历了中古英语到早期现代英语的转变，这一时期的英语语言发生了剧烈变化。在词汇、语法、拼写等方面逐渐统一和规范化，同时也影响了散文的表达方式。作家们开始追求更简洁明了、更具逻辑性和说服力的表达方式，这反映在他们的作品中逐渐形成了一种稳定的散文风格规范。文学批评的兴起，促使创作者们开始关注文学的形式美，对作品的结构、风格、语言等方面进行了深入的分析和讨论。

2. 伊丽莎白时代的散文

伊丽莎白时代，揭开了英国文艺复兴的辉煌一页，1533—1603 年期间，英国散文经历了重要的变迁与发展。这个时期的文学变迁呈现多元化的特点，受宗教改革的深远影响，以及人文主义思潮的积极促进，散文形式在内容、风格和主题上都发生了显著的演变。

伊丽莎白时期初期，英国的散文多半深受中世纪传统的约束，语言风格较为僵硬，构造繁复。但随着印刷术的普及和新学问的流入，散文作品开始摆脱传统束缚，逐渐向更加自然、清晰的表达方式转变。此时期对古典文化的重新评估与吸收，人文主义者如埃拉斯谟和莫尔对清晰与精准表达的追求，促进了散文风格的改良和精练。散文的文体与题材也并存着多样化的特征。在一些小册子和讽刺文学中，作者们以机智和幽默，冲破了僵硬的旧式表达，为英国散文增色不少。而诸如菲利普·西德尼爵士的“阿卡迪亚”及弗朗西斯·培根的“论说文集”等作品，则以它们接近现代意义上的散文风格和实质内容被认为是时代的经典。

此外，探险和航海的兴起为散文带来了新的内容与视野。旅行家的记述如理查德·哈克卢伊特的《旅行者导言》之类的作品，既是宝贵的地理和文化信息的来源，也丰富了散文的主题，开辟了对异国风情的描述和日志体散文的写作模式。

海外殖民扩张及全球贸易的兴起增加了英国的财富，并促进了中产阶级的成长。中产阶级的崛起导致了人们对新知识、新思想的渴望，以及对教育的重视。因此，阅读和写作成为新兴社会阶层追求的技能，这为散文文学提供了广泛的读者基础。

除了大名鼎鼎的莎士比亚和弗朗西斯·培根，伊丽莎白时代还涌现了多位杰出的文学家：约翰·林利（John Lyly）的作品《优弥亚斯》（*Euphues*）影响了当时的文学风潮，以其修辞华丽而绚烂的文风，称为“优弥斯体”（Euphuism）；罗杰·阿斯卡姆（Roger Ascham）以其作品《爱弓之人》（*Toxophilus*）和《教育之学校》（*The Scholemaster*）闻名，主张实用的教育理念，并关注语言的清晰和简约；理查德·胡克（Richard Hooker）的《宪法与教会政治的法则》（*Of the Laws of Ecclesiastical Polity*）是英国散文的经典之作，其因结构严谨和风格庄重而备受赞誉；托马斯·纳什（Thomas Nashe）是一位起用尖锐笔触的讽刺家和小说家，其作品《旅行者的不幸遭遇》（*The Unfortunate Traveller*）是早期英国丛书小说的范例。

菲利普·西德尼爵士（Sir Philip Sidney）的作品《阿卡迪亚》（*Arcadia*）对后世有着深远影响，为散文小说奠定了基础。《阿卡迪亚》原名《新阿卡迪亚》（*The Countess of Pembroke's Arcadia*），综合了叙事诗、戏剧和散文三种文学形式，而且包含了浪漫主义、牧歌风格和骑士精神等多种文学元素，呈现了复杂而富有变化的结构和叙事技巧。

《阿卡迪亚》的故事背景设定在一个理想化的、田园式的乌托邦——“阿卡迪亚”，通过一系列错综复杂的浪漫爱情和政治阴谋故事，描绘了一些理想化的贵族角色。在故事中，西德尼展现了他对当时广泛讨论的话题，如爱情、战争、政治、道德和哲学等的深刻理解。文中充满了对古希腊和古罗马文学的引用和致敬，同时也受到了意大利文艺复兴时期作品的影响。《阿卡迪亚》代表了文艺复兴时期散文小说的一种重要形式，可以说是这一时期人类“希望通过文学表达理想”的一个典范。其次，《阿卡迪亚》的复杂结构和丰富内容，向后来的作家们展示了如何在散文中融入深刻的哲学思考和细致的心理刻画，其文学价值不仅仅在于它为当时的读者提供了娱乐和教育，更在于它对文学形式和内容的创新探索。

西德尼在《阿卡迪亚》中展现的高尚骑士理想和探索理想国概念，对后来的作家作品如斯宾塞（Edmund Spenser）的《仙后》（*The Faerie Queene*），甚至莎士比亚（William Shakespeare）的一些剧作都有所启发。此外，该作品对 17 世纪浪漫牧歌的流行以及小说形式的发展均产生了影响，尤其是在情节结构、人物心理描写以及叙事的多角度切换上，它确立了一些标准和先例。在整个英国文学传统中，《阿卡迪亚》经常被认为是早期现代英语散文小说发展的一个重要里程碑。

3. 资产阶级革命期间的散文

散文这一文学形式在英国资产阶级革命时期崭露头角，并且随着宣传册的大量印发而得到广泛传播，这也是当时社会变革的需求和文化特征的反映。从形式上来讲，与相对冗长、风格华丽的古典散文不同，这一时期的散文更简洁明了和逻辑严密，其目的在于向大众传递清晰的政治观点和革命思想。宣传册小巧便携，易于印发与流传，特别适合用来撰写简明扼要的文章，以宣传资产阶级革命的理念。从内容上看，这些散文多半围绕政治性的议题展开，如政府体制、个人自由、法律权威、经济发展、宗教宽容等。作者们通过辛辣的讽刺、犀利的批评和科学的论证，向读者揭露封建专制的落后和资产阶级自由民主的优越性。另外，这一时期的散文在语言风格上较为口语化、平实和直接，根据实际情况使用生动的比喻和例证，使得文本更便于大众理解，对于传播革命理念、黏合不同社会阶层之间的关系，声援资产阶级革命起到了重要作用。通过宣传册传播的散文作品，如约翰·洛克（John Locke）的《政府论》等，为资产阶级自由民主理念的普及奠定了基础，批判了君主专制，倡导政府的三权分立及法律至上原则。这些传世经典通过散文的形式，简明扼要地表达了革命理念，极大地激发了民众的思想觉醒和政治参与。

弥尔顿（John Milton, 1608—1674）是英国文艺复兴时期的杰出诗人、思想家和政论家。除了《失乐园》（*Paradise Lost*）等诗歌作品外，弥尔顿的散文创作同样在英国资产阶级革命时期扮演了举足轻重的角色。弥尔顿的政论文所体现的特征包括但不限于理性主义、革命性、宗教改革倾向、言论自由的倡导、对君主制和教会权威的批判等。

英国资产阶级革命时期的散文创作之所以具有这些特征，与其社会历史背景密不可分。在封建体制下，社会的上层建筑——宗教、法律、教育等——服务于封建统治和神权政治。资产阶级的兴起，以及随之而来的工商业发展、城市化进程、中产阶级的壮大，促使新的社会阶层对旧有的政治权威及社会秩序发起了挑战。印刷术的普及使得书籍和各类文本变得便宜易得，散文宣传册的大量印发成为辅助资产阶级革命的有力工具。

“王政复辟”（Restoration Period，大致对应于1660年至1700年间的历史区间）时期，英王查理二世回归英国，结束了共和国时期（即内战结束后的清教徒统治）并恢复了君主政体。这段时间，英国文学和文化经历了重大的转变，受到法国文化和文艺思潮的影响。查理二世在流亡期间曾在法国居住，回国后引入了许多欧洲大陆的文化元素，尤其是法国宫廷文化。这使得英国散文逐渐抛弃了此前较为生硬和复杂的写作风格，转而追求精练、清晰、合乎逻辑的表达方式，兼具优雅和机智，这一点在弗朗西斯·培根的散文中得到了体现。此外，在主题和内容上，英国“王政复辟”时期的散文呈现出一种世俗化和多样化的态势。在此之前的散文往往带有浓厚的宗教色彩，然而复辟时期的散文作品则更加世俗，反映了新兴市民阶级的价值观和利益。文人们撰写的散文不再局限于宗教或学术讨论，而是扩展到政治、科学、哲学，以及个人感悟和生活琐事。随后，是文体的多元化和对话体散文的普及。此时期的散文既包括议论文、日记、书信、行旅记等传统形式，也涌现出新的文体，如小品文、随笔以及对话体，如约翰·德莱顿（John Dryden）的《英语诗学》（*An Essay of Dramatic Poesy*）便以对话体形式探讨文艺批评。

讽刺和幽默是这一时期不少散文作家青睐的手法。在当时社会动荡、求新求变的特定文化氛围中，讽刺和幽默成为一种流行的表达方式，被广泛用于对当权者、社会现象和伦理道德的批评。乔纳森·斯威夫特（Jonathan Swift）和亚历山德尔·蒲柏（Alexander Pope）都是这方面的佼佼者，他们的散文尖锐、机智，充满了讽刺意味。

此外，风格上的明确性和精确性也是“王政复辟”时期散文的一大特点。由于科学革命和哲学思想的启蒙，对理性和逻辑性的追求影响了此时期的写作风格。散文试图精确表达观点，追求言之有物，用词考究，力图清晰而又简明。托马斯·斯普拉特（Thomas Sprat）在其《皇家学会史》（*History of the Royal Society*）中阐述了科学写作的明确性和精确性原则，表明了这一时期散文风格的转变。

4. 古典主义时期的散文

英国古典主义时期指的大致是17世纪末至18世纪末，代表性文学人物包括亚历山大·蒲柏（Alexander Pope）、乔纳森·斯威夫特（Jonathan Swift）和塞缪尔·约翰逊（Samuel Johnson）等人。

古典主义时期，英国的散文风格偏向简洁，语言精练，重视逻辑性和对称性。因为古典主义思想崇尚理性，强调秩序和规则，因此不鼓励过度的辞藻堆砌和感情流露。这一时期的文学风格和文艺复兴时期有些相似，都受到古希腊罗马文化的影响，尤其是都模仿拉丁文学中的篇幅相对紧凑、表达精练的风格。在此背景下，本时期的作家们力求其散文达到“自然”的流畅和准确无误。

可能是延续了“王政复辟”时期的散文风格，这一时期的散文作品也倾向于使用讽刺和幽默手法批判社会现象和政治弊端。例如，斯威夫特的《格列佛游记》（*Gulliver's Travels*）就通过荒诞的故事寓意批判了人类社会的各种弊端和愚昧。这一特点反映了当时对理性和批判性思维的推崇，以及启蒙运动倡导通过教育和知识传播改善社会的理念。

古典主义时期的散文经常探讨道德和伦理问题，反映了当时社会对个人品行和社会行为的关注。人文学科的复兴促使作家们在作品中探讨如何过上有道德和贞洁的生活。塞缪尔·约翰逊的作品就体现了这一点，他的散文强调道德哲学和人类的社会责任，鼓励读者在个人生活中保持高标准的道德。该时期的散文有着极高的实用性和教育目的。随着印刷技术的发展和阅读群体的扩大，散文成为传达知识、信息和社会思潮的重要媒介。报纸、杂志和小册子都是散布新思想的工具，这类作品普及了科学知识和哲学思想，促进了公众对重大社会问题的探讨。

德莱顿（John Dryden，1631—1700）是17世纪英国文学史上一个极具影响力的文学家、诗人、剧作家和文艺批评家。除了在剧作和诗歌方面的贡献外，他的翻译事业也是其文学成就的重要组成部分，对英国文学乃至整个西方文学翻译的走向产生了深远的影响。和大部分早期翻译工作一样，德莱顿并没有留下系统的翻译理论著述，但我们可以通过他的翻译作品、序言、前言以及批评文章等文本，来分析其翻译理论的大致轮廓：

首先，从德莱顿的翻译实践中，我们可以窥见一种追求意译而非直译的倾向。他对于原文的忠实度与自由度之间的辩证，概括出“词不达意”的观点。德莱顿认为，翻译作品应保持源语言的精神与风格，但不应受制于字对字的翻译，意义的准确传达比形式的忠实更加重要。

其次，德莱顿强调了翻译中的“妥协”或“折中”方法。在他看来，文学翻译不仅仅是艺术的复制品，也应该是亲情艺术形式的再创造。这意味着翻译者需要具备相当的文学才能，既要充分理解原作的文学价值，又要在目标语境中重现或保留这种价值，从而处理好忠实与美的平衡。

德莱顿也认为翻译者应当具备广博的知识，他在谈到自己的翻译实践时曾表明，译者需要阅读和理解大量的资料以增加作品的丰富性。在德莱顿的《贞观论》一书中，他提出了对翻译者的要求，包括对源语和文化的深入理解、良好的文学修养和审美能力以及务实的适应读者口味的能力。

德莱顿在进行翻译时，亦体现了某种对原文的“改善”，他在翻译过程中并不拘泥于原文局部，而是以提升原文的文学价值为目的，重新编排情节，加入新的内容，使作品更适合英国当时的审美和风格。这种以“改进”为标志的翻译实践，展示了德莱顿作为翻译家的自信和创造性。

最后，德莱顿对于翻译的理解和实践折射出他对语言、文化和创作自由之间的深入思考。在他看来，翻译不仅仅是语言的转换，更是跨文化交际与艺术创新的载体。尽管在实践中德莱顿的方法可能会因时代背景而有所局限，但他关于翻译的主张至今仍具有启发意义。

德莱顿在翻译事业上的显著成就之一是对古典文学作品的翻译。他翻译了荷马、维吉尔等古典诗人的作品，使这些文学巨著得以在英国本土的读者群中流传。他的翻译不仅仅是文字的简单转换，还崇尚忠实原著同时又注重文学性，努力在保留原作精髓的基础上捕捉和传达作者的风格、韵律和节奏。德莱顿翻译的方式具有创新性。他尝试使用了“模仿原作”（imitation）的翻译理念，强调译者的创造性和个人风格对于作品的重塑。德莱顿的翻译不仅局限于个人的文学活动，而且在一定程度上推动了当时翻译行业的发展。当时，翻译工作开始受到英国社会和文学界的更多关注，也逐渐成为文学创作的重要领域之一。德莱顿的成功翻译实践和理论阐述，对后来的翻译家和作家产生启发，推动他们以更高的标准、更多的创意进行翻译工作。

德莱顿通过翻译，使英国读者能够接触到更多的国外文学作品，促进了跨文化交流和理解。在当时的英国社会，人们对外国文化有着浓厚的兴趣，德莱顿的翻译不仅满足了读者的需求，也增强了英国与其他国家文化的联系与交流。这不仅仅是对语言的翻译，更是对思想、艺术和文化的交融与传播。

（四）18 世纪—1954 年的英国散文

1. 新古典主义时期的散文

英国新古典主义时期的散文文学，是在一系列历史背景、社会氛围与文化倾向的共同作用下逐渐成形、发展并达到鼎盛的一个文学流派。这一时期，英国社会经历了从封建制度向资本主义过渡的阵痛，君主专制被渐渐削弱，议会权力逐步加强，市民阶级逐渐崛起，人们的思想观念和价值取向也在逐渐发生着转变。因此，这一时期的散文文学不仅反映了时代的特点，而且形成了一种富有理性，追求秩序和和谐的艺术风格。

理性主义是新古典主义时期的核心思想。这一时期的散文作品，无论是政治论述还是文学批评，都倾向于强调理性与逻辑。作家们致力于探讨人类行为、社会政治和道德伦理等问题。他们追求真理和客观性，相信借由理性分析能够达到人类行为和社会结构的完善。

新古典主义时期的散文文学在形式上呈现出多样化的特点，诸如论文、讽刺文、旅行记、传记、书信、日记等不同的文体都得到了发展。但无论形式如何多样，散文都坚持一种规范化的趋势，强调文体和体裁的规则性，追求形式的完美和秩序。

新古典主义散文文学的特点形成，是多方因素共同作用的结果。如前所述，英国的社会政治变革为新思想的引入与传播提供了土壤；同时，科学革命期间的众多科学发现，以及启蒙运动中对理性和逻辑的推崇，也为新古典主义的理性主义特点提供了哲学基础。扩展的市民阶级带来了对文学作品的大量需求，而印刷技术的进步使得书籍更为普及。这意味着作家有了更大的创作空间和更广泛的读者群体，从而推动了文学风格的创新和交流。

2. 启蒙主义时期的散文

英国启蒙运动时期（大约在 18 世纪）的散文文学是信息流通加速和知识兴盛的时代产物，深受当时思想、文化、政治和社会变革的影响。从时代背景来看，18 世纪的英国处在工业革命的前夕，科学与理性精神的兴起对文学产生了深远影响，启蒙主义者对理性和人类自身的能力寄予厚望，他们的理念在散文中得到了生动的体现；同时，政治上的自由主义和市民阶层的崛起为文学提供了新的主题和表现对象。

随着印刷技术的发展和文盲率的下降，更多人能够接受教育，这一现象同时促进了阅读习惯的养成和对理性思维的追求。书籍和报刊作为商品在市场上流通，刺激了文学创作的商业化和专业化，作者需要考虑读者的兴趣和市场的需求。咖啡馆、沙龙、俱乐部等公共场所的出现为人们提供了交流思想的场所，同时也成为散文文学创作和传播的社会基础。在理性与启蒙时代精神驱动下，散文文学不仅是艺术形式的呈现，也是推动社会进步、揭示普遍真理和批判现实不合理之处的重要武器。政治自由主义的兴起以及对理性的强调促使文学作品中出现反对专制和迷信的声音，这些都反映在对散文形式的严密论证和理性批判中。

启蒙时期的散文作者通常倾向于使用理性、逻辑的方式表达思想，作品展现了明确的结构和扎实的论证，追求逻辑的严密和语言的清晰；许多作品承担起教育与启蒙的功能，作者致力于通过作品普及科学知识、哲学思想及批判迷信和专制，如伏尔泰的《哲学字典》及卢梭的《社会契约》。

散文文学成为公众交流思想、讨论社会问题的平台。记者、杂文家和评论家如艾迪生、斯蒂尔、塞缪尔·约翰逊等人都曾在报纸、杂志上发表作品，对公共问题提出看法，与公众形成互动。启蒙时期的散文家们通常具有很高的文学素养和语言掌控能力，他们在作品中运用了多种修辞手法和丰富的词汇，使文章既具有哲理性也不失文学魅力。

启蒙运动时期，报刊文章和文论所涵盖的主题广泛，涉及政治、宗教、哲学、科学、经济以及伦理等。在当时，公众讨论的主题包括尊重个人自由、赞扬理性与科学、关注社会公正与进步等。例如，约翰·洛克的政治哲学在当时广受关注，而亚当·斯密的经济学著作也在报刊文章中引起了广泛讨论。在社会功能上，这一时期的报刊文章及文论作为公共领域的重要组成部分，为不同的声音提供了讨论和传播的空间，从而促进了民主和公众参与的精神。这些散文作品通过辛辣的讽刺、深入的分析和广泛的社会议题讨论，培养了公众的批判性思维能力，并促进了公众理性的发展。

随意体和理论文章（如日记、书信、游记等）作为散文的两个重要子类，不仅体现了时代的文化气息，也呈现出一些鲜明的特点。

首先，随意体散文主要是以个人角度和个性化风格来叙述个别主题的文体。这种体裁在英国启蒙时期往往涉及对社会风俗、政治论述、哲学思考或文艺评论的散漫书写。这类写作以清新自然、不拘泥于传统文学形式的语言表达而著称。它在形式上较为自由，不受古典修辞的束缚，将个人的直觉、情感含蓄或直白地揉入文字中，从而展现了作者的个性和独特视角。如一些随笔作品，就是作者在某一时刻灵光一现的产物，它们不追求系统的论述，而是呈现出一种即兴、随性的写作风格。

理论文章则通常以较为正式和客观的写作风格呈现，涵盖日记、书信、游记等多种形式。这类文体注重逻辑严谨和论据充分，旨在传递信息、讨论理论或展示研究成果。英国在启蒙时期的日记作为一种私密的自我表达形式，通常记录了作者日常生活中的点滴和对个人时事的看法。书信既有日常交流的私信，也有公开信或文人间的书札，后者往往是撰写者展示其才华、交换思想的平台。而游记则是作者在旅行过程中的所见所闻之记，它不仅反映了作者的主观体验，通常也包括对民俗、历史、地貌等方面的描述和思考，游记作为一种颇具启蒙特色的散文文体，不仅可以传递信息，也是探索和描述世界的重要手段。

此外，无论是随意体散文还是理论文章，英国启蒙时期的散文文学普遍体现出理性、反思和批判的精神。许多作品都试图通过文字来审视传统观念、提倡新的思考方式，并对社会习俗、政治制度以及道德观念等提出疑问或改革建议。这一时期英国散文的另一个显著特点是公共性的增强，作品往往面向广泛的读者群，包括新兴的中产阶层，内容和话题更加多样化。由于报纸、杂志等媒介的普及，散文以言简意赅和接地气的风格赢得了大量读者。

3. 工业革命时期的散文

18 世纪中叶到 19 世纪中叶这一时期，不仅是英国工业和经济飞速发展的时期，也是文学形式和风格转变的重要时期。工业革命时期，科学技术的进步和工业化的需求推动了对实用性文本的需求，这种需求促使散文作者生产出大量的技术手册、工业报告、指导手册、经济分析和科学论文，此时期的散文作者往往摒弃了先前文学作品中的浪漫主义和过分夸张的修辞，倾向于实证，他们用精练、直白的文字说明问题、陈述观点，营造出一个崇尚科学和理性的社会氛围。

工业化进程中出现的社会问题，例如劳资冲突、妇女和儿童劳工问题，以及城市化带来的贫困和疾病问题，政治和改革议题成为散文创作的重要内容。政治论述和社会改革宣言极大地推动了公共议事场合的讨论和立法机构的活动。

感伤主义（Sentimentalism）是工业革命英国文学创作中的一股显著潮流，这一时期恰逢工业革命彻底改变了英国的经济、社会结构和人民的生活方式。感伤主义文学作品特别强调情感的直接表达和寻求同情心的触动，其流派的文学创作重视个人的内心体验与道德情操，经常以耽于感伤、强调同情与爱、关注弱者命运为主题。工业革命期间，社会发生了空前巨变。城市化进程加快，人们从乡村涌入城市，寻求在工厂的就业机会。然而，这也导致了严重的社会问题，如贫穷、环境污染、工人阶级的被剥削和疾病。在这样剧烈的社会变动中，感伤主义作为一种文学反映，不仅彰显出对受工业化侵害者的同情，也成为逃避现实、追求心灵慰藉的手段。感伤主义作家多利用文学作品探讨个人与社会环境的关系。他们通过对人物的深入刻画，反映了人性中的善良和悲悯，并借此批评当时社会的不公。感伤主义作品中人物常常感情丰富、泪流满面、心怀慈悲，对不幸者产生强烈同情，表现了作者对社会的深切关怀。

这些特征在一些著名的感伤主义作家作品中得到了体现。例如，劳伦斯·斯特恩（Laurence Sterne）在《情感之旅》（*A Sentimental Journey*）中探索了主人公旅行时的情感体验，以及他对遇到的各种人和事物如何产生同情和慈悲。此外，奥利弗·哥尔德史密斯（Oliver Goldsmith）的《牧师的遗产》（*The Vicar of Wakefield*）通过对一个受苦受难的神父家庭的刻画，展现了他们在社会变迁中为维持道德善良所做出的努力。

感伤主义对读者群体的影响是深远的。这一期间的文学透过感情和道德教化的渠道启发了公众的道德感与同情心，促使更多人关注并提倡社会正义。感伤主义的作品往往使用第一人称叙事，增强了与读者的情感联结，使读者更容易置身于故事之中、感同身受。感伤主义对文学自身也产生了影响，推动了自传体、书信体等文学形式的发展，并影响了小说的内在叙事技巧，诸如通过情感丰富的第一人称叙述来强化读者与文本间的直接联系。另外，这一时期文学作品对描述细节的关注，包括对自然环境的秀美描写，对日后的自然主义和浪漫主义文学有所启迪。

4. 浪漫主义时期的散文

英国浪漫主义时期大约起始于 18 世纪末，延续至 19 世纪中叶。笼统地来说，浪漫主义时期的散文通常强调个人情感的自由表达、对自然的崇拜、对工业化进程中丧失的人性关怀的追寻，以及对传统观念和形式的挑战。浪漫主义时期的散文家们摒弃了新古典主义时期理智至上、讲究对称和平衡的创作原则，他们倾向于通过文字表达强烈的情感和个人体验，如崇高、恐惧、欢欣、悲哀等。浪漫派散文注重个性的显现和对自我意识的探索，作家们将内心世界深处的自省呈现于纸上，常透过第一人称的自述，让读者感受到作家强烈的个性和独特的视角。散文中充满了对自然美景的描写和对田园生活的理想化，作家们通常将自然视为灵魂的庇护所，反映出对日益工业化的社会的批判和对过去单纯生活方式的怀念。另外，浪漫主义作品往往采取非正统的结构，不局限于固定的形式或模式，从而使作品显得更加生动和有吸引力。

浪漫派对情感的表达、对个体的关注以及对形式的突破，在现代主义和后现代主义文学中得到了持续的体现。作家们在探索人的内心世界、情感以及对传统形式的解构方面，都受到了浪漫主义散文的深远影响。在探讨人类心灵和个体体验方面，浪漫派散文家们的作品与后来精神分析学的一些主题相呼应，影响了心理学、文学批评等领域对人类精神生活的探讨。

（五）1960 年至今的英国散文

从 20 世纪至今，英国散文经历了多样化和飞跃性的发展，这一时期的英国散文呈现出实验和创新的趋势，以及对社会变迁、文化身份和语言探索的深刻反思。英国散文的文学特点在于多元化的题材、风格和表现手法，并且在这一时期，散文作家们逐渐关注个人的内心意识和社会的细微变动，将内在心理和外在世界的碰撞以及前沿的思维方式呈现出来。

在后现代主义和结构主义思潮影响下，英国散文作家尝试各种新的叙述技巧和结构设计，打破传统故事叙述的连续性，加入元小说 (narrative metafiction) 的元素，寻求文学表现和哲学探索的结合。在现代心理学的影响下，英国散文作家重视对人物内心世界的精细刻画，深度剖析人物情感和潜意识，增强了作品的心理真实感和深度。

随着全球化发展和大量移民的融入，英国散文开始反映不同文化背景和社会阶层的多样性。这也为散文的语言风格、主题和视角带来了新的活力。散文作家不遗余力地通过作品反映和批判当下社会的不同问题，如阶级差异、性别不平等、种族歧视等，力求触及更广泛的社会价值和道德议题。散文作品在风格上呈现出极大的多样性，从早期比较接近现实主义的叙事方式到后期的先锋性、断裂性文本，英国散文允许和鼓励个性化的文体发展。

较有代表性的散文作家有：

理查德·道金斯（Richard Dawkins）以科普作品《自私的基因》著称，道金斯以其犀利的语言和深入浅出的叙述将复杂的科学理论普及给大众，同时展现了科学探究与文学表达的结合。

伊恩·麦克尤恩（Ian McEwan）的散文作品常通过紧张的情节和心理描写探讨道德问题和人性的复杂性，叙述技巧和对细节的精湛描写使他成为当时英国最受尊敬的小说家之一。

朱利安·巴恩斯（Julian Barnes）以精致的散文和丰富多变的文体闻名。从巴恩斯的作品中我们可以看到传统的线性叙述与非线性、断裂叙事的融合，以及对历史、记忆和身份的深入探讨。

马丁·艾米斯（Martin Amis）以犀利的讽刺和灵巧语言闻名，艾米斯的作品中常常出现对当代社会和文化的辛辣批判，语言上富有创造性，表现出一种个性化的文学风格。

威廉·萨默塞特·毛姆（William Somerset Maugham）是英国著名小说家、剧作家和散文家，其以独特的文学风格和人文主义关怀在世界文坛上占有重要地位。

毛姆在散文创作中追求言语的简洁与精练，他的文笔清晰，表达能力强，语言流畅自然。他不使用冗长复杂的句子结构，偏好直截了当，表达方式能够直接抵达读者心灵。这种对简洁性的追求不仅让他的作品易于阅读，也使得深刻的思想和观察以一种轻盈而优雅的方式传递给读者。毛姆的散文体现了他对人性和社会的敏锐观察。他探讨的主题广泛，从个人的心理状态到社会文化的各种现象，他都能以一种旁观者的视角进行描绘和分析。尽管如此，他的观察并不冷漠，而是在细腻入微中透露出同情和理解。毛姆自身多样化的生活经历，比如医学背景、旅行经历以及同性恋倾向，为他对复杂人性的探寻提供了独特的启示。

讽刺与幽默是毛姆散文的另一个显著特点。他经常通过幽默的语言和讽刺的手法来表达对人性的看法，这使得他的作品具有了一种轻松诙谐的气质。毛姆的幽默往往蕴含着智慧，讽刺则常常揭示出社会与个人的矛盾。这种幽默讽刺的风格，使得读者在享受文学美感的同时，也能深思作者传达的深层含义。

毛姆的散文中始终充满了强烈的人文主义情怀。他对人的尊严和个体价值的关注，反映在他对不同社会群体、不同文化和个体经历的描写中。即使在面对生活的不公和悲剧时，毛姆也总能表现出对人类状况的同情和理解。

二、美国散文的发展

（一）1500 年—18 世纪的美国散文

在早期殖民时代，许多散文作品以宗教教义、道德修养和生活指南为主，充斥着对清教徒严格道德法则的阐述和社会实用精神的宣传。教化和启迪是散文创作的重要目标。许多散文中都体现了探索者对新大陆壮丽景象的赞叹与神秘主义思想，许多散文作家将对大自然的描绘与神的旨意联系起来，认为大自然是上帝的创造，并在其中寻求对宗教和哲学问题的答案。

除此之外，散文作家们还热衷于记录新大陆的开拓经验、定居者与原住民的互动以及各种自然环境。早期的探险家、殖民者和传教士等，他们的写作以日记、信件、探险报告和历史记述为主。

随着 18 世纪启蒙运动的影响，美国散文开始脱离单纯的宗教议题，逐渐向理性主义、科学精神和民主思想的探索转变。代表人物如托马斯·潘恩的《常识》和本杰明·富兰克林的自传与著作等，这些作品展现了散文从宗教到科学、从神学到人文主义的转变。

在独立战争前夕及其之后，散文作品常常作为政治宣传的工具，如托马斯·潘恩的小册子激发了独立战争的热情，同时也有众多的宣言文书、演讲和辩论记录出现，这些都体现出散文在思想启蒙和政治斗争中的重要作用。

（二）18 世纪—1960 年的美国散文

1. 超验主义与后期浪漫主义散文

超验主义与后期浪漫主义在 19 世纪 30 年代后期的美国文学中占据了重要的地位，这两个文学流派代表着该时期美国文化和思想的发展态势。当时的文学作品不仅折射了作者对于宗教、哲学、自然和人类个体经验的深入思考，同时也表现了对于当时社会现实的积极回应。

超验主义运动的核心思考认为世界上存在着高于经验的知识形式，这种知识可以通过直觉和个人的内在体验来获得。超验主义者批判了当时盛行的经验主义和物质主义观点，认为真理并不仅限于感觉经验，而是深藏在个体的直觉和灵魂深处。他们强调个人直觉的重要性，并认为人类有能力超越物质界限以及社会与宗教传统的桎梏，直接体验宇宙的本质。这一点可以在拉尔夫·瓦尔多·爱默生和亨利·戴维·梭罗的作品中看到。

拉尔夫·瓦尔多·爱默生是超验主义的核心人物，他的作品《自然》和《美国学者》等都体现了他的超验主义思想。在这些作品中，爱默生强调了个体理解自然和发现自我的重要性。他相信人类心灵与自然界之间存在一种内在的、神圣的联系，通过深入的自然体验，人们可以揭示宇宙的法则。爱默生鼓励人们争取自由，探寻个人独立，从而实现自我完善和精神自由。

亨利·戴维·梭罗在其著作《瓦尔登湖》中，深入阐述了简朴生活与深度沉思的理念。梭罗在湖畔小屋中的两年生活，是他追求自我实现的实践。他在这部作品中强调，与自然的紧密接触，人们可以更好地认识到社会世俗的虚伪，从而通过对自我的深入探求来达到精神的自由与独立。

此外，超验主义还影响了诸如玛格丽特·富乐和布朗森·阿尔科特等作家，他们的作品同样表现了对个人直觉与直接体验的重视，对社会进步和改革的积极探讨。

后期浪漫主义散文，正如其名，更注重情感和想象。这种风格的作品往往带有强烈的个人情感和对情感深度的探索。作家们倾向于塑造复杂的人物，通过他们的内心世界来反映人类经验的纷繁与深邃。这种文学中常见的主题包括自然、幻想、历史、传统以及民族特色。这一时期的文学作品常常以一种批判现实的姿态出现，其批判往往针对的是工业革命带来的社会不公以及城市化、工业化进程中个体的差异问题。

有代表性的后期浪漫主义作家包括埃德加·爱伦·坡和纳撒尼尔·霍桑。埃德加·爱伦·坡在创作中崇尚美的观点，通过对死亡、恐怖、失落和爱的描写，来表达一种超越现实的情感力量。他的作品如《乌鸦》和《红死魔的面具》等，令人联想到人类心灵深处的恐惧与渴望。坡的作品不仅充满了悲剧色彩，同时也体现了美与哀愁的深邃哲理。纳撒尼尔·霍桑则在更多元的作品中展现了复杂的角色和道德困境，如《红字》探讨了辜负、罪恶及救赎的问题，而《七角楼》则透过一系列寓言式的故事展现了道德选择的复杂性。

2. 现实主义散文

19 世纪中叶的美国社会经历着剧烈的变革，包括工业革命的冲击、城市化进程的加速以及南北战争后的种种社会问题。这些社会现实成为现实主义散文的丰富素材。现实主义作家通过笔触描绘民俗风情、社会矛盾与制度漏洞，他们不仅关注外部世界，同样也深入挖掘人物的内心世界。他们通过细致的心理分析，揭示出人物的复杂性情与潜在动机，反映个体在社会与自然环境中的挣扎。

为了呈现生活，现实主义散文中的语言往往摒弃浪漫主义的夸张和华丽，采用更加质朴、精练、接近口语的表达方式。在叙述中透露出一种对平凡生活的尊重和对普通人的认可。现实主义作家通过描绘各阶层人物和不同社会背景，展现社会的多样性。从这一时期的作品中，我们可以看到农场工人、富裕商人、社会边缘人士、政治精英等各式各样的角色。美国现实主义散文常常具有一定的批判性质，作家们通过观察社会不公与伦理道德问题，对社会现象进行揭露与批判。例如，马克·吐温通过《哈克贝利·芬历险记》批判了种族歧视，亨利·詹姆斯通过对个人心理的探讨，展现了人性的矛盾复杂。

尽管现实主义强调内容的真实性，但在叙事方式上，许多作家并不满足于传统直白的叙述，而是尝试了如意识流、不同视角切换等新的叙事技巧，为散文增添了艺术价值。

（三）1960 年至今的美国散文

从 1960 年至今，美国散文文学经历了许多阶段，每个阶段都反映出不同的文化、社会及政治背景。在这段漫长的时间里，美国散文不断发展演变，展现了丰富的文学特点。

20 世纪 60 年代是政治和社会动荡的十年，这对于文学作品的内容产生了深远影响。美国社会在这一时期渐渐步入多元化，基于种族、性别、阶层、性取向等维度的独特视角在文学中得到体现。作为文学的一种形式，散文开始探索和表达多元文化，涌现了一系列描述非裔美国人、拉丁裔美国人、亚裔美国人及其他少数族裔经验的作品。

在20世纪60年代和70年代，一种称为新日记主义（New Journalism）的文体崭露头角，代表作家如汤姆·沃尔夫（Tom Wolfe）和特鲁曼·卡波特（Truman Capote）等人采用小说般的技巧来呈现非虚构的事实。他们将深度报道和文学手法相结合，创造了富有叙述性和描绘性的散文作品。新日记主义注重个人观点和感受的表达，旨在揭露更深层次的真相，对随后的散文写作产生了深远影响。

后现代主义对20世纪60年代之后的美国散文有特别影响。在后现代文学中，散文经常采用断裂的叙述、非线性的时序、自我参照和讽刺等技巧。一个典型的例子是托马斯·品钦（Thomas Pynchon）的作品，其文本结构复杂，充满了元小说性质，挑战传统的叙述形式。后现代主义散文常常质疑现实和虚幻的界限，模糊主体和客体的关系，接纳多元解释。

20世纪80年代和90年代，随着社会商业化和全球化的加快，美国散文开始关注日常生活和消费文化。作家们如雷蒙德·卡佛（Raymond Carver）和安妮·泰勒（Anne Tyler），他们的作品探讨了普通人的日常困境和情感世界。在这些写作中，简洁清晰的风格和对日常细节的敏感捕捉是对20世纪早期现代主义复杂性的一种重现。

进入21世纪，技术变革和互联网的普及改变了人们的阅读习惯，也对散文的写作方式和传播方式产生了影响。电子书和博客成为常见的写作和阅读平台，散文变得更加碎片化。据此，作家们在散文中融入多媒体元素，故事的叙述模式愈发多样化。如大卫·福斯特·华莱士（David Foster Wallace）的作品，充满了注脚、嵌套叙事和自由联想，这些元素使得阅读变成了一个参与和解构的过程。

第三节　英美散文翻译的语篇理论

一、深入理解原文并建构译文

在语言学理论中，语篇（text）是指由一个或多个句子构成的语言单位，它具有连贯性、完整性和话题性。与单个句子相比，语篇更加复杂，包含着更为丰富的语言信息。

语篇与文体、语用等方面都有重要的联系。不同的文体对语篇的结构、语言使用和表达方式都有所不同，语用因素则会影响语篇的内容、语言风格和传达的信息。因此，语篇的构建不能只考虑语法和词汇，还需要考虑文体和语用等多方面的因素，以确保其有效传达所需的信息。

语篇理论的主要内容包括词汇选择、语法结构、修辞手法等，旨在探究作者的意图和观点的表达方法，并引导读者对话题的理解和认知。通过语篇分析，读者可以揭示语篇的结构和组织、语言使用和语用功能，以此了解作者的思想；同时，语篇理论也广泛应用于语言教学、翻译、写作等领域，能有效提升语言应用能力。

在语言使用中，单个的词、词组和句子的所谓“好坏”往往取决于其所处的上下文环境。语言是一种社会交流工具，其作用是传递信息和表达意义。在实际表达过程中，词、词组和句子往往需要与其他语言单位相互配合，构建连贯的话语环境，只有这样才能准确地传递意义和信息。因此，离开了连贯的话语环境，单个的词、词组和句子往往变得模糊不清或不完整，也无法被单独评价为“好”或“不好”。所以，在翻译和理解语言时，考虑上下文的连贯性非常重要。

综前所述，语篇理论认为语篇的产生是为了实现特定的交际目的和信息传递；强调语篇是由句子组成的整体，句与句之间存在着紧密的关联和衔接；语篇中句子之间要保持连贯性，即句子之间的衔接要顺畅自然。翻译英美散文时，译者可以通过运用语篇理论的相关知识，把握源语语篇的结构和脉络，从而更好地理解原文的意义和信息传递方式；通过分析源语句子之间的连贯关系，运用相应的翻译技巧和策略，使译文在语义上和结构上与原文保持连贯，确保信息的准确传递。在翻译英美散文时，译者需要理解源语语篇的意图和信息传递原则，把握作者的表达意图和目的，以便准确地传达原文中的所有信息。

二、主次分明，逻辑清晰，意义连贯

在表达和传递信息时，需要按照一定的线性顺序排列语言：首先，语言是由词、短语和句子组成的，按照一定的语法规则和语序进行排列，使其形成具有结构和逻辑的句子和段落，这种线性排列的方式使得读者或听者能够按照特定的顺序逐步理解和接收信息。其次，在写作过程中，作者会按照一定的逻辑思维和语法规则，将自己的思想和意图转化为连贯的语言表达，如遵循时间、空间、因果

关系等线性结构，将信息有序地呈现给读者。所以，在翻译过程中，译者也需要按照源语的语法结构和语序，将其转化为目标语的相应结构和序列，确保译文与原文在语法上和逻辑上保持一致，让读者能够以同样的顺序理解和接收信息。

人类的思维和感知基于时间的连续性运作。我们对信息的处理和理解通常是按照时间的先后顺序进行的，这种时间性的顺序性使得我们能够逐步接收、组织和理解信息，从而建立起一个连贯的认知结构。如果一篇文章将多个线索同时呈现在一个平面上，读者可能会感到困惑和混乱，因为一般人的大脑很难同时处理和理解多个不相关的信息，会导致信息的碎片化和难以建立起整体的理解。而将线索按照时间顺序进行排列，作者就能够逐步引导读者的思维和注意力，帮助他们更好地理解和组织信息，这样做有助于建立一个连贯的故事结构或论证逻辑，让读者更好地理解文章的内容。

因此，译文中适当的段落分割可以提供平滑的过渡，引导读者从一个主题或观点转移到另一个主题或观点；段落的明确性可以帮助强调文章的重点和关键信息，将相关的观点、论证或例子放在同一个段落中，可以突出它们的重要性。适当的段落分割可以将杂乱的信息整合成有条理的结构，或将复杂的观点和长篇幅的论述划分为小块，以便更好地解释和展开其中的细节，提供更清晰、更易读的译文。

英美散文语段的主要成分可以是一个句子或一组句子，其是语段最重要、最核心的部分，它包含着作者主要表达观点和论证的关键信息，起到引导和支撑整个语段的作用；附属成分则是对主要成分的进一步解释、支持或补充，包括修饰成分、解释成分、例证成分等，以增强主要成分的说服力和可理解性。主要成分和附属成分之间的关系是一种从属和补充的关系。主要成分是语段的核心，附属成分则在其基础上提供额外的信息，以丰富和支持主要成分的意义。这种组合使得语段更加丰满、有层次，并能够更好地传达作者的观点和意图。

三、原文与译文意义相当

一个完美的语篇必须由许多不同的元素组成，这些元素必须相互关联、相互支持，形成一个整体。同样的，一个完美的译文也需要尽可能地保持原文的有机统一性，不仅要准确地传达原文的含义和情感，还要在表达方式上与原文保持一致，使得整个译文看起来更加自然、流畅。因此，一个好的翻译家需要具备广博的知识背景、良好的语言表达能力和敏锐的理解力，以便将原文的意思和情感传达给读者并让读者产生与原文相似的感受。

所以，在翻译时，跳出单独的单词或句子，从语段甚至全篇的整体角度安排译文是非常重要的。译者除了要仔细阅读原文，了解文章的背景、主题和逻辑关系外，还要确保在整篇文章中使用一致的词汇和短语，以维持文章的连贯性和统一性。避免在不同部分使用不同的翻译，以免给读者造成困惑。译者要理解原文的篇章结构，包括段落之间的过渡和逻辑关系，尽量保持译文的段落结构与原文一致，并使用适当的过渡词来连接不同部分；注意原文的语体和风格，并努力在译文中保持相似的语体和风格，比如，如果原文是正式的，译文也应该是正式的，如果原文是幽默的，译文也应该尽量保持幽默。

只有从整体上考虑译文，才能确保译文在语言表达上的连贯性。译文应该像原文一样流畅自然，而不是一连串孤立的单词或句子。这样可以使读者更容易理解和接受译文。理解整个语段或上下文，可以更准确地理解原文的含义和作者的意图，避免误解和错误翻译。

每个作家都有自己独特的语言风格和语体，这种风格对于传达作者的声音和情感非常重要。通过从整体上考虑译文，译者可以更好地保持原文的风格和语体。这样，读者在阅读译文时，也可以有更接近原文的阅读体验。

此外，某些修辞手法和语言特色在整个语段或篇章中起着重要作用。将单词和句子放入整体语境中考虑，可以帮助译者保留原文中的修辞效果和语言特色，对于传达作者的情感和表达方式非常关键。

四、处理好整体与细节的关系

在文学翻译中，不同的文学体裁（如小说、诗歌、戏剧等）和篇章结构（如线性叙事、非线性结构等）都具有独特的语言风格和表达方式，因此需要有针对性地选择合适的翻译策略和技法。线性叙事结构较为简单，翻译时需保持故事的连贯性和逻辑性。而非线性结构则需要处理好时间和空间的转换，翻译时需要注重原作的跳跃的和错综复杂的叙事方式。

在开始翻译之前，译者应该仔细阅读整篇散文作品，确保对整个语篇有一个整体的把握，理解散文的主题、结构和逻辑关系对于准确翻译非常重要；翻译过程中，应该特别关注上下文信息，包括前文和后文的内容、逻辑关系和修辞手法等，理解作者的意图并保持一致性。如果遇到不熟悉的文化、历史、地理或其他领域的内容，应查阅相关的背景资料来增加对上下文的理解，或主动与原作者、编辑或其他相关人士进行沟通与交流，以获得更多的背景信息和解释。

五、确保语篇连贯

（一）结构调整

在建构译文连贯结构时，有两个重要的要素需要考虑：逻辑关系的重新确立和线性顺序的重新排列。

逻辑关系决定了信息在语篇中的组织方式，而线性顺序则是将这些信息按照一定的次序呈现给读者的方式。首先，尽管逻辑关系是一种普遍的认知和思维方式，但由于英语和汉语的语言结构和文化差异，同样的逻辑顺序在不同语言的语篇中的线性顺序未必相同，因为英语和汉语有不同的语法和句法结构，在表达逻辑关系时会使用不同的句子结构和连接词；其次，英语和汉语的文化背景和思维方式也存在差异，对逻辑关系的表达和行文的线性顺序有深刻影响。综上所述，译者在翻译过程中需要考虑这些差异，并根据目标语言和受众的需求进行调整，以保持译文的连贯性和易读性。

在翻译过程中，译者需要重新确立原文中的逻辑关系，以保持译文的连贯性。逻辑关系包括因果关系、对比关系、转折关系、并列关系等。译者需要理解原文中的逻辑关系，并在译文中使用适当的连接词、短语或句子来表达这些关系。例如，如果原文中存在因果关系，译文就应使用“因为”“所以”等词语来表达这种关系，使译文更加连贯。

如果原文采用了某种线性顺序来组织内容，则在翻译过程中，由于语言结构和文化差异等原因，可能需要重新排列译文的线性顺序，以保证内容的逻辑和连贯。译者需要根据原文的意义和逻辑，在译文中重新组织句子和段落的顺序，如重组句子、调整段落顺序或添加过渡性语句等。最重要的是确保译文在语言和逻辑上都能够流畅地传达原文的内容。

（二）语用调整

在翻译活动中，有时译文无法通过重新组织或调整句子和段落的结构来实现语篇层面的流畅性和逻辑性。这种情况通常可能是以下几种原因导致：

原文中的句子结构因为语法、修辞或风格等因素，在语篇中难以被直译或调整为目标语言更易理解和接受的形式。

原文中的逻辑关系在目标语言中难以准确传达，译者难以通过改变句子排序或结构来明确表示原文中的逻辑顺序和关系。

不同语言的文本可能遵循不同的语篇结构和组织模式。当原文的语篇结构与目标语言的常规表达方式或读者预期存在显著差异时，仅通过简单调整可能无法使译文达到自然和连贯的效果。

原文中某些表达与特定的文化背景、历史语境或特殊语域紧密相关，译者很难在不影响原文意义和风格的基础上对译文进行调整，以适应目标语言文化的阅读习惯。

在译文中，如删除必要信息或添加无关信息，可能会导致语篇的连贯性受损。要解决这个问题，译者应在尽量保留原文原意的前提下，根据目标语言的语法和语篇结构特点，改变句子的结构来提高译文的连贯性；有时，可以适当添加译注或者解释性信息，帮助读者理解与文本相关的文化或背景信息，增强连贯性。

第四节　英美散文翻译原则与实践

一、散文翻译的基本原则

（一）声响与节奏

散文的“节奏性”是指文章中的语言、句子和段落之间的有序节奏感。它是通过合理的词汇选择、句子长度和结构、重复和平衡等手法表现出来的。与具有明显节奏旋律的诗歌相比，散文的节奏更加自由和灵活。诗歌通常会使用韵律、格律和押韵等技巧来强调其音乐性和节奏感，而散文则更注重自然流畅的语言表达和情感的传递，通过短句、长句、简单句和复杂句的交替运用，使得文章的节奏感更强。散文的段落安排和篇章结构也对节奏有影响，合理的段落划分和过渡可以使文章在整体上呈现出一种有序和谐的节奏感。

即使是结构松散的散文，其节奏仍然有内在规律，因为散文的节奏是由语言和思想的表达方式所决定的，而不完全取决于文章的结构。散文作者同样可以通过遣词造句手法让句子和段落之间建立有机联系，使得文章整体呈现出一种流畅和谐的节奏。散文的节奏还与作者的写作风格和思想倾向有关，作者的语言习惯、情感体验以及对世界的认识和观察等都会影响文章的节奏，即使文章的结构并不紧密，作者也可通过情感的流露和丰富的思想内涵来打动读者，并在无形中赋予文章以有序的节奏感。

首先，在散文的翻译中，声响和节奏是非常重要的因素，会影响到翻译的质量和效果，也会对读者产生不同程度的影响。翻译者需要选择合适的译文来传达原文的节奏感，保持文章的韵律性。其次，散文的声响和节奏还会影响读者的阅读体验，好的翻译应该能够在传达原文意思的同时，让读者感受到与原文相似的节奏感和声响。最后，散文的声响和节奏还可以反映出作者的写作风格、心态和情感。在翻译时，翻译者需要通过了解原文作者的写作背景、文化背景和情感体验等来理解原文的声响和节奏，并尽可能地保留原文的风格和情感，让译文更加贴近原文。

另一方面，要准确地再现原文的字句韵味，译者需要分析原文中句子的结构和长度，观察句子的变化和排列顺序，以及句子之间的联系；总结原文中使用的修辞手法，如比喻、象征、反复、对偶、排比等，这些修辞手法往往会影响原文的声响和节奏；注意原文中的用词和表达方式，包括词汇的选择、句子的构造和语法的运用；尝试理解原文作者的写作风格、心态和情感，以及原文所处的文化背景，考虑作者想要传达的情感氛围和意境。

（二）个性化的话语方式

因其散乱、随意、自由的形式，散文通常被认为是一种主观的文学形式，多用于展现作者的主观情感、个人经验和独特的思维方式。同时，散文也被认为是一种“自我扩张”的文学形式，体现作者的个人生活经历和成长环境。此外，散文创作的过程更加注重个人的创造性和表达能力，作者可以更好地展现自己的思维方式和创作风格，从而实现自我扩张和表现自我为目的的目标。

由于散文强调个人的主观体验和表达，作者可以自由地表达自己的内心感受和个人观点，而不受严格的约束和客观性要求。每个人都有自己独特的思考方式、价值观和生活经历，不同作者的主观性使他们在创作散文时采用不同的话语方式和表达风格，这种多样性的话语方式使得散文作品具有丰富的表现力和个性化特点。读者可以通过阅读不同作者的散文作品，感受到不同思维方式和观点之间的碰撞和对话。

在较为客观的层面上，作者的话语方式体现在选词造句、谋篇布局等方面；而在较为主观的层面上，作者的话语方式则体现在他们思想情操与审美志趣等方面。这种个性化的话语方式使得散文作品具有独特的风格和艺术价值。译者在翻译散文时，确实需要尽量把握作者的个性化话语方式，以保持作品的真实性和独特性。除了要仔细研究原文中的词汇、句法和修辞手法，关注原文中所传递的情感色彩和意境感受；还要研究作者的生平、作品以及相关的批评和评论；深入了解作者的背景和风格特点，并在翻译散文时保持一定的灵活性，以充分体现作者的个性化话语方式。

（三）情趣的统一性

散文文学翻译中的“形散”和“神不散”分别指散文的结构和内在。“形散”指的是散文的结构相对自由松散，不像诗歌那样遵从特定的韵律和节奏。因此，在翻译散文时，必须注意如何再现原文的结构特点，确保译文不失原文的风格和特色；注意如何把握原文中的段落、章节、句子等结构，使译文与原文在结构上基本保持一致，让读者感受原作的整体框架和脉络。“神不散”指的是散文的内在，包括作者的情感、思想、审美情趣等，这些方面不能简单地通过翻译语言的转换来实现，需要翻译者深入理解原文的内在含义，尽可能地传递原作的情感、思想和审美情趣。另外，翻译散文时，需要尽可能地传递原作所呈现出的情感和情调，让读者能够感受原作所表达的情感和情调。散文的语言通常比较接近口语和平实语言，但也包含一定的修辞手法和文学性，翻译者需要理解原文的语言特点，尽可能地再现原作的语言风格和文学性，让读者体会原作的语言美感。

在“情趣”方面，散文具有丰富的表现途径。散文的语言表达方式包括直接陈述、比喻、描写、对话等。作者可以通过选择适当的语言表达方式，来传递自己的情感和思想；同时，散文的结构也是多样化的，包括段落、章节、叙述顺序、转折等元素。作者可以根据自己的写作需要，灵活运用这些结构手法，使作品更加生动有趣，也更贴近读者的阅读习惯。此外，散文的情趣还体现在作者创造的形象或情景中，作者可以通过描写、叙述等手法，将自己的情感和思想转化为具体的形象或情景，使读者直观地感受自己希望表达的情感和思想——可以是真实存在的，也可以是通过想象创造出来的。

散文作品的审美价值往往体现在其整体风格和意境上，而不仅是单个句子或段落的翻译。通过选择合适的词汇和用字方式，翻译者可以尽可能地再现原文的语言风格和意境，使译文与原文在语义和情感上保持一致；翻译者需要理解原文的结构特点、段落顺序以及转折等元素，并在译文中尽可能地保持类似的结构和节奏感，通过合理的段落分割和句子排列，译文可以更好地再现原文的逻辑脉络和情感流转，使读者能够体验到原作所呈现的整体审美倾向。此外，翻译者只有深入理解原文的题旨，捕捉原作的核心意义，才能使译文与原文产生共鸣，释放类似的审美韵味。

二、散文翻译的实践与分析

相对于诗歌和戏剧，散文的形式更为自由，结构更加灵活：散文可以是非常短小的一篇随笔或者是数万字的长篇，没有固定长度的限制；相对于诗歌，散文没有格律和韵律要求，表现形式更为自由；散文可以融合叙述、描写、议论、抒情等多种表现手法，充分发挥作者的创作能力；散文的结构可以采用线性结构、倒叙、折叠等多种形式，构思方式更加灵活。基于形式上的自由和结构上的灵活，散文可以更自由地表达作者的思想、观点和感情，适合处理个人经历、社会问题、哲学思考等多种主题，作者可以自由调整篇幅、结构和语言风格，以创造性的方式表达自己的想法。另外，散文通常使用普通语言、日常用语和口语化的表达方式，易于理解和阅读，可以直接触动读者的情感和思考，使作品更加贴近生活和读者的实际需求。

散文的这些特点，在翻译实务中往往是译者关注的重点。现以美国著名诗人朗费罗（Henry Wadsworth Longfellow，1807—1882）的散文“First Snow”及其三种不同的译文为例，进行探讨，原文如下。

The first snow came. How beautiful it was，falling so silently all day long，all night long, on the mountains, on the meadows, on the roofs of the living, on the graves of the dead! All white save the river, that marked its course by a winding black line across the landscape; and the leafless trees, that against the leaden sky now revealed more fully the wonderful beauty and intricacies of their branches. What silence, too, came with the snow, and what seclusion! Every sound was muffled, every noise changed to something soft and musical. No more tramping hoofs, no more rattling wheels! Only the chiming of sleigh-bells, beating as swift and merrily as the hearts of children.

可以看出原文的措辞相当简短，却意味深长，读者阅读时就会不自觉地想象淡雅清明的原野初雪图。在这篇作品中，原文本描绘的场景既动感又保持着宁静，甚至在静态画面中也似乎能听见响声。它的语言简明而流畅，结构巧妙而自由，节奏也十分鲜明，给读者留下了深刻的印象，让人久久回味。仔细观察其结构，可以发现其独到之处在于长短句交替使用：最长的句子可以有四行长，包含四十多个单词，而最短的只有短短的四个单词。文章中的平行结构运用得恰到好处，堪比艺术品，无论是介词短语（例如第二句中以 on 开头的四个短语），还是句子结构，都体现了精致的对称。原文中四个动词的分词形式为静止画面注入了生命，使之动静结合，静中有声，快节奏的运用更是让声音与画面相得益彰。翻译不仅仅是语言的直译，更是信息的忠实传递，确保原文的内容和形式都得到妥善保留是关键所在。

译文 1:《第一场雪》，如下所述。

第一场雪飘落，多么美啊！昼夜不停地下着，落在山岗，落在草场，落在世人的房顶，落在死人的墓地。遍地皆白，只有河流像一条黑色的曲线穿过大地。落光叶子的大树映衬在铅灰色的天幕下，越发显得奇特壮观，还有那错落有致的树枝。下雪时多么寂寥，多么幽静！所有的噪声都变得轻柔而富有乐感。没有嚼嚼的马蹄声，没有辚辚的车轮声，只能听到雪橇那欢快的铃声如童心在跳动。

译文 2:《初雪》，如下所述。

初雪飘零，如万花纷谢，整日整夜，纷纷扬扬，真美极了。雪花儿无声无息，飞上山巅，撒向草原，飘至世人的房脊，落在死者的坟茔。莽莽原野，银装素裹，唯有长河逶迤，像一条黑色的长龙蜿蜒爬行于皑皑雪原。枯藤老树，枝丫盘错，光秃秃地直刺灰蒙蒙的天宇，此刻越发显得苍古遒劲，奇特壮观。

白絮飞舞，大自然静谧寂寥，超然幽远。所有的声音都趋于沉寂，一切喧嚣都化作了轻柔的乐曲。嚼嚼的马蹄声听不到了，辚辚的车轮声也消逝了，唯有雪橇的铃声回荡在空中，那欢快的节奏犹如童心在跳动。

译文 3:《初雪》，如下所述。

瑞雪飘临，无声无息。

纷纷扬扬，壮观至极！

飞上山巅，撒向草原，

飘至房顶，落在墓地。

茫茫大地，银装素裹。

蜿蜒远去，长河逶迤。

老树虬枝，枝丫盘错。

直刺苍穹，愈发壮丽。

白絮蹁跹，超然幽寂，

喧嚣之声，化作乐曲。

看不见辚辚车轮，

听不见嘚嘚马蹄，

唯闻雪橇的铃儿，叮咚，叮咚

如童心跳动，永不停息。

可以看出，译文 1 较为拘泥于原文的构造，选择用词时过分强调形式上的对等，由此导致译文呈现出较为生硬的格局，语言流畅性不足，节奏感亦未能与原作媲美，动静的描绘同样不尽如人意。而译文 2 则在翻译时细致地体现了文学作品，特别是散文的语言魅力：语言精练且文笔灵动，既忠于原文的结构，又避免了照搬原文。另外，译文 2 在翻译时更注重于语义的传达与诗意的展现，并非拘泥于原文的字面意思。例如，原文中的“came”被巧妙地译作“飘临”，而“falling”被译作“万花纷谢”，展现了一种景象的动态美。关于介词“on”的使用，译者也根据不同的宾语（如 mountains、meadows、roofs、graves）的特点进行灵活变通，如“飞上”“撒向”“飘至”和“落在”，这既刻画了场景的层次，又赋予了静态画面以动态的生命力。在结构上，译文 2 将原文一段的格式重新整理成两段，以清晰地区分出视觉与听觉的描绘，进一步凸显散文的结构层次感，使读者在阅读时能够更好地感受到文本的美感和内在的节奏。

译文 3 与前两种译文截然不同，它采取诗歌的形态来重新诠释原作。从文学理论和接受审美的视角出发，这种处理手法为读者提供了从多样化角度理解和吸纳作品的可能性。文学作品固有的模糊特性延伸出众多的解读空间，允许读者拥有广阔的想象空间。不过，译者不应忘却原著的本质，也就是翻译的基石。尽管原文的散文形式夹杂着诗意的元素，但是其根基依然是散文。译者在享受原作的同时，也扮演着译文创作者的角色。在转达原作信息的过程中，既要保持对原作者的敬意，也要确保对译文读者的责任感。因此，在内容、形式及风格的忠实传达上，译文 2 似乎更接近原作的本质。

在翻译信息传递中，语义信息的传递最为重要，即词语和句子在语言系统中所具有的基本意义，是人们理解和交流的基础。语义信息是相对稳定和明确的，可以直接从字面上理解。当人们阅读文学作品时，首先会关注词语和句子的语义信息，通过理解各个词语的含义和句子的结构来获取作品表面上的意义。然而，在文学作品中，语义信息不仅仅是字面意义那么简单。作家通常会使用各种修辞手法和隐喻来丰富语义信息，使其超越字面意义，传递更深层次的意义和情感。因此，语义信息为读者提供了理解作品的起点，同时也为作家在表达思想、情感和美感方面提供了基础。与之相对应的是语用信息，它通过语言使用来传递信息，更依赖于特定的语境和文化背景。两者共同构成了文学作品中的信息体系。

所以，准确再现语义信息，是帮助读者更好地理解原文作者意图和思想的关键。翻译的目标在于让读者以尽可能接近原文的方式来理解内容，这一过程中如果失去或曲解了原文的语义信息，就会导致信息的失真和误解。此外，在词汇选择、句法结构、表达方式方面每位作家都有自己独特的风格和特色，只有准确再现语义信息，才能尽量保留作者的风格和特色，使译文更贴近原文的风格和特点。

参考文献

[1] 胡光华 . 英美文学翻译教学研究 [M]. 哈尔滨：黑龙江人民出版社，2019.

[2] 张广智 . 史学：英美文学中的文化 [M]. 北京：中国方正出版社，2009.

[3] 王克非 . 翻译文化史论 [M]. 上海：上海外语教育出版社，2012.

[4] 虞建华 . 美国文学辞典作家与作品 [M]. 上海：复旦大学出版社，2005.

[5] 约翰·斯道雷 . 当代文学理论导读 [M]. 北京：中国社会科学出版社，2013.

[6] 赵继伟 . 关于翻译的哲学思考 [M]. 武汉：湖北人民出版社，2013.

[7] 王长荣 . 现代美国小说史 [M]. 上海：上海外语教育出版社，2014.

[8] 江雪 . 鲁迅的翻译思想和策略 [M]. 广州：广东外语外贸大学，2008.

[9] 王宁 . 文化翻译与经典阐释 [M]. 北京：中华书局，2006.

[10] 刘社欣 . 对翻译构建中几个问题的思考 [M]. 北京：人民出版社，2013.

[11] 薛燕 . 探析英美文学作品中的典故翻译策略 [J]. 中国民族博览，2022，(23)：123-126.

[12] 李栋梅 . 跨文化视角下英美文学的影响因素与翻译策略 [J]. 中国民族博览，2022，(23)：173-175.

[13] 毋小妮 . 英美文学翻译中的美学特点及价值分析 [J]. 汉字文化，2022，(23)：149-151.

[14] 郝俊雯 . 文化差异下的英美文学作品翻译研究 [J]. 江西电力职业技术学院学报，2022，35(09)：151-153.

[15] 徐斌 . 语境文化对英美文学翻译的影响探微 [J]. 湖北开放职业学院学报，2022，35(05)：180-182.

[16] 马鼎 . 中西方文化差异对英美文学翻译的影响研究 [J]. 江西电力职业技术学院学报，2022，35(01)：136-138.

[17] 王林芳 . 英美文学作品英汉翻译与中西文化差异的关联研究 [J]. 汉字文化，

2021，（24）：152-153.
[18] 贺丹 . 英美文学作品翻译中的不对等性分析 [J]. 今古文创，2021，（38）：119-120.
[19] 马莉 . 语境文化对英美文学翻译的影响 [J]. 黑河学院学报，2021，12（03）：124-126.
[20] 马军校 . 基于文化差异视角下英美文学的翻译研究 [J]. 中外企业家，2020，（05）：253.
[21] 江莲 . 英汉散文翻译中的语用充实现象研究 [D]. 乌鲁木齐：新疆师范大学，2014.
[22] 殷兆武 . 英美文学评论文章中的隐喻研究及启示 [D]. 乌鲁木齐：新疆大学，2011.
[23] 米欣刚 . 从接受美学角度看散文翻译之美学价值再现 [D]. 上海：上海外国语大学，2009.
[24] 沈阳焰 . 论文学翻译中的情感传达 [D]. 上海：上海外国语大学，2009.
[25] 孟博 . 英美文学理论汉译的描写性研究（1917—1949）[D]. 北京：北京语言大学，2008.
[26] 赵云利 . 英美文学作品中模糊语言的翻译 [D]. 济南：山东师范大学，2007.
[27] 殷习芳 . 英语诗歌翻译中的语篇连贯性研究 [D]. 衡阳：南华大学，2007.
[28] 张枉 . 从诗歌翻译看译者主体性 [D]. 南宁：河海大学，2007.
[29] 吴建 . 文学翻译的文体学评估框架 [D]. 上海：上海外国语大学，2013.
[30] 李智 . 文学翻译审美选择研究 [D]. 重庆：西南大学，2019.